おいち不思議がたり

渦の中へ

UZU-NO NAKA-E

ASANO ATSUKO

あさのあつこ

PHP

渦の中へ――おいち不思議がたり

目次

主な登場人物

［菖蒲《しょうぶ》長屋の人々］

おいち……藍野松庵の娘で、父のような医者を目指して修業中。この世に心を残して亡くなった者の姿が見える。

新吉《しんきち》……腕のいい飾り職人。おいちの夫。

藍野《あいの》松庵《しょうあん》……おいちの父で町医者。

お蔦《つた》……仏具職人・八吉の女房。

［香西屋《こうさいや》の人々］

藤兵衛《とうべえ》……八名川町の紙問屋『香西屋』の主《あるじ》。

おうた……『香西屋』の内儀《おかみ》。おいちの伯母。

おかつ……おうた付きの小女《こおんな》。

［石渡塾《いしわたじゅく》の人々］

石渡明乃《あきの》……長崎の名医・石渡乃武夫《のぶお》の妻。江戸で女医を育てる医塾を開く。

冬柴美代《としばみよ》……石渡明乃のもとで医術を学ぶ。

お通《つう》……まだ十四歳だが、医者を目指して入塾。

和江《かずえ》……漢方医・加納堂安の娘。

おイシ……日の出村の医者の娘。

［浦之屋《うらのや》の人々］

卯太郎衛門《うたろうえもん》…油屋『浦之屋』の主。商い一筋の男。

おろく……『浦之屋』の内儀。

徳松《とくまつ》……『浦之屋』の番頭。

文吉《ぶんきち》……『浦之屋』の手代。

［その他の人々］

田澄十斗《たずみじつと》……松庵の仕事を手伝う医者。おいちの実兄。

仙五朗《せんごろう》……本所深川界隈を仕切る凄腕の岡っ引。〝剃刀《かみそり》の仙〟の異名をとる。

巳助《みすけ》……元菖蒲長屋の住人。妻・おしまを亡くした後、再婚。

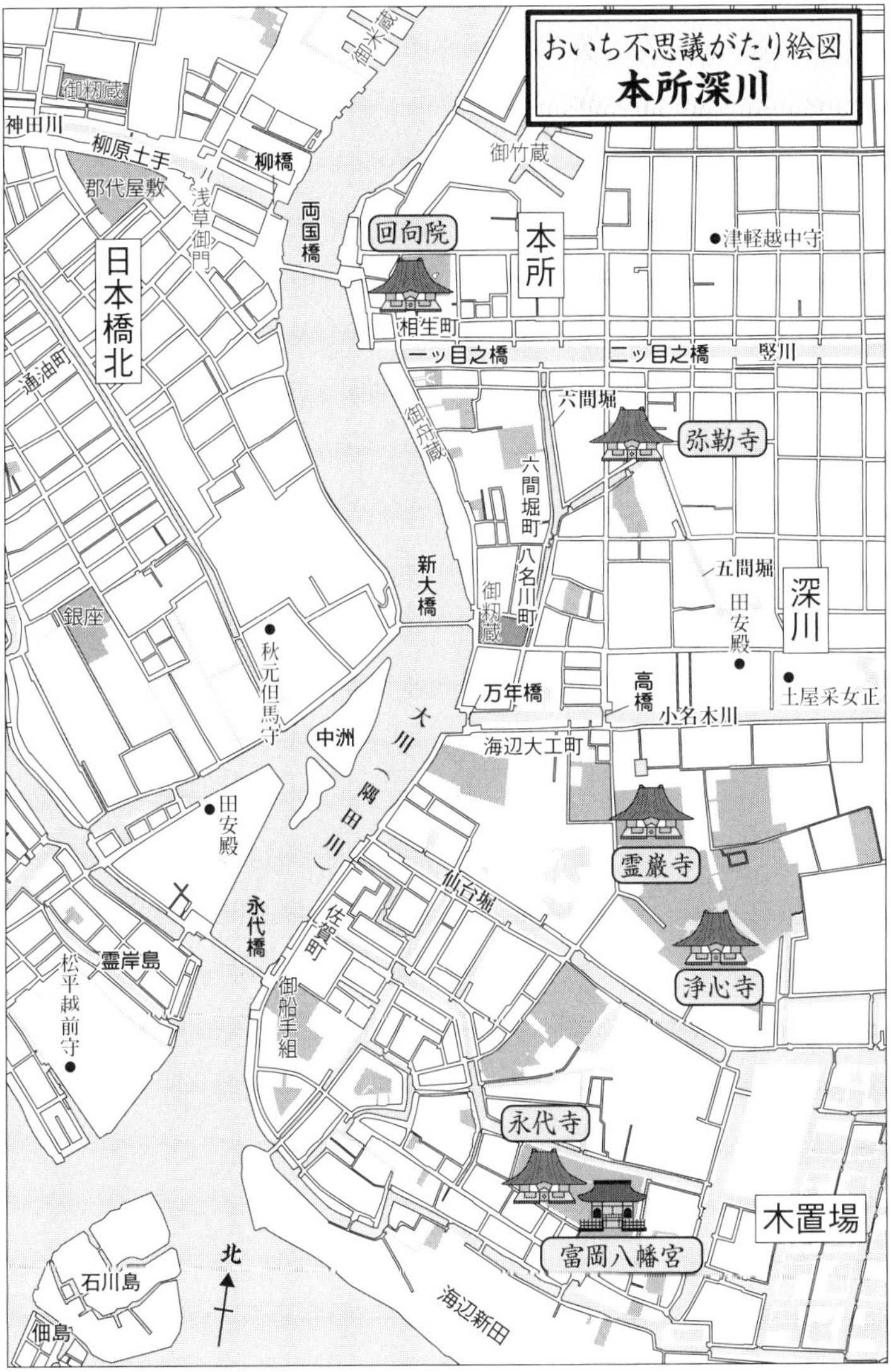

おいち不思議がたり絵図
本所深川
神田川
御籾蔵
柳原土手
柳橋
郡代屋敷
浅草御門
両国橋
回向院
本所
津軽越中守
日本橋北
相生町
一ッ目之橋
二ッ目之橋
竪川
通油町
御竹蔵
御舟蔵
六間堀
弥勒寺
六間堀町
八名川町
五間堀
深川
新大橋
御籾蔵
田安殿
銀座
秋元但馬守
万年橋
高橋
土屋采女正
小名木川
中洲
大川（隅田川）
海辺大工町
田安殿
霊巌寺
仙台堀
佐賀町
永代橋
霊岸島
浄心寺
松平越前守
御船手組
永代寺
富岡八幡宮
木置場
北
石川島
佃島
海辺新田

装丁……こやまたかこ
装画……丹地陽子

渦の中へ

——おいち不思議がたり

花曇《はなぐも》りの空

灰汁桶《あくおけ》の栓《せん》を抜く。盥《たらい》に溜《た》めた灰汁に洗濯物を浸《つ》けると、汚れを丁寧《ていねい》に揉《も》み洗いする。なかなか落ちない。

晒《さらし》に染《し》みついた薬汁《やくじゅう》は手強《てごわ》くて、懸命《けんめい》に揉んでも消えるどころか薄くもなってくれない。まったく、忌々《いまいま》しいんだから。

胸の内で呟《つぶや》いてみたけれど、言葉ほど苛立《いらだ》っているわけではない。薬の染みに腹を立てても仕方ないのは、よくわかっている。それに、今日はお天気がいい。三日ばかり晴天が続いているが、今日の空は格別だ。一片《いっぺん》の雲もない。どこまでも青く、柔《やわ》らかな光に包まれている。地に注《そそ》ぐ日差しも暖かく、身体《からだ》を芯《しん》からほっこりと温めてくれた。この晴れ間の前、底冷えする寒さに震《ふる》えあがったのが夢か幻《まぼろし》みたいに思える。

おいちは立ち上がり、菖蒲《しょうぶ》長屋の上に細長く広がる青空に手を伸ばしてみた。広げた指の間で空の色と陽《ひ》の光が煌《きら》めく。今なら、空も光もこの手で摑《つか》み取れそうな気がする。気がするだけで摑めるわけがないし、摑みたいと望んでもいない。

望みはもっと別のところにある。

父である町医者、藍野松庵《あいのしょうあん》がここ六間堀町《ろっけんぼりちょう》の菖蒲長屋を治療の場と定めてから、もうずい分と長い年月が経《た》つ。その父の助手《すけて》として、おいちが医術に関《かか》わり始めてからは……どれくらいになるだろう。十年には満たないけれど、とてつもなく長いようにも、あっという間《ま》だったようにも感じる。

もう一度、空を見上げる。

長くともあっという間でも、ともかくおいちはここで、父と共に生きてきた。そして、これからは新しい日々を……。

「おいちさん」

かたかたと音を立てて、腰高障子《こしだかしょうじ》が開く。中から新吉《しんきち》が覗《のぞ》いた。

長身の男は身を屈《かが》め、振り向いたおいちに笑いかける。

「だいたい片付きやしたよ」

「あら、ありがとう。もう片付いたの。早いね」

「まあ、たいした荷物はなかったんで。ささっと片付けて、後は掃除《そうじ》をするぐれえで終わっちまいましたからね。おいちさんの方はどうです？　干すの手伝いましょうか」

「ううん、大丈夫。それより、新吉さん」

「へい」

「たいしたことじゃないんだけど、あの、でも、前々から言おうかどうしようか迷ってたことがあってね。あの、その物言《ものい》いね、もう少しだけ何とかならない」

「え、おれの物言い、変ですかね」

「変というか……ちょっと、他人行儀な気がするの。あの、あたしたち、ひとまず夫婦《めおと》になったわけだし、その、やっぱりね、お互いに〝さん〟づけで呼ぶのはどうかなあなんて……。あ、でも、新吉さんの好きな呼び方でいいんだけど、ほら、やっぱり夫婦らしいというか、ね」

新吉が瞬《まばた》きする。瞬きしながら、おいちを見詰《みつ》める。それから、急に視線を逸《そ》らした。

「あ、い、言われてみりゃあそうですが。でも、それなら……。いや、わかりました。も、もう一度、よ、よ、呼び直してみても構いやせんか。あの初めから、や、やり直します」

「ええ、もちろん。あ、待って、ちょっと待って。気持ちを整えなきゃ」

軽く息を吸い込み、吐《は》き出す。新吉も同じ動きをした後、空咳《からせき》を二つばかり続けた。

「えっと、じゃあ、いきやすよ」

「はい。用意はできてます。いつでもどうぞ」

「あ、そうだ、出てくるところからやった方がいいですかね。障子を開けるところから」

「ううん、そこまでしなくていいと思う。ちょっと呼んでみるぐらいで」

家の中に引っ込もうとしていた新吉を止め、おいちは濡《ぬ》れた手を前掛けで拭《ふ》いた。

「じ、じゃあ初めからいきやすよ。お、おいちさ……じゃねえな。すいやせん。もう一度いきやす。うん、あの、えっと……いち」

新吉が俯《うつむ》く。傍目《はため》にもわかるほど頬《ほお》が赤らんでいた。

「え？　なに。聞こえないわ。もっと、はっきり言ってよ」

「だから、その、えっと、おいち」

「はい。なあに、あんた。きゃっ、ごめんなさい。あんたって言っちゃったわ」

「え、何で謝《あやま》るんです。できれば、もう一回呼んでもらえませんかね。いやぁ、いい響《ひび》きだ。うんうん、この勢いでもう一回、いきましょう。もう一回ですぜ」

「やだわ、新吉さんたら。もう、恥ずかしいでしょ」

「聞いてる方がよっぽど恥ずかしいね」

低く凄《すご》みさえある声が背後から聞こえた。新吉が棒立ちになる。

「あら、伯母《おば》さん、どうしたの。何か用事があった？」

伯母のおうたが眉《まゆ》を寄せる。丁寧に化粧《けしょう》された顔が少しばかり歪《ゆが》んだ。その後ろで小女《こおんな》のおかつが頭を下げる。大きな風呂敷包《ふろしきづつ》みを背負っていた。

おうたは八名川町《やながわちょう》の紙問屋《かみどんや》『香西屋《こうさいや》』の内儀《おかみ》だ。些《いささ》か太り過ぎのきらいはあるが華やかな顔立ちの佳人《かじん》で、なかなかのお洒落《しゃれ》上手《じょうず》でもあった。今日も、派手ではないが上質の小紋《こもん》を身に着けている。細かな紗綾《さや》柄《がら》で下重《したがさ》ねの着物は格子縞《こうしじま》だ。おうたが立っているだけで、裏長屋の狭い路地がぱっと明るんだようにさえ思える。もっとも、晴天の下《もと》、今日の菖蒲長屋はいつもよりずっと明るく、清々《すがすが》しいけれど。

「用事があるから来たんだよ。それにしても、おまえは挨拶《あいさつ》の仕方ってものを知らな過ぎるね。『どうしたの』じゃなくて『いらっしゃい』が先だろう。まったく、もう少しちゃんと躾《しつけ》をしとくんだったよ。それに、何だい。ひとまず夫婦になったたってのは。夫婦なんてものはね、ひとまずなるものでも、とりあえずなるものでもありませんよ。そんなんじゃ、どれほど先が思いやられるか。あー、ほんと気苦労ばっかり増えるんだからね」

ぽんぽんと小言《こごと》と愚痴《ぐち》を投げつけてから、おうたは横目で新吉を睨《にら》んだ。

「ちょっと、新吉さん」

「へいっ」

新吉が背筋《せすじ》を伸ばし、勢いよく返事をする。おうたがさらに渋面《じゅうめん》になる。

「あんたねえ、そんなに構えなくてもいいだろ。あたしは、あんたの師匠《ししょう》でも親方でもないんだからさ、いちいち鯱《しゃちこ》張《ば》られちゃやりにくいじゃないか」

「ふふっ、新吉さん、伯母さんに投げ飛ばされたことがあったでしょ。あれ以来、伯母さんのことが怖《こわ》いのよ。勝手に身体が強張《こわば》っちゃうんだって」

「おまえの口の方がよっぽど好き勝手だよ。で、どうなんだい。家の方は、だいたい片付いたのかい。家移《やうつ》りってのは大事《おおごと》だからね」

おいちと新吉が祝言《しゅうげん》を挙《あ》げてから今日で丁度《ちょうど》、十日だ。祝言の日、まだ北からの風が吹いていた。余寒《よかん》が厳しく花の便《たよ》りが待ち遠しい、そんな日だったのだ。今日のこの暖かさで、桜の蕾《つぼみ》も少しは膨《ふく》らんでくれるだろうか。

「家移りったって、路地を挟《はさ》んだだけだもの。一跨《ひとまた》ぎしかないわ。そんなに大層なものじゃないでしょ。伯母さん、ほんと何でも大げさなんだから」

　おいちはわざと明るい笑い声をたててみた。そうしないと巳助《みすけ》のことを思い出して、また、胸が疼《うず》く。疼くだけでなく、微《かす》かな不安を覚える。

　巳助は、二月《ふたつき》ほど前、菖蒲長屋を去っていった焙烙《ほうろく》売りの男だった。おいちが生まれる前から長屋の住人で、女房《にょうぼう》のおしまと二人で暮らしていた。おしまは他のおかみさん同様、口が悪くて、声が大きくて、亭主を尻《しり》に敷いていた。でも、さっぱりとした気性《きしょう》で優《やさ》しくて、実子がいなかったせいか、おいちを含めて菖蒲長屋の子どもたちを隔《へだ》てなく可愛《かわい》がってくれた。

「おいちちゃんがお医者さまになるなんてねえ。女のお医者さまか、すごいねえ。あたしゃ嬉《うれ》しくて嬉しくて、涙まで出てきちまうよ」

「おしまさん、やめてよ。泣くようなことじゃないでしょ。それに、あたし、医者になったわけじゃないの。まだまだ、見習い。父さんの手伝いしてるだけなんだから」

「それでも、お医者さまになる一歩を踏み出したわけだろう。ほんとに、たいしたもんだよ。たいしたもんだとも。あたしが病《やまい》になったら、おいち先生に治《なお》してもらえるかねえ」

「おしまさんは折り紙付きの元気人じゃない。うちで治療したのって、熟柿《じゅくし》を食べ過ぎてお腹《なか》を下《くだ》らせたときだけでしょう」

「ちょっ、ちょっと、おいちちゃん、その話だけは止《や》めてよ。そんな大きな声出さないでおくれな。もう、内緒にしてくれるって約束だったじゃないか。お蔦《つた》さんにでも聞かれたら、明日には長屋中に広まっちまってるよ。ほんと、勘弁《かんべん》だよ」

「あ、ごめんなさい。気を付けます」

おしまとそんなやりとりを交《か》わしたのは、いつだったろう。おしまが逝《ゆ》くずっと前、ずっと昔だった気がする。少なくとも、笑いあった女のどこにも病の影は差していなかった。

おしまは、乳房や胃の腑《ふ》にできた岩《がん》のために命を落とした。

「おしま、おしま、目を開けろ。おれだ、亭主だぞ」

息を引き取る間際《まぎわ》のおしまに向かって、巳助は声を限りに叫《さけ》んでいた。亡くなったと告げた松庵に「おしまを元の身体にしてやってくだせえ。後生《ごしょう》だから、先生」と泣きながら訴えていた。頼《たの》む、頼むと額《ひたい》を床《ゆか》に擦《こす》り付けていた。

あの声が、あの叫びが耳の奥にこびりついて、暫《しばら》くの間耳鳴りのように響いていた。今でも、時折、よみがえってくる。多分、忘れてしまうことはないのだろう。

女房が亡くなった後、巳助は長い間、腑抜《ふぬ》けのようになっていた。周《まわ》りのおかみさん連中が握《にぎ》り飯《めし》やら漬物《つけもの》やら味噌汁《みそしる》やらを届けてやると、「世話になっちまって、申し訳ねえ。ほんとにありがとうよ」と礼を言い、握り飯も漬物も味噌汁も残さず綺麗《きれい》に平《たい》らげる。けれど、笑わなくなった。いつも俯いているせいか背中が丸くなり、痩《や》せて、老《ふ》け込んだ。もともと口数の少ない男だったが、さらに寡黙《かもく》になったようだ。それでも、巳助は焙烙売りの仕事に出かけるようになり、長屋の行事にもきちんと顔を出し、それなりに女房を失った後の日々を作り上げていこうとしていた。

生き残った者は生きなければならない。どれほどの悲しみにも辛《つら》さにも耐《た》えて、生きねばならない。生きることが死者への何よりの供養《くよう》になる。松庵から聞かされていたし、おいちの知っている誰もが、そうやって生き続けてきた。歯を食いしばり、嗚咽《おえつ》を漏《も》らしながら、死者とは別の場所で己《おのれ》の生を全《まっと》うする。

「おしまさんの後を追おうなんて馬鹿《ばか》なことを考えるな。おまえが死んで、おしまさんが喜ぶはずがなかろう。むしろ、嘆《なげ》くぞ。嘆き悲しむぞ。おしまさんは、自分の命を立派に生き切ったじゃないか。後追いなんかしたら、顔向けができなくなるだろうが。ふざけるなと、女房に蹴《け》とばされる羽目《はめ》になるぞ」

うなだれる巳助を前にして、松庵が言い聞かせていた記憶がある。おしまが亡くなって一月《ひとつき》が経ったころだった。その前に巳助が何を語ったかは知らないが、松庵の言葉に泣きながら頷《うなず》いていた姿は心の内に刻《きざ》み込まれた。

ほんとの夫婦だったんだなあ。

しみじみ思った。

おしまと巳助が格別に仲がいいとは感じなかった。長屋の他の夫婦みたいに取っ組み合いの大喧《おおげん》嘩《か》まではしなかったが、言い争いは時々していたし、おしまが亭主の愚痴を零《こぼ》すことも結構あった。でも、いい夫婦だったのだ。互いを思いやって暮らし、頼りにし、支《ささ》え続けた夫婦だったのだ。その分、遺《のこ》された者の痛みも苦しみも深くなる。心を通わせていたからこその悲痛を味わわなければならなくなる。皮肉なものだ。人と人との結びつきは、どうしてこうも一筋縄《ひとすじなわ》ではいかないのだろう。

でも、おしまさんは幸せだったよね。

ここまで想《おも》ってもらえて幸せだったよねと、おいちは故人に語り掛ける。語り掛けた後、目を閉じてみたけれどおしまは見えなかった。声も聞こえなかった。だから、おしまの胸の内はわからない。ただ、最期《さいご》まで亭主の身を案じていたのは確かだ。おいちの知っている事実だった。おしまを見送った翌日、巳助が部屋の隅《すみ》の風呂敷包みを開くと、袷《あわせ》やどてら、股引《ももひき》に至るまできちんと繕《つくろ》われていたそうだ。包みを抱きかかえて号泣《ごうきゅう》する巳助の声が路地に響いたことは、今でも菖蒲長屋の語り草になっている。

その巳助から菖蒲長屋を出ていくと告げられたとき、おいちは驚くより心配が先に立った。それは、松庵も同じだったらしく、

「ここを出て、どこに行くつもりだ。まさか、江戸から離れてしまうわけじゃなかろうな」

と、些か急《せ》いた口調《くちょう》で問い詰めた。

「江戸にはいます。他に行く所はないんで……。親父《おやじ》の在所は常陸《ひたち》なんですが、そこに縁者《えんじゃ》や知り合いがいるわけでもねえし、おれはお江戸で生まれ育ったんで他の所じゃ生き方がよくわからねえですし」

巳助は苦笑《にがわら》いを浮かべ、月代《さかやき》を軽く二度、叩《たた》いた。

「先生に叱《しか》られた通り、おしまが亡くなったときは生きていく気力も失《う》せてしまって、後を追うことばかり考えてましたがね、一年、二年と月日が経っていくと、おしまのいない暮らしにも慣れてくるもんで、長屋のみんなも何くれとなく世話してくれるし、昔みたいに死にてえとか、辛いとかは思わなくなりました」

「そうか」

音が聞こえるほど大きく、松庵が息を吐き出した。表情や声の張りから、巳助がもう女房の死に囚《とら》われてはいないと察せられたのだ。自分の足で前に進もうとしている、と。おいちも安堵《あんど》の吐息《といき》を漏らしていた。

「おしまはおれには過ぎた女房でした。おれみてえな半チクな亭主に文句《もんく》も言わず、愚痴も零さず一緒にいてくれて。おしまのおかげで、楽しく暮らせたのは間違いねえんで」

おいちは思わず松庵と顔を見合わせていた。

おしまは確かに性根《しょうね》のよい女だった。さっぱりとした嫌味《いやみ》のない人柄は、おいちも大好きだったのだ。でも、文句も愚痴もよく言っていたと思う。亭主をねたにして嗤《わら》ったり、謗《そし》ったりしていたはずだ。それが因《もと》で夫婦喧嘩になったことも一度や二度ではなかっただろう。でも、巳助の中ではいつの間にか、おしまは非の打ち所がない女房になっていた。生身《なまみ》の記憶が薄れた分、美しい思い出だけが亡き人を彩《いろど》っていく。

悪いことじゃない。むしろ、巳助がおしまを愛《いと》しんでいた証《あかし》だと、おいちはちょっと涙ぐみそうになった。

やっぱり、いい夫婦だったんだ。

「けど、菖蒲長屋にいたら、どうしても思い出すんですよ」

巳助が大きな手を膝《ひざ》の上で重ね、湿《しめ》ったため息を吐《つ》いた。

「竈《かまど》の前におしまが座ってたなとか、美味《うま》い茄子《なす》の漬物ができたと笑っていたなとか、肩を揉んでくれたなとか、そんな些細《ささい》な、他人《ひと》さまにはどうでもいいようなあれこれを思い出すんですよ、先生。いつもじゃねえ、このごろは忘れてるときもあって……独《ひと》りの暮らしに慣れて、おしまのことを思い出さずに一日が終わるなんて日もあったりして……。けど、ふいっと出てくるんですよ。浮かんでくるっていうのか、ほんとうにふいっと、でも、妙にくっきりとおしまの笑った顔とか『あんた、茄子が漬《つ》かったよ』なんて声なんかが浮かんでくるときも、やっぱりあるんです」

うんうんと、松庵が頷いてみせる。

「わかる。おれも女房を早くに亡くしてるからな。巳助さんの言ってることは、よくわかるさ。年月が経てば、亡くなったすぐ後みたいに嘆き悲しむというのとは違って、何かの拍子《ひょうし》に女房との思い出がこう、じわじわと滲《にじ》み出すみたいによみがえってくるんだよなあ」

「先生もそうだったんですか」

「そうとも。おれも恋女房だったからな。まあ、おれの場合は向こうに惚《ほ》れられてな、あなたの女房になれないなら死んだ方がマシだと泣かれたりしたもんだ。ははは」

松庵は、おうたが聞いたら間違いなく投げ飛ばされるだろう台詞《せりふ》を口にし、笑った。

「はぁ、そうですかい。でも、先生はご新造《しんぞう》さんが亡くなってから、ずっと独り身を通されたんですよねえ」

「うむ。まあな。後添《のちぞ》えに来たいという女人《にょにん》は星の数ほどもいたんだが、女房ほど気立てのいい、かつ、器量《きりょう》よしという者はなかなかいなくてなあ。全部、断ってしまったわけさ。ああ思い出すなあ。おれたち夫婦が並んでいると、よく雛《ひな》人形に喩《たと》えられたものだ」

「雛人形……さようで。じゃあ、おいち先生が可愛らしいのは、ご新造さん似なんですねえ」

巳助が生真面目《きまじめ》な顔のまま、言った。すかさず、おいちは口を挟む。

「そうなの、あたし、母さん似なんです。つくづく運がよかったと胸を撫《な》で下《お》ろしてるとこ」

おいちは松庵とも母、お里《さと》とも血の繋《つな》がりはない。生まれてすぐに生母を失ったおいちは松庵とお里にひきとられ、娘として育てられた。血の繋がりはないけれど、本当の親子だと思っている。思える。おいちにとって、父は松庵ただ一人、母はお里だけだ。

「母さんに似ていると言われると、心底《しんそこ》からほっとしちゃうわ」

「おいち、そりゃどういう意味だ。まったく、口の悪さは義姉《ねえ》さん似だな」

巳助の表情が緩《ゆる》んで、笑《え》みが浮かんだ。おいちは膝を進める。無骨《ぶこつ》な男の無骨な顔を覗き込み、小声《こごえ》で問うてみた。

「巳助さん、もしかして、菖蒲長屋を出ていくのは新しいおかみさんと暮らすためなの？」

えっと叫んだのは、松庵だった。巳助をまじまじと見詰め、「そうなのか」と尋《たず》ねる。

「へえ、その通りで……。おいち先生、何でもお見通しですねえ。どうして、わかりました」

巳助が何度も瞬きする。心底から驚いたという顔だ。

「まあ、やっぱりそうなんだ。あたし、こういうことはとっても勘《かん》がいいの。でも、巳助さん、おめでとう。よかったですねえ。ほんと、おめでたいわ」

「いや、そんな祝ってもらえるほどのもんじゃないんで。お琴《こと》って名前で、名前は可愛いけど子持ちの、おれより三つも年上の女なんで……。けど、その子どもたちが、おれに懐《なつ》いちまって『おとう、おとう』って呼んでくれて。呼ばれたとき、何かこう気持ちが浮き上がるというか、ずっと独りだったのに急に周りが明るくなったみてえな気がしてしまって……嬉しくて。子どもたちも可愛くて、ああ、一緒に生きていけたらなあ、一緒に飯食って、湯屋《ゆや》に連れていって、手を繋いで夕涼《ゆうすず》みなんかして、そんな風に生きていけたら楽しいだろうなあって思っちまったんです。思ったら、お琴と子どものことが頭から離れなくなって、商《あきな》いをしながらも、飴《あめ》の一つも買ってやろうか、今度は蕎麦《そば》でも食わせてやろうかなんて、いつの間にか考えてるって有り様《さま》なんで」

そこで一息つき、巳助は目を伏せた。

「松庵先生、おいち先生、おれは、お琴を新しい嬶《かかあ》にして子どもたちと四人で暮らすつもりです。暮らしてえんです。でも、おれ……おしまのことを忘れたくねえんで。忘れられるとも思えねえ。お琴は、それでいいって言ってくれました。一緒に墓の前で手を合わせたいとも言ってくれました」

おいちはさらににじり寄って、巳助の手を取った。驚いたのか、巳助が少しばかり後退《あとずさ》りする。構わず、力を込めて焙烙売りのごつごつした手を握り締《し》めた。

「よかった、よかったよね、巳助さん。お琴さんて心根《こころね》の優しい人なのね」

「へ、へえ……まあ、そこんとこだけは確かなようでして」

「そんな優しい人と一緒になれるんだもの、やっぱりおめでとうだわ。あの、これはあたしの勝手な思い込みかもしれないけど、おしまさんも喜んでくれてる気がするの」

巳助が瞬きする。その後、おいちの目を覗き込む。

「おいち先生、ほんとに、ほんとにそう思いますかい」

「はい、思います」

深く頷く。新たな一歩を踏み出そうとする巳助を励《はげ》ましたい。そんな心持《こころもち》もむろんあるけれど、それだけで言祝《ことほ》いだわけでも、頷いたわけでもない。

おしまは喜んでいる。

「おしまさん、巳助さんのことをいつも心配してた。病のことがわかって、余命のこともわかっていて、それでも自分の身より巳助さんがちゃんと暮らしていけるかって、そのことばかりを気にしてた。だから、巳助さんが新しい暮らしを始めて、それで幸せになれるならきっと喜んでくれるはずです。うん、絶対に喜んでくれる」

「おれも、そう思う」

松庵が巳助の肩を叩いた。

「今頃、あっちの世でおしまさんは胸を撫で下ろしてるさ。ああ、これで一安心だって」

「先生……」

巳助の双眸《そうぼう》が潤《うる》み、唇《くちびる》が微かに震える。おいちはそっと手を放した。

あたしがおしまさんだったら、どうだろうか。

ふっと考える。自分が先に逝って、新吉が優しい誰かと一緒になる。そうなったら、どんな想いが胸に溢《あふ》れるのか。

さっき口にしたように、喜びはするだろう。松庵が言ったように安堵もするだろう。でも、淋《さび》しいかもしれない。忘れて前を向いてほしいとも、新しい幸せを見つけてほしいとも本気で望みながら、淋しさに涙を零すかもしれない。

おいちは、死者にも心があると知っている。さまざまな想いを抱《いだ》いて彷徨《さまよ》う魂《たましい》があると知っている。幽霊《ゆうれい》とか化《ば》け物とか、一括《ひとくく》りにしてはいけない。生きている者に百人百様の心府《しんぷ》があるように死者にもそれぞれの想念《そうねん》があるのだ。おいちはかそけき声を聞くことができる。はっきりとではない。確かに聞き取れるとは、とうてい言い切れない。そよ吹く風に似て、落葉の音に似て微かな微かな声を時折、耳にし、朧《おぼろ》な姿を眼裏《まなうら》に見る。不思議といえば不思議だが、不気味《ぶきみ》ではない。

何かを伝えねば、何かを知らせねばならない。だから、頼みます。おいちさん、あなたに託《たく》します。どうか、どうか助けてください。

死者たちは皆、懸命においちに縋《すが》ってくる。戸惑《とまど》いながらも、迷いながらもおいちは応《こた》えたいのだ。聞こえるのも見えるのも〝力〟だと、松庵は言う。天から授けられた力であり才なのだと。

「おまえだからできる。おまえにしかできない。そういうことが、この世にある。そりゃあすげえことじゃないか。千代田《ちよだ》城におわすお方より、ずっとすごいとおれは思うぞ」

松庵は公儀《こうぎ》の耳に入ったら、お咎《とが》めものの横言《おうげん》を平気で口にして笑う。おいちは笑えないけれど、励まされはした。そうだ、この力は天賦《てんぷ》のものなのだ。ならば、怯《ひる》んでなどいられない。存分に使い、少しでも役に立ちたい。医者として現《うつつ》の人を救えるように、見える者、聞き取れる者として死者の想いをくみ取れるようになりたい。

誰にも、新吉にさえも打ち明けはしないけれど、胸の奥底に秘めた決意だった。

「話をして、気持ちが落ち着きました。本当にありがとうございます」

律儀《りちぎ》に頭を下げ、巳助は立ち上がった。

「なあ、巳助さん。どうしても菖蒲長屋を出ていかなくちゃならないのか。そのお琴さんとやらと、ここで暮らすってわけにはいかないのか」

格子縞の背中に松庵が声をかける。巳助は振り向き、頭を左右に振った。

「ここにいると、おれ、おしまとお琴を比べちまう気がするんです。それに、みんな、おしまのことを知っているわけで……。『おしまさんは、こうだった。こんな人だった』なんて聞かされると、やっぱりお琴も辛いかもと……」

「そうか、そうだな。新しい暮らしなら新しい場所で始めるのもよかろうよ。けどな」

「へえ」

「もし、誰かが調子を崩《くず》したらおれの所に来いよ。子どもがいると熱が出ただの、ひきつけただの、怪我《けが》をしただのなんてしょっちゅうだからな。待ってるぞ」

「父さん、待ってなくていいんじゃない。病とも怪我とも無縁、つまり医者とは関わりのない方がいいに決まってるんだから」

「そりゃそうだ。確かにおいちの言う通りだ。医者いらずが一番だな」

「ほんとよ。でもね巳助さん、治療でなくとも、たまには顔を見せてくださいね。巳助さんがいなくなるの……やっぱり淋しいもの」

口にしたら、ちょっと泣きそうになった。巳助とは長い付き合いだ。たくさんの思い出がある。

そういう者が一人、去っていくのは悲しい。心に冷たい風が吹き通る。

巳助も泣き笑いのような表情を浮かべ、もう一度、深く低頭《ていとう》した。そして、腰高障子を開け、路地に出ていく。

えっ？

一瞬、息が詰まった。心《しん》の臓《ぞう》が縮《ちぢ》まる。

巳助が闇《やみ》に呑《の》み込まれていく。闇？　闇だろうか。黒い霧に似た何かが巳助に纏《まと》わりつき、呑み込もうとしている。

「わわっ、危《あぶ》ねえな」

「あ、いけねえ。巳助おじさん、ごめんよ」

「一太《いった》、前をよく見て走らねえとぶつかるぞ。怪我したらどうするんだ」

「松庵先生に薬、塗《ぬ》ってもらう」

巳助と子どもたちの声、光、そして風が流れ込んできた。闇などどこにもない。見慣れた長屋の路地が見えるだけだ。巳助が笑いながら、ゆっくりと戸を閉めた。

おいちは瞼《まぶた》を軽く揉んでみる。それから、辺《あた》りを見回してみた。雲が出てきたのか日差しが遮《さえぎ》られ、障子の色がすうっと暗くなった。と思う間に、また明るさを取り戻す。

そうか、日が翳《かげ》っただけだったんだ。

ほんの束《つか》の間《ま》、日が隠れた。その暗さに惑わされただけだったんだ。きっと、そうだ。

「どうした？」

松庵が僅《わず》かに首を傾《かし》げる。「ううん、何でもない」と、おいちは答えた。胸の上を押さえると、鼓動《こどう》が手のひらに伝わってきた。

二日後、巳助は菖蒲長屋を去っていった。

新吉との祝言が決まったとき、巳助とおしまが暮らしていた一間《ひとま》はまだ空《あ》いていた。新吉と話し合い、借りることを決めた。菖蒲長屋に住んでいれば、いつでも松庵の手助けができる。いや、患者を治療する松庵の手際《てぎわ》を目《ま》の当たりにできる。そんな日々を手放すつもりは毛頭《もうとう》ない。何があっても、かじりついていくつもりだ。

所帯《しょたい》を持っても、松庵の助手を務《つと》めながら石渡塾《いしわたじゅく》に通い、医術を学ぶ。そして、一人前の医者になる。おいちが決めた生き方だ。我儘《わがまま》かもしれない。向こう見ずかもしれない。自《みずか》らが自らの生き方を選ぶ。所帯を持ちながら学ぼうとする。女の身にあるまじき所業だと、責められても罵《ののし》られても仕方ない。でも、おいちはこの道を歩みたいのだ。歩き、切り拓《ひら》き、さらに歩きたい。他の道は考えられない。

「はい、ちょっと失礼するよ」

おうたが家の中を覗き込み、二度ばかり頷いた。

「うんうん、前に住んでた焙烙売りとやら、小綺麗に暮らしていたみたいだねえ。鰥夫《やもめ》と聞いたけど、松庵さんとは違ってきっちりした、真面目な、まっとうな男だったんだね」

「伯母さん、いつものことだけど、それじゃ父さんがだらしなくて、不真面目で、まともじゃないみたいに聞こえるよね」

「おまえの父親がまともだったら、空を飛ぶ狸《たぬき》だってまともだよ」

「……伯母さん、どうしたの。今日はあんまり機嫌《きげん》がよくないみたいだけど」

上目遣《うわめづか》いにおうたを見やる。見られた方は鼻から息を吐き出し、睨んできた。確かに機嫌が悪い。すこぶる悪い。これは剣呑《けんのん》だ。その上、厄介《やっかい》だ。

「おいち、新吉さん」

おいちより先に新吉が「はいっ」と返事をした。鯱《しゃちこ》張《ば》ったままだ。

「あんたたちの祝言、端《はな》からやり直してもらうよ」

おうたはそう言って、再び鼻から息を吐いた。


おいちと新吉は、並んで座っている。いや、座らされている。前にはおうたが正座していた。鼻の穴が膨らんで、唇がへの字に曲がっている。

「伯母さん、すごいご面相《めんそう》になってるよ。鬼瓦《おにがわら》、とまではいかないけどかなり怖い」

おうたの渋面を見ていたら、つい、軽口《かるくち》を叩いてしまった。

「おいち、止めろって」

新吉が慌《あわ》てておいちの袖《そで》を引っぱった。こちらは、冗談《じょうだん》どころではなく、本気で怖がっている。

「お黙《だま》り。あたしだって、好《す》き好《この》んで怖い顔してんじゃないよ。おまえに、こうさせられてるんじゃないか。まったく、せっかくの美貌《びぼう》が台無しになっちまうよ」

「台無しにしなきゃいいでしょ。ほら、にこやかに笑って、笑って。笑うのは病に打ち勝つ手立ての一つだって、常日頃、父《とう》さんも言ってるわ」

「松庵さんは、あんたたちに輪をかけた能天気《のうてんき》だからね。頭の中は年中、お囃子《はやし》が鳴ってんだよ。そのお囃子に合わせて笑ってりゃ、何でも適当に済んじまうって考えてんのさ。ふん、世の中そんなに甘いもんじゃないよ。だいたい、泣いても笑ってもくしゃみしても、さして変わらないご面相じゃないか。上下さかさまになっても、誰も気が付かないんじゃないかね」

「伯母さん、父さんを化け物みたいに言わないでよ。一応、人なんだから」

「おいち、一応ってのはいらないんじゃねえのか」

「あ、そうね。じゃあ、とりあえず……ってのも変かな」

バンッ。おうたの手が床を叩く。

「いいかげんにおし。人と化け物の中間《なかあい》にいるみたいな顔付きの、おまえの父親なんてどうでもいいんだよ。あたしはね、おまえたちの祝言の仕切り直しの話をしてんだ」

「祝言の仕切り直し？　ええっ、どういうことよ。あたしたち、ちゃんと祝言を挙げたじゃない。ね、新吉さん」

「ああ、そうだな。内儀さん、その折はいろいろお世話になりやした。座敷まで貸していただいて、おかげでおいちと祝言を挙げることができました。改めて御礼、申し上げます」

新吉が頭を下げる。おいちも指をつき、深々とお辞儀をした。

ぐすっ。洟《はな》をすする音が聞こえる。顔を上げると、おうたが手拭《てぬぐ》いで目元を拭っていた。

「やだ、伯母さん。どうして泣いたりするのよ。あ、わかった。『あの小さかったおいちが、一人前になって』なんて嬉し涙を流してるわけね」

「おまえはとっくに一人前になってもいい歳《とし》だよ。なのに、あたしからすればまだまだ半人前でさ、ほんと、新吉さんが気の毒で、申し訳なくて涙が出るんだよ」

「へ？　おれですか？　申し訳ないなんてとんでもない。おれは十分に満足して」

「ないだろ。満足できるわけがないよね。あんな、滅茶苦茶《めちゃくちゃ》な祝言になってしまって」

おいちと新吉は顔を見合わせ、お互い身を縮めた。

滅茶苦茶。確かにそう言えるかもしれない。

「せっかくの晴れの日だったのに。あんな有り様になって、新吉さんにも『菱源《ひしげん》』の親方さんにも仙五朗《せんごろう》親分にも、祝いの席に座ってくれた人たちにも何と詫《わ》びたらいいのかって……ううっ、あたしは夜も寝られず、ご飯も喉《のど》を通らずで……うう、ほんとに申し訳なくて、あたしが死んで贖《あがな》えるものならと何度も考えて……」

おうたが両手で顔を覆《おお》う。新吉が右手を左右に大きく振った。

「い、いや、内儀さん、止めてください。そんなそんな、とんでもねえ。内儀さんに死なれたりしたら、こ、困ります。おれも親方も、それにきっと親分さんも気になんてしてやしません。むしろ、何というのか、おれとおいちの祝言には相応《ふさわ》しいどたばただったなと笑って話せるぐれえなもんです。ですから、内儀さんも気にしねえでもらいてえんですが。痛っ」

新吉が顔を歪ませた。おうたに思いっきり膝を叩かれたのだ。

「気にします。あんたがしなくても、あたしはしますよ。ほんとに、ちょいと新吉さん。あんたね、優しいのと甘いのとは別物なんだよ。何でもかんでも、いいよいいよと許すのは優しさじゃなくて、いいかげんって言うんだからね。もう少し、しゃきっとしな」

「伯母さん、新吉さんに当たらないでよ」

「当たってなんかいないよ。説教してるんじゃないか。気にしていない？　相応しい？　へん、おふざけじゃないよ。あんな祝言、さっさと掃《は》き出して猫にでもくれてやりな。あたしはね、認めませんよ。猫の餌《えさ》にしかならないような祝言、認めませんからね」

「そんな、もう無茶苦茶じゃないの」

「無茶苦茶はどっちだよ。おまえの、あんぽんたん親父じゃないか。ついでに、おまえもあんぽんたん娘だよ。まったく、父娘《おやこ》揃《そろ》って、あんぽんたんたぁ恐れ入るね」

おいちはため息を吐いてしまった。釣《つ》られたわけではないだろうが、新吉も長息《ちょうそく》する。

まあ、確かに並の祝言とは少し違った形にはなったが、致し方ないと思う。怒鳴《どな》られたり、嘆かれたりする筋合《すじあ》いのものじゃないとも思う。

確かに並の祝言とは少し、やや、いや、かなり違った形にはなったが……。

祝言の日、江戸の町は冷え込んだ。この時季の定まり事かもしれないが、二、三日暖かな陽気が続いた後、すとんと穴に落ちるように凍《い》てつく日がやってくる。その穴の底みたいな日だったのだ。しかし、『香西屋』の座敷は明るさと賑《にぎ》わいと人いきれで満ちていた。

「まあ、おいち、おまえ……本当に綺麗だよ」

おうたは白無垢《しろむく》、綿帽子《わたぼうし》姿のおいちの前に座り、声を詰まらせた。

「伯母さん、これで六回目よ。そんなに綺麗、綺麗って繰り返さないで。何だか恥ずかしい」

「花嫁が綺麗なのは当たり前だろ。おまえ、いつもは恥じらいとはほど遠い暮らしをしてるのに、ここで恥ずかしがらなくてもいいじゃないか。ほんと、綺麗だよ。お里のために誂《あつら》えた花嫁衣裳がやっと日の目を見たってわけだねえ」

お里と松庵は祝言を挙げなかった。おうたの用意した白無垢は袖を通されないまま、仕舞《しま》われていたのだ。

そのことを、おうたはずっと、不満だ、もったいない、口惜《くちお》しいと訴え続けていた。

「え、綺麗なのはあたしじゃなくて衣裳の方なの」

「もうこの子ったら、花嫁が人の揚《あ》げ足取りなんかするんじゃないよ。おまえも衣裳も綺麗に決まってるじゃないか」

おうたがまだ涙の残った目元を緩めた。軽《かろ》やかな笑い声が唇から漏れる。

既《すで》に三三九度《さんさんくど》も済ませ、披露《ひろう》の宴《うたげ》となった座敷はほとんど無礼講《ぶれいこう》の席となっていた。松庵などさっさと羽織《はおり》を脱《ぬ》ぎ捨て、義兄《あに》の香西屋藤兵衛《とうべえ》や『菱源』の親方と酒を酌《く》み交わしている。新吉はおいちの通う医塾の師である石渡明乃《あきの》や塾生の冬柴美代《としばみよ》、菖蒲長屋のおかみさんたちに囲まれ、やたらに額の汗《あせ》を拭いていた。

おうたも初めのうちこそ『香西屋』の姪《めい》に相応しい祝言をと言い張っていたが、いつの間にか

「まっ、おいちの花嫁姿を見られたら、それでいいかね。お武家じゃないんだから堅苦《かたくる》しい真似《まね》はしなくていいさ。本気で祝ってくれる人たちに祝ってもらう。それが一番の祝言になるのかもしれないものねえ」と、柔らかく変わってきた。もともと格式ばった席や、しきたりばかりに拘《こだわ》るのが苦手《にがて》で、嫌《きら》いな性分《しょうぶん》なのだ。

けれど性分だけでなく、おうたが望んでいたのはほんとうに〝おいちの花嫁姿を見る〟その一点であったのかもしれない。おいちは、そして松庵もそう考えていた。

先刻、松庵が耳元で囁《ささや》いた。

「なんだかんだ言っても、いい伯母さんだな、おいち」

「ええ。こんなに慈《いつく》しんでもらえて、あたし幸せだってわかってるの。面と向かって、伝えるのも気恥ずかしくて黙ってるんだけど、父さんにも心から慈しんでもらって……」

「わわっ、止めろ。止めてくれ。頼むから畏《かしこ》まった挨拶なんかせんでくれ。おれは、そういうのがほんとうに駄目《だめ》なんだ。背中がむずむずする。きっと、義姉《ねえ》さんだって」

「『ありがとうございます』なんて言ったら、背中がむずむずするって逃げ出すかしら」

「それか『あたしはお礼が言われたくて、おまえを育てたんじゃないよ』って、怒鳴り付けられるかもしれんぞ。義姉さんの照れ隠しは強烈だからな。で、今の口真似、似てただろう」

「もう、父さんたら」

松庵と笑い合った。

いい伯母だ。いい父親にも恵まれた。そして、この上ない亭主と一緒になるのだ。

自分がどれほどの幸せ者かよくわかっている。だから、決して、この幸せを無駄にはしない。誰かを幸せにするための糧《かて》にする。心の底に秘めた、おいちの想いだった。ただ……。

やはり窮屈《きゅうくつ》だ。白無垢の衣裳は窮屈だし、動きにくい。綿帽子も鬱陶《うっとう》しい。正直、早くいつもの木綿《もめん》小袖《こそで》になって、しゃきしゃきと動きたい。しかし、嬉しげに目を細めている伯母を前にして、着替えたいなどとは間違っても口にはできない。ここは腹を据《す》えて、とことん花嫁になりきる。それが、これまで慈しみ育ててくれた伯母への細《ささ》やかな恩返しになる。

おいちは三つ指をついて、頭を下げた。

「まっ」と、おうたがのけ反《ぞ》る。

「ちょっ、ちょっと、おいち」

「伯母さん、これまで大切に、ほんとうに大切に育ててくださって」

「お止め。お止めったら。そういう挨拶は今生《こんじょう》の別れのときに言っておくれ。おまえは何かい。あたしとこれっきり逢《あ》えなくてもいいと思ってるのかい。お黙り。言い返さなくていいから、ちゃんとお聞き。いいかい、あたしはね、お礼を言われたくておまえを育てたわけじゃないんだ。父親があまりにいいかげんだから、見るに見かねただけなんだからさ。今となっちゃあ、見かねて正解だったね。松庵さん一人に任《まか》せていたら、どうなっていたか。考えただけで怖気《おぞけ》を震うよ。それにね、そういう改まった挨拶は祝言の前にしとくもんなんだよ。こんな無礼講になっちまったら、何を言っても冗談にしか聞こえないんだからね。ほんとにね、潮時《しおどき》ってもんをちゃんと教えとくんだったよ。ああ、背中がむずむずする」

おうたは捲《まく》し立てると、ぷいと横を向いた。怒鳴りはしなかったけれど、照れてはいる。座敷の真ん中あたりから、松庵が目配《めくば》せしてきた。

どうだ。おれの言った通りだろう。とでも言いたげな眼つきだ。妙に得意気《とくいげ》にも見える。おいちは紅《べに》を差した唇で、ほんの少し笑《え》んでみた。

「だけどまあ、こうやってちゃんと祝言を挙げられたのはよかったよ。正直、おまえの花嫁姿を見られるんだろうかって心配で心配で、夜も眠れないって有り様で」

おうたが口をつぐんだ。廊下《ろうか》を走る慌ただしい足音がしたからだ。

「まっ、一太じゃないか」

菖蒲長屋の住人、お蔦が声を上げた。一太はお蔦の長男になる。小柄ではあるが、しっかり者で機転も利《き》く。読み書きも並の大人よりできるので、薬を取りに来る患者のために留守番《るすばん》を頼んでいた。その一太が息を切らせて、座敷に飛び込んできたのだ。背後には、『香西屋』の手代《てだい》が戸惑いの表情で立っている。

「何事です。ここは祝いの場だよ、騒々《そうぞう》しい真似はお止め」

おうたの一喝《いっかつ》に、手代の方が身を縮めた。

「す、すみません。止めようとしたんですが、あの」

「松庵先生、おいち先生、大変なんだ」

手代を遮り、一太が叫ぶ。松庵が立ち上がった。

「一太、何があった？　患者か」

「うん。『浦之屋《うらのや》』で、店の人がみんな苦しんでるって。吐いたり、腹下したり、大変な有り様だからすぐに来てくれって」

おいちの兄、十斗《じっと》も腰を上げ、羽織を脱ぎ捨てた。

「先生、食中《あた》りかもしれませんね」

「うむ。店の者みんなだとすれば、かなりの強さだ。一刻《いっこく》を争うぞ。すぐに行かねば」

「『浦之屋』は町木戸《まちきど》近くの油屋でしたね。わたしは一旦《いったん》、薬籠《やくろう》を取りに戻ります」

「頼む。百味箪笥《ひゃくみだんす》の〻の一と二、さの三の薬を全《すべ》て詰め込んできてくれ」

「承知」

十斗が身軽に座敷から駆《か》け出る。長崎で蘭学《らんがく》を学び、江戸に帰ってからは松庵の許《もと》で患者と向き合う日々を送っている十斗は、このところとみに逞《たくま》しくなった。外見ではなく内心に一本、太い芯《しん》が通ったように思えるのだ。

「先生、わたしたちも参りましょう」

美代の表情が引き締まる。明乃も笑みを消し、深く頷いた。

「ええ、そういたしましょう。患者が多数出ているなら、一人でも助手は多い方がいいでしょう。美代さん、すぐに用意をしてください」

「心得ました」

明乃はおいちと新吉、それにおうたに向かい深々と低頭した。

「祝いの場に招かれながら、中座《ちゅうざ》する無礼をお許しくださいませ」

おうたが小さく唸《うな》る。初めて会ったときから、おうたは明乃の品のよさを、凜《りん》とした人柄《ひとがら》を、優《ゆう》雅《が》な立居振舞《たちいふるま》いを、いたく気に入っていた。

「同じ医者といっても松庵さんとは大違いだねえ。まあ、あんな上品な方を獺《かわうそ》の親分みたいな松庵さんと比べるのも失礼ってもんだけどさ」

そんな冗談を、おいちが聞いただけでも三回は口にして笑っていたほどだ。

明乃は高名な蘭方医《らんぽうい》の妻で、夫亡き後、長崎から生まれ故郷の江戸に戻ってきた。女子《おなご》の学ぶ医塾を開くためにだ。さまざまな困難があり、出来事があった。くじけ、折れそうになったことも、明乃の口から弱音《よわね》が漏れたこともあった。それでも、立ち止まることなく前に進み、ここまできたのだ。医塾立ち上げの用意はほぼ整った。立ち上げに携《たずさ》わりながら明乃の傍《かたわ》らで学び、美代と夢を語り合った数か月は、おいちにとって目が回るほど多忙であり、目が眩《くら》むほど幸せな日々でもあった。

おうたと藤兵衛の計らいで『香西屋』の離れを借り受けられ、学びの場、そして明乃と美代の暮らしの場を手に入れることができた。離れには小さいながら台所や厠《かわや》までついている。おうたは「いずれ、あのむさ苦しい父親の許からおまえを引き取るつもりだったんだよ。そのときに住まわせるつもりで造作《ぞうさく》したんだから、おまえの好きなように使えばいいさ」と言うけれど、台所も座敷も改装の跡があった。医塾のために、明乃と美代が暮らすために手を入れてくれたのは明らかだ。伯父《おじ》や伯母の心遣《こころづか》いが嬉しいし、ありがたい。

「こんな風に支えてもらえるなんて、わたしは本当に幸せ者ですよ。諦《あきら》めたり、泣き言を連《つら》ねていては駄目ね。この温かなお心に何としても報《むく》いねばなりません。そのためにも医塾を開き、続け、一人でも多くの女医を育てていかねば、ね」

気苦労で窶《やつ》れていた明乃の面《おもて》が明るくなり、声は以前のように張りと艶《つや》を取り戻した。今では江戸に出てきた当初より生気《せいき》に満ちている。

その明乃に頭を下げられ、おうたとしては唸るしかなかったのだろう。

「では、これで」

明乃が、十斗に負けない軽やかさで座敷を出ていく。

「あ、先生、待ってください。わたしも一緒に、きゃっ」

綿帽子を脱ぎ、明乃たちを追おうとしたおいちは、前につんのめり両手をついた。おうたが裾《すそ》をしっかりと押さえ込んでいたのだ。

「伯母さん、何するのよ。危ないでしょ」

「何をするって？　そりゃあこっちがお尋ねしたいですねえ、おいちさま」

そこで、おうたの眉が吊《つ》り上がった。きりきりと音が聞こえそうなほど険《けわ》しく、だ。

「何をするつもりだったんだい、おいち」

「だから、それは、あの……」

「わたしも一緒に、なんてほざいてたね。え？　一緒にどうしようってんだよ。この宴は誰のために開いたのか、考えな。まさか自分が花嫁だってこと、忘れたわけじゃあるまいね」

忘れていた。一瞬だが、忘れていた。

「花嫁が途中で消えちまう祝言なんて、見たことも聞いたこともないよ。おまえの父さんも兄さんも、明乃先生たちもみんな飛び出していったんだから、大丈夫だよ。手は足りるさ。おまえはおとなしく、花嫁の座に座ってな」

「伯母さん」

「座ってなさい。祝言のときぐらい静かにしてておくれよ。後生《ごしょう》だからさ。おまえは今、医者じゃなくて花嫁なんだからね」

伯母の言う通りだ。松庵に十斗、明乃や美代まで駆け付けたとなると、医者の手は十分だ。十分、だろうか。足りるだろうか。

『浦之屋』は六間堀町でも指折りの大店《おおだな》だ。扱っている油も質がよく、その分、値《ね》が張った。つまり、おいちたち裏店《うらだな》の住人にはあまり縁のない店だ。それでも、たまに買い物に行けば、手代がにこやかに応じてくれた。ほんの僅かばかりを購《あがな》うに過ぎないのだが、他の大口の客と同様に丁寧に扱ってくれた。

主人夫婦に、隠居した老親、子どもも三人か四人いるはずだ。奉公人《ほうこうにん》も多い。奥で働く女たちもいるだろう。その人たちがみんな、不調を訴え苦しんでいるとしたら、たいへんな数の患者がでたことになる。手は幾《いく》つあっても足るまい。

駄目だ。おとなしく座ってなんかいられない。

「新吉さん」

おいちは、新吉の前に手をつき、さっきの明乃よりさらに深く頭を下げた。

「申し訳ありません。ほんとうにごめんなさい。でも、でも、あたし行かなきゃいけないいって思うんです。患者さんがいるなら、行かなきゃいけないって。だから、だから」

「へえ、行ってらっしゃい」

新吉が頷いた。

「おれが行っても何の役にも立たないけど、おいちさんなら、助けになりますからね」

祝い酒で仄《ほの》かに赤らんだ顔で、新吉は微笑《ほほえ》んだ。

「おれはここで待ってやすよ」

「新吉さん、ありがとう」

新吉に飛びつき、抱きしめたい。でも、そんな暇《ひま》はなかった。

おいちは手早く普段着に着替えると、『浦之屋』に向かってひた走りに走った。

「おいち、お待ちったら。おいちーっ」

おうたが呼んだ気がしたが、振り返らない。立ち止まりもしなかった。

花嫁の化粧のまま息せき切って駆け付けたおいちを見て、目を見張ったのは美代だけだった。松庵は一瞬、娘に視線を向け「奥の座敷に三人、台所に二人、患者がいる。みな、腹痛が酷《ひど》い。薬を処方するから飲ませろ。ただし、吐き気があるぞ」と告げた後は、もう一瞥《いちべつ》もしなかった。

患者は十五人。『浦之屋』の家人《かじん》、奉公人のほぼ全てになる。無事だったのは、三月《みつき》前に生まれたばかりの赤子《あかご》とその乳母《うば》、二人のみだ。昼餉《ひるげ》に出た茸汁《きのこじる》が中《あた》ったのかもしれないと、十斗が伝えてくれた。茸の毒は怖い。貝と同じぐらい怖い。命を落とす恐れもある。ただ人の身体はしぶとい。頼りにもなる。嘔吐《おうと》し、下し、毒を外に押し出そうとするし、身の内では毒と懸命に闘《たたか》い、敵を討ち果たす。むろん、負け戦《いくさ》も多くあるが、勝関《かちどき》を上げられることもある。かなり、ある。『浦之屋』での闘いは勝ち戦となった。十五人の命が守られたのだ。人の身体の勝ち、そして、医術の勝ちだ。

「あの後、お礼だって、上等な油を一樽《たる》、いただいたでしょ。伯母さんの所にも届けたよね。あの油を使うと行灯《あんどん》がほんと明るくて、しかも、いい匂《にお》いがするのよ。ね、新吉さん」

菖蒲長屋の住人にも配《くば》ったとろりと美しい菜種油《なたねあぶら》を思い出し、おいちは口元を緩めた。

「うんうん。あれは、極上《ごくじょう》の油だな。『菱源』にまで分けてくれて、『おめえの嫁さんは心延《こころば》えがいい』って親方が褒《ほ》めてたぜ」

「あら、心延えだなんて。祝言のとき失礼しちゃったから、そのお詫びのつもりだったのに」

「いやいや、そういうところに気が回るのが心延えって言うんじゃないか。やはり、おいちは見た目だけでなく、気持ちも優しいというか、美しいというか、可愛いというか、いやあ、どう言えばぴたっとくるのか悩むとこだぜ」

「ま、やだ。新吉さんたら、もう、馬鹿ね。伯母さんの前で恥ずかしいでしょ」

「ほんとうのことだ。恥ずかしがらなくていいじゃねえか。ねえ、内儀さん」

「お黙り！」

おうたの怒声《どせい》が響いた。おいちは顔を歪め、新吉は首を縮める。

「何をでれでれ、いちゃいちゃやってんだよ。夫婦気取りはお止め」

「へ？　気取りって、内儀さん、おれとおいちは夫婦になったじゃありやせんか」

「そうよ。正真正銘《しょうしんしょうめい》の夫婦よ」

「認めません」

おいちと新吉は顔を見合わせた。新吉の頰《ほお》から血の気《け》が引いている。

「お、内儀さん。み、認めないってのはどういう意味なんで……」

「そのまんまだよ。あたしは、おまえたちが夫婦になったなんて天地がひっくり返っても、認めません。あんないいかげんな祝言なんて、とんでもないってもんさ。さっき言ったみたいに、端《はな》からやり直し、仕切り直しをさせてもらうよ。そうでないと、夫婦だなんて二度と言わせないからね、覚悟おし。わかったね」

「そんな……。伯母さん、さっき、ここが小綺麗でいいとか言ってたじゃない」

「あたしは、前に住んでた焙烙売りがきちんと暮らしていて、松庵さんとは大違いだって言っただけだよ。おまえたちがここで暮らしていいなんて、言ってないからね。おかつ」

「はい」

おかつが風呂敷包みを下《お》ろし、主人の前に置いた。

うわぁ、もしかして……。

見ないでも中身がわかる。風呂敷の結び目が解《ほど》けると、やはり、あの花嫁衣裳が現れた。

「おいち、もう一度、これを着て祝言を挙げるんだ。今度は、何があっても、途中で逃げ出したりさせないよ。まっとうな、当たり前の祝言にするからね」

「逃げ出したわけじゃないわ。ちゃんと、新吉さんには断りをしたもの。それにね、伯母さんはさっきからやたら怒ってるけど、あれは仕方ないことだったと思うの。手当てが遅れたら、浦之屋さんたちの命、どうなってたかわからなかったのよ。とくに、内儀さんは身体が弱いうえに産後の肥《ひ》立《だ》ちも悪くて、もうちょっと手当てが遅れてたら危なかったのよ。ほんとに危なかったの。それを父さんたちが救ったんじゃない。なのに」

おうたは手を左右に振り、おいちを遮った。

「ああそうだね。はいはい、結構なこった。あたしだって、別に医者の仕事に文句をつけてるわけじゃないさ。人の命を救うんだ。立派な上にも立派なもんだ。それはそれでいいのさ。あたしは医者云々《うんぬん》じゃなく、ただ、祝言をやり直すって言ってるだけなんだからね」

「でも、やり直したって、また、急な患者さんの報《しら》せが入るかもしれないわ。『浦之屋』みたいに一時《いっとき》に十五人もの手当てをするのは稀《まれ》だけど、急な患者さんがやってくるのは珍《めずら》しくない、というか、しょっちゅうよ。もしそうなったら、父さん、飛び出していくわ。患者さんの命は祝言より、ずっと大切だもの」

おいちは顎《あご》を引いた。おうたがにんまりと笑ったからだ。

「そうだねえ。松庵さんはそうするだろうね。立派な上にも立派なお医者さまだもの。娘の祝言だからって、患者さんを見捨てるような真似ができる人じゃないものねえ」

もう一度、新吉と顔を見合わせた。新吉が微かにかぶりを振る。おうたの笑みの意味が読み取れないという仕草《しぐさ》らしい。おいちも首を傾げた。おうたが素直に松庵を褒めるわけがない。素直に褒めるとしたら褒めた後に落とすため、と考えるのは穿《うが》ち過ぎだろうか。

「だから仕方ないよ。次は松庵さんには留守番してもらおうかね。うんうん、菖蒲長屋で留守番しときゃいいよ。そしたら、急な患者だろうが借金取りだろうが、何が来たって構わないだろう。そうしよう、そうしよう。松庵さん抜きでやろうじゃないか」

「いや、でも内儀さん、松庵先生はおいちにとってもおれにとっても、父親と呼べるただ一人の人ですよ。松庵先生を抜きにしての祝言なんて、おれは嫌《いや》ですぜ」

新吉が口をへの字に曲げる。

「呼ばなきゃいいだろう。父親なんて上等なもんじゃなくて、穴熊《あなぐま》か獺と思ってりゃいいじゃないか。そう思ってまじまじと眺《なが》めてごらんな。なかなか愛嬌《あいきょう》のあるご面相してるよ。ともかく、あたしは祝言をやり直すからね。誰が何と言ってもやり直すよ」

かたかた。腰高障子が鳴った。横に開き、光が筋となって土間《どま》に注いできた。その光を背に受けて、黒い影一つが入ってくる。

「すいやせん。お邪魔《じゃま》いたしやすよ」

「あら、親分さん。いらっしゃい」

〝剃刀《かみそり》の仙《せん》〟こと岡《おか》っ引《ぴき》の仙五朗が軽く頭を下げた。

「いえね、松庵先生にお伝えしてえことがあって寄ったんでやすが、お留守なようで」

「ええ、父も兄も往診に出かけてます。ああ、いけない。それこそ、あたしが留守番を言い付かってたんだわ」

　間もなく深川元町《ふかがわもとまち》のご隠居が膏薬《こうやく》を取りに来る。気難しい老人だが、どうしてかおいちを気に入って、「おいち先生から手渡してもらうと膏薬の効《き》き目《め》が格段によくなってなあ」などと言うのだ。逆においちがいないと、とたんに機嫌が悪くなりむくれてしまう。少し困った、でも憎めない老人だった。

「それに、洗濯《せんたく》も途中だったし、わぁ忙しい忙しい」

「ふん。忙しい振りをして、あたしを追い返そうとしても無駄だからね」

　さすがに伯母だ。おいちの 謀《はかりごと》など容易《たやす》く見破っている。身を縮めたのは仙五朗の方だった。忙しい時分に申し訳ないと、詫びてくる。本所深川界隈《かいわい》のならず者が名前を聞くだけで震えあがると噂《うわさ》される岡っ引は、実に律儀で生真面目な一面を持っていた。

「すぐに退散しやすんで、勘弁ですぜ」

「そんな、いいんです。親分さんはいいんです。むしろ、ずっといてください」

「親分さんはいいって、どういうことだろうね」

　おうたが睨みつけてくる。おいちは気付かない振りをして、仙五朗に笑顔を向けた。

「親分さん、どうぞ、お上がりくださいな。父は間もなく帰ってくると思います。よろしければ、ここで待っていてください。帰るまで待っていてくださいな。すぐお茶を淹《い》れますから」

　仙五朗がいれば、如何《いか》なおうたでも祝言のごり押しはしてこないだろう。暫く、仙五朗に風よけになってもらおう。

「いや、あっしもそこそこに忙しいんで長居《ながい》はいたしやせん」

「そんなこと言わないで。お茶だけでも」

どうぞと言いかけて、おいちは口をつぐんだ。仙五朗の表情《かお》が硬《かた》いことに気が付いたのだ。何かあったんだ。

仙五朗との付き合いも長い。この老練な岡っ引が難事に立ち向かうとき、どんな表情になるか少しはわかるようになった。おいちは、我知らず居住《いず》まいを正していた。

「親分さん、父に伝えたいことって何でしょうか。あたしが承《うけたまわ》ってもよろしいですか」

「へえ、おいちさんにも関わりあることなんで、聞いてやってくだせえ」

仙五朗も背筋を伸ばした。

「『浦之屋』の乳母が自死しやした。味噌汁の鍋《なべ》に毒を入れたとの書き置きを残して、ね」

「え？　自死？」

「へえ。毒を飲んで死にやした」

仙五朗の声がひどく冷たい。凍て風のようだ。おいちは身体の震えを止められなかった。

薄明りの道

「まあ」と言ったきり、美代《みよ》は黙《だま》り込んだ。喉元《のどもと》が僅《わず》かに動いたから、息を呑《の》み込んだのだろう。ややあって、明乃《あきの》に顔を向けた。白い横顔が強張《こわば》っている。

「先生の仰《おっしゃ》っていた通りでしたわね」

「えっ」おいちも、床《とこ》の間《ま》を背に座る師を見やった。

「明乃先生は、浦之屋《うらのや》さんたちが毒を盛られたと見抜いておられたのですか」

「とんでもない。そんなこと、わかるわけがありません」

明乃は右手を二度ばかり横に振った。何ということのない仕草《しぐさ》だが、優雅《ゆうが》だ。高名な蘭方医《らんぽうい》の妻であり医塾の開設者でもある老女は、いつも慎《つつ》ましく、嫋《たお》やかで、品のある立居振舞《たちいふるま》いをする。

「おいち、せっかく明乃さまみたいなお方が傍《そば》におられるんだから、しっかり見習うんだよ。おまえの周《まわ》りには、どうも碌《ろく》な手本がないからね。がさつの権化《ごんげ》みたいな父親なんて、手本どころか悪見本にしかなりゃあしないよ」

と、事あるごとにおうたから言われている。よせばいいのに松庵《しょうあん》が「ははは、それを言うなら義姉《ねえ》さんだって、なかなかのものですよ。けたたましい鶏《にわとり》も顔負けの賑《にぎ》やかさじゃないですか。ああ、手本じゃなくて、しくじった落書《らくしょ》に近いかもしれませんな」などと茶化《ちゃか》すものだから、おうたの口撃をもろに受ける羽目《はめ》になる。もっとも、松庵の場合、いや、おうた本人もそのやりとりを楽しんでいる風ではあるのだが。

ともかく、菖蒲《しょうぶ》長屋の騒がしさとは無縁の平穏《へいおん》が石渡塾《いしわたじゅく》の一間《ひとま》にはある。そして、平穏の底には生気《せいき》が宿っている。それは、学びの場であるからだけではなく、女人《にょにん》の医師を育てるという明乃の想《おも》いが、強く静かに根を張っているからだとおいちは思う。ただ、今、平穏の気配《けはい》がほんの僅かながら揺らいだ。

「でも、先生、患者の手当てをされながら『これは毒ではないかしら』と仰ってましたわ」

「まあ、美代さん。あなた、ほんとうに耳聡《みみざと》いですね。あれはただの独り言《ひとりごと》ですよ」

「先生がそうお感じになったから、独り言になってしまったのじゃありませんか」

「それは……」

「ね、先生。お聞かせくださいな。わたしは治療に必死で何が因《もと》かまで考えられませんでした。食中《しょくあた》りと毒の違いもわかっておりませんでした。でも、先生はあの場で見抜いたわけですものね。それは、何が手掛かりになるのでしょうか」

美代が食い下がる。普段は明るくて、さっぱりした気性《きしょう》をみせる美代だが意外なほど粘《ねば》り強く、とことん突き詰める一面もある。さまざまな困難を乗り越えてこられた力の一つが、美代の医学への熱と粘り強さであることは間違いない。

「あたしもです」

おいちは我知らず前のめりになっていた。

「治療だけで精一杯でした。他のことを考える余裕などまるでなかったんです。先生、食中りと毒を飲んだときに現れる症状の違いって、あるのですか」

「まあまあ、あなたたちは」

明乃が口元に手を添える。指の間から、微《かす》かな笑い声が漏《も》れた。

「ほんとうに赤の他人なのかしらね。その知りたがりのところも、食いついたら放さないという迫《せま》り方もそっくりではありませんか。暇《ひま》なときに、家系図でも調べてごらんなさいな。どこかで繋《つな》がっているのではなくて」

美代と顔を見合わせる。美代が顎《あご》を引いた。

「あら、わたしはおいちさんほど知りたがりじゃありませんよ」

「そんなことありません。如何《いか》なあたしも美代さんには負けます。素直に降参しますので」

「止《や》めてよ、おいちさん。そんな戦《いくさ》に勝っても、ちっとも嬉《うれ》しくないわ」

唇《くちびる》を突き出した後、美代は小さく吹き出した。おいちも明乃も笑う。三人の笑い声が絡《から》まり合って春まだ浅い庭へと流れていった。

「食中りとは、口に入れたものが毒となりさまざまな症状を引き起こすものです」

口元を引き締め、明乃が言った。おいちも美代も居住《いず》まいを正す。

「つまり、毒を飲んだのか何かに中ったのかを、顔を見ただけで判じるのは無理でしょう。どちらも何かの毒が身の内に入ったことに変わりはないのですから。何の毒なのか、何を口にしたのかが治療の要《かなめ》になるのです。腐《くさ》った物を食べた、毒を含んだ食べ物を口に入れた、蛇《へび》や虫に嚙《か》まれたあるいは刺された、砒石《ひせき》や烏頭《うず》を飲んだ……どれも人の命を危《あや》うくします。とくに砒石や烏頭となると量にもよりますが、ほぼ助からないでしょう」

「でも『浦之屋』のみなさんは助かりました。それなのに、先生は食中りではなく毒を盛られたのではと疑われた。それはなぜです」

美代が膝《ひざ》を前に進める。明乃は大仰《おおぎょう》に眉《まゆ》を顰《ひそ》めてみせた。

「美代さん。疑うなんて言い過ぎですよ。ただね、『浦之屋』のみなさんは、誰も同じような症状でしたよね。激しい吐《は》き気《け》と腹下《はらくだ》し、それに息苦しさを訴えておられました。軽重《けいちょう》の違いはあれ、みな同じでしたね」

「はい、確かに。でも、それが毒を疑う依《よ》りどころになるのですか」

問いを重ねる美代の後ろで、おいちも明乃の言葉を聞き逃《のが》すまいと耳をそばだてる。

「わたしの知識も覚束《おぼつか》ないのですが……。何かに中ったのなら、もっと斑《むら》がある気がするのです」

「斑、ですか？」

美代が首を傾《かし》げる。

「ええ、茸《きのこ》にしろ魚や貝にしろ、それを口にしなければ中りません。当たり前ですね。でも、あれだけの数の人がみな中って苦しむ。しかも、中るかもしれない食の材を使うわけがないでしょうから、運悪く混ざってしまったと思うのだけれど……それも違和があって……誰もかれもが口にして、毒があるにも拘《かか》わらず吐き出しもせず食べてしまったわけでしょう。考えれば考える程妙な気になりました。あなたたちは、どうだった？」

おいちは胸の内で小さく唸《うな》る。

妙な気など覚えなかった。そこまで思案が回らなかった。先刻告げたように、治療だけに追われ、何も考えられなかった。今、落ち着いて、明乃の一言一言を嚙み締《し》めてみる。

松庵の許《もと》にも食中りの患者は、かなりの数やってくる。中には戸板に載《の》せられ、運び込まれる者もいた。たいていは傷《いた》んだり、腐りかけた食べ物を口にしたのが因だ。

「だって、先生、捨てるなんてもったいなくてできないよ」

患者たちは口を揃《そろ》えて同じようなことを言う。言い訳《わけ》ではなくて、本気の言《げん》だ。松庵に診療を求めてくる人々だ、分限者《ぶげんしゃ》などほとんどいない。大半がその日暮らしの長屋住まいで、薬礼《やくれい》にも事欠く。そういう人たちだから、食べ物を粗末にするような真似《まね》はしない。米粒一つ、菜《な》の葉一枚無駄にすまいと工夫《くふう》する。それは庶民の知恵であり、心掛けだ。褒《ほ》められはしても謗《そし》られるものでは、決してない。けれど、知恵も心掛けも、誤《あやま》った方向に行き過ぎてしまうと害になる。どんなにもったいなくても腐りかけた何かを食べれば、命に関《かか》わる事態を招きかねない。いや、実際に招く。食中りで亡くなる者は後を絶たない。特に、小さな子や年寄りは手もなく死にさらわれてしまう。

「いいか、腐るとはそこに毒ができるってことなんだ。何があっても食ったりするな。どんなものでも水洗いをして、必ず煮炊《にた》きするんだ。生《なま》で食しちゃいかんぞ」

毎年、梅雨入《つゆい》りの前に松庵は、六間堀町《ろっけんぼりちょう》内の長屋を説《と》いて回る。それでも患者の数はなかなか減らなかった。ただ、明乃の言う通りだ。症状には斑が、ばらつきがある。二年ほど前になるが、老齢の男女が駆《か》け込んできた。足袋屋《たびや》の隠居夫婦とかで、聞けば、軽く炙《あぶ》った鯖《さば》を肴《さかな》に酒を酌《く》み交《か》わした半刻《はんとき》（一時間）ほど後、二人とも吐き気と腹下しに襲《おそ》われたという。しかし、隠居の方はかなりまいっていて息子に負《お》ぶわれて来たが、女房《にょうぼう》の方は血の気《け》のない顔ながら、自分の足でしっかりと歩き、受け答えも確かだった。

薬を処方され、薄く塩を溶かした白湯《さゆ》を飲み、何とか落ち着いてきたとき、隠居は臥《ふ》したまま松庵に話しかけた。

「先生、今度のことで、わたしはどう足掻《あが》いても女房には敵《かな》わないのだと思い知りましたよ」

「ほう、それはまたどうしてですかな」

「だってね、同じものを食べて、同じ酒を飲んだんですよ。で、鯖が中ったと先生は診立《みた》てられましたが、女房の方が明らかに多く食ったはずなんです」

「ま、ちょっと、おまえさんたら」

白湯を飲み干した女房が眉を吊《つ》り上げた。

「あたしを大食いみたいに言わないでくださいな。だいたい炙った鯖が好物なのは、おまえさんじゃないですか。いつでも鯖、鯖って、この人の前世は猫か熊だったんだろうって、ずっと思ってたんですよ。あら、熊が好きなのは鮭《さけ》でしたかね」

女房がけらけらと笑う。隠居は苦笑を、松庵とおいちに向けた。

「ね、こっちは、先生のおかげで何とか一息つけて、それでも起き上がるのがやっとなのに、あちらさまはけろっとして高笑いできるんですからね。どうにも歯が立ちゃしませんよ」

「まあ、食中りは人の六腑《ろっぷ》の強さと関わりがあるそうですからな。内儀《おかみ》さんの方がかなり上手《うわて》だったと、そこに尽きますかな。ま、この先、内儀さんには逆《さか》らわぬように心した方がよろしいですかな、ご隠居」

「まあ、先生まで憎たらしいこと」

睨《にら》む振りをしながら女房がさらに笑った。笑う度《たび》に、生気が戻ってくるようで、おいちはその強靱《きょうじん》さに驚いたものだ。

隠居夫婦の話を明乃と美代に語る。

「なるほどねえ。実際の例をあげてもらうとすとんと納得《なっとく》できるわ」

美代が真顔《まがお》で頷《うなず》いた。明乃も同じ仕草をする。

「ええ、ほんとに。たくさんの患者さんたちと接してきた、それが、おいちさんの強みですね。何よりの強みですよ。改めて感心してしまいます」

おいちは俯《うつむ》いてしまう。火照《ほて》って赤らんだ頬《ほお》をさらしたくなかったのだ。でも、嬉しい。父の近くで生きてきた日々はおいちの矜持《きょうじ》だ。それを認めてもらった。ただもう嬉しい。

美代が頬に指を当て、考え込む風に首を傾げた。

「先生とおいちさんの話を聞いていると、確かに、『浦之屋』の件は毒としか考えられませんよね。わたしは、茸汁に中ったとばかり思ってましたが」

「そうでしたね。水で戻した茸と豆腐の汁と聞きました。でも、その茸は干し物で、前々から料理に使っていたのでしょう。豆腐も買ったばかりだったというし、中るはずはないのにと不思議に思っていたのですよ」

「その茸の中に毒茸が交ざっていた……わけはないですね。それなら、先生が仰ったように、お店《たな》のみんなが同じように毒中りするのはおかしいですものね。茸が全部毒茸ならまだしも、前々から使っていた乾物《かわきもの》ですものねえ。とすれば、やはり汁そのものに毒が混ぜられた……」

そこで美代は、僅かに目を伏せた。

「でも、ほんとうにあの乳母《うば》が毒を入れたりしたのかしら。そこのところが、どうにも信じられなくて」

「美代さんは、乳母をご存じなのですか」

おいちの問いに美代がもう一度、首を傾げる。

「知っていますと言えるほどじゃないの。あのとき、二言か三言、交《か》わしたぐらい。治療が一段落して、わたしがへたり込んでいたら、手洗い用のお湯を持ってきてくれてね。昔から茸が苦手《にがて》で汁を口にしなかったとか、自分が茸に中っていたら坊《ぼっ》ちゃんの世話をする者がいなくなるところだったとか、少しばかりお話をしただけ。それでも……」

美代は束《つか》の間《ま》、眼差《まなざ》しを漂《ただよ》わせた。

「とてもお優《やさ》しい方という感じがしました。世話をしている赤子《あかご》が可愛《かわい》くてたまらない、そうも仰っていて、あれが芝居《しばい》だったなんて、あの乳母が毒を入れたなんて、わたしには到底、信じられないのです。でも」

目を上げ、美代はおいちに顔を向ける。

「書き置きで自分がやったと白状しているのなら、それが真実なのでしょうねえ」

「さあ、それは何とも……」

言い切れないと思う。真実というものは尋常《じんじょう》の手段では正体《しょうたい》を図《はか》れない。驚くほどわかり易《やす》いときも幾重《いくえ》にも包まれてなかなか姿を現さないときもある。掘り進め、穿《うが》ち続け、やっと真実を摑《つか》んだと喜び勇《いさ》んだ一瞬の後、とんだ見当違いだったと知る。そういう現《うつつ》に幾度もぶつかってきた。罪を白状した書き置きを残して一人の女が自死した。これで一件落着となるのかどうか、おいちには判じられない。少なくとも、菖蒲長屋にやってきた仙五朗《せんごろう》の顔つきは、全《すべ》てを納得し受け入れているようには見えなかった。

「ねえ、おいちさん」

明乃が珍《めずら》しく急《せ》いた口調《くちょう》で問いかけてきた。

「松庵先生はどうだったのでしょう。『浦之屋』の一件、どのようにお考えだったのかしら」

「……父ですか」

「ええ、わたしが変だと感じたことぐらい、松庵先生ならとっくに気付いておられたはずですよ。何か仰っていなかった?」

「はい、別段、何も……あ、でも」

「でも?」

明乃と美代が身を乗り出す。全く同じ姿勢だった。美代はむろん、明乃の内にも好奇の心はたっぷりとあるらしい。皺《しわ》の目立ち始めた顔の中で双眸《そうぼう》が煌《きら》めく。それが老女に、目を引くほどの若やぎを与えていた。

「あ、いえ、治療が終わった後、父と仙五朗親分が何か話し込んでいたのを見たんです。気にはなったのですが、えっと、あの、自分が酷《ひど》い顔をしていると気付いてしまって……」

松庵と仙五朗は廊下《ろうか》の突き当たりに立ち、顔を寄せ合ってしゃべっていた。密《ひそ》やかな声で、話は聞き取れない。気にかかる。胸がざわついた。松庵は背中、仙五朗は横顔しか見えないが、その背中も横顔も強張っている。大騒動だったとはいえ、死人《しびと》は出なかった。『浦之屋』の一同はみな助かったのだ。松庵はもっと気を緩《ゆる》めていていいのではないか。それに、仙五朗はいつの間に来たのだろう。既《すで》にいつもの身形《みなり》になり、腕を組んでいる。頭のてっぺんから足の先まで岡っ引だった。変事に違いはないから、仙五朗が駆けつけるのはわかる。でも、二人の間の妙に張り詰めた気配は気になった。

気にはなる。でも、近づかない方がいいのだろうかと思案していたとき、我知らず頰に添えた指がぬるりと滑《すべ》った。指先が白く汚《よご》れている。

え？　あ、まさか。

おいちは顔を押さえ、近くの一間に飛び込んだ。隅《すみ》に鏡台があったのを目に留《と》めていたからだ。誰のものか、よく磨《みが》かれた鏡を覗《のぞ》き込み、のけ反《ぞ》りそうになった。いや、実際、のけ反って手を後ろについてしまったのだ。

酷い面容《めんよう》になっていた。

おうたはわざわざ化粧師《けわいし》を呼んで、おいちに花嫁の化粧《けしょう》を施《ほどこ》した。たっぷりと白粉《おしろい》を塗《ぬ》り、紅《べに》を目元に差し、唇に引く。その顔のまま動き回り、冬場だというのに汗まみれになった。もっとも、それはおいちだけではない。明乃も美代も松庵も、みんな似たような有り様《さま》だ。ただ、おいちは汗で白粉が流れ、紅が滲《にじ》み、おまけに文金高島田《ぶんきんたかしまだ》の派手な髷《まげ》のままだ。

「きゃあ」一人悲鳴を上げながら、台所まで走り、顔を洗った。

「ああ、そう言えば、おいちさん、叫びながらすごい勢いで走っていたわよね。あれは、そういう経緯《いきさつ》があったの」

美代がころころと笑う。

「だって、あまりにも酷い顔だったもので……。今、思い出しても恥ずかしいです」

「あら、そんなことあるもんですか。あのときは、誰もが汗みずくで目が血走っていて酷いご面相《めんそう》だったもの、全然、目立たなかったわよ。それに他人《ひと》さまの様子なんて気にしている余裕、なかったでしょ」

そう言って、また笑った。美代のあけすけな物言《ものい》いの裏には、相手を思いやる細《こま》やかさが潜《ひそ》んでいる。知り合ってさほど月日が経《た》つわけではないが、美代の為人《ひととなり》は心底《しんそこ》から信じられるし、好《この》ましくもあった。だから笑われても嫌《いや》な気にはならない。ただ、笑っている場合ではないと、不穏《ふおん》な予覚はする。こちらは、かなり嫌な気分だ。

ふっと、巳助《みすけ》を思い出した。黒い何かに包まれた後ろ姿が浮かぶ。なぜここで、浮かんでくるのだろう。わからない。わからないことが余計に不穏を膨《ふく》らませるようだ。

「では、松庵先生と親分さんが何を話していたか聞かぬままになったのですね」

明乃が話の流れを戻す。そうですと、おいちは答えた。

中途半端な祝言《しゅうげん》になってしまった。その詫《わ》びと挨拶《あいさつ》を兼ねて、『菱源《ひしげん》』の親方を訪ねたり、新居を整えたり、開塾の用意に奔走《ほんそう》したりと、おいちは忙しかった。新しいこと、為《な》すべきことが次から次に出てきて、ゆっくり思案する暇などなかった。それに、おいちの中でこの一件はすでに片が付いていたのだ。『浦之屋』も四、五日の後には商《あきな》いを再開して、普段の日々を取り戻したかのように見えた。父と岡っ引の密談する姿は、いつの間にか頭から消えて、今の今まで思い出しもしなかった。

明乃が視線を空《くう》に泳がせる。

「その折に、お二人は毒の見込みについて話しておられたのかしらね」

「かと思います」

明乃が気付いたことを松庵も思い至った。これは本当に食中りだろうかと疑った。違うのは松庵が仙五朗に己《おのれ》の疑念を伝えたことだ。治療が一段落したところで、医者の役割はほぼ終わりだ。しかし、そこに犯科《ぼんか》が臭《にお》うなら、今度は岡っ引の出番となる。松庵はよく心得《こころえ》ていた。仙五朗との付き合いも、それだけ長く深くなったというわけだ。

「それで、親分さんは松庵先生に事の次第を報《しら》せに来られたのですね。つまり、下手人《げしゅにん》が自害したと告げに……」

「はい。でも、父は往診が長引いたらしくなかなか帰ってこなくて、とうとう逢《あ》えず仕舞《じま》いになりました。往診が長引くことはままあるので、仕方ないのですが」

「仕方ないけれど気になるの、おいちさん？」

美代がおいちを覗き込んでくる。おいちは視線を逸《そ》らし、小さく息を吐いた。


昨日、松庵が菖蒲長屋に戻ってきたのは暮れ方、薄闇《うすやみ》が路地の奥に溜《た》まり始める刻《とき》だ。頭風《ずふう》を訴える老女と火傷《やけど》をした子どもの手当てを済ませ、十斗《じっと》が帰るのと入れ違いの帰宅だった。松庵の顔つきがどことなく暗い。いつもの陽気さは影を潜め、翳《かげ》りが差している。

「父さん、患者さん、かんばしくないの？」

松庵の往診先を思い浮かべながら、おいちは尋《たず》ねた。

深川元町《ふかがわもとまち》の履物屋《はきものや》の惣領《そうりょう》息子。同じく大工丸一《だいくまるいち》の棟梁《とうりょう》。海辺大工町《うみべだいくちょう》の黒馬《くろうま》長屋に住むおさたさん。万年橋《まんねんばし》近くの茶屋で働くおみの婆さん。四人とも命に関わる病《やまい》に罹《かか》っているわけでも傷を負っているわけでもない。七歳の惣領息子の風邪《かぜ》が思いの外《ほか》、治《なお》りが遅かったけれど、このところ徐々に快方に向かっている。それとも誰かの病状が悪化したのだろうか。いや、それは考え難《にく》い。急変するような患者はいなかったはずだ。それなのに、こんな刻限まで何をしていたのだろう。

松庵の暗みに心当たりがなくて、おいちは僅かに訝《いぶか》る。

もしかして、父さん、誰かに逢っていた？

そう問うてみようとしたとき、松庵が硬《かた》い笑《え》みを浮かべた。

「いいや、心配しなくてもみんなよくなってる。おさたさんと棟梁はもう往診しなくてよいだろうな。あと一日、二日すれば床上《とこあ》げできる」

「そう、ならいいけど。父さん、疲れてる？」

「え、そんなことはないが……。まあ、おれもいい歳だからな。往診で歩き回るのもだんだん応《こた》えるようになってきたわけさ。足が怠《だる》くてなあ。はは、まったくな、義姉《ねえ》さんの半分でも体力があればいいんだが」

「言い合いは五分五分《ごぶごぶ》だと思うけど。あ、そう言えば、今日、親分さんが来られたのよ」

おうたの来訪はあえて伏せておく。祝言のやり直しをするなどと耳にすれば、松庵がどんな表情《かお》になるか、だいたい推測できる。

「親分が？　おれに用事があったのか」

「ええ、『浦之屋』の一件で」

乳母の自死と書き置きの中身について、仙五朗の話を伝える。聞き終えてすぐ、松庵は脱《ぬ》いだばかりの草履《ぞうり》を履《は》き直した。

「え、父さん、まさかこれから出かける気なの」

「ああ、相生町《あいおいちょう》まで行ってくる。親分に尋ねたいことが一つ二つ、あるからな」

「え、でも、夕餉《ゆうげ》もまだなのに。今日は父さんの好きな大根と鰤《ぶり》の煮付けを」

おいちが言い終わらないうちに、松庵は出ていった。足が怠いようにも疲れているようにも到底見えない素早い動きだ。急《せ》いているようにさえ思える。

結句、その夜も今朝《けさ》も松庵とは、ゆっくり話ができないままになってしまった。

「まあ、そうなの。ということは、松庵先生は何かを知っているってことなのかしら。わたしたちが知らない事実を、ね。あ、でも、『浦之屋』の件は落としどころが一転したけれど、謎《なぞ》が残ったわけじゃないわよねえ。乳母は白状して亡くなったのだもの。どうして、そんな大それた真似をしたのかは不明だけど、それも書き置きに認《したた》めていたのかしらねえ」

「美代さん、詮索《せんさく》はそこまでにいたしましょう」

明乃がやんわりと美代のしゃべりを止める。

「この件、いろいろと思うところはありますが、既に医者の手を離れたところでの動き、親分さんやお役人のお働きの内に入るものです。わたしたちには与《あずか》り知らぬとまでは申しませんが、深く関われるものでもありますまい。わたしたちにはわたしたちの為さねばならない仕事が、たんとございますからね」

「あ、はい。先生の仰る通りです。すみません、わたし、つい夢中になってしまって」

美代が肩を竦《すく》める。明乃は愛弟子《まなでし》に優しい眼差しを注《そそ》いだ。

「おいちさんと違って、わたしたちはまだ、俗世の事情、人の暮らしの中から生まれてくる諸々《もろもろ》の出来事に疎《うと》いのです。疎過ぎると言ってもよいでしょう。わたしたちが目指すのは医者としての位《くらい》を極《きわ》めることではありません。人々の内に分け入って、病の苦しみを少しでも和《やわ》らげる者になること。とすれば、医術の技《わざ》とは別に人々の暮らしもまた、知らねばなりません。おいちさんを見習わねばね、美代さん」

「はい。おいちさんに学ばねばならないことは、たくさんあると心得ております」

「え？　あ、あの、先生、美代さんも、ちょっとお待ちください。あたしは別に何を知っているわけでもなくて、いつも、右往左往《うおうさおう》しているばかりで」

おいちは腰を浮かし、右手を力いっぱい横に振った。

慌《あわ》てる。焦《あせ》る。

へりくだっているわけでも照れているわけでもない。明乃や美代から見習うだの学ぶだのと真顔で告げられると、身の置き場がない心地《ここち》になってしまう。

患者との接し方も治療のやり方も薬の調合も、戸惑《とまど》い、途方に暮れることが多々ある。祝言は挙げたものの、新吉《しんきち》の優しさ、大らかさに甘えていると感じることも多い。自分がどのくらい未熟で物知らずで至らないか、身に染《し》みている。

「わたしは紙の上、机の上の医術を突き詰めようとは思っていないのです」

明乃が背筋《せすじ》を伸ばし、美代とおいちを交互に見やった。

「むろん、知識は大切です。でも、あくまで現《うつつ》に生かせる知識でなければなりません。現に生きて、苦しんでいる患者に向き合い、救おうとする。あなたたちには、いえ、この医塾で学ぶ全ての女人には、そんな医者になってほしいのです。おいちさんは既にその道を歩んでいる。一歩先にいるのですよ」

「そんなそんな、違います。先生、あたしはそんな大した者じゃありません。ほんとに、あの、できないことばかりが増えていくようで、あの……」

「ねえ、おいちさん」

美代がにじり寄ってきた。

「さっき、十斗先生と子どもの火傷の手当てをしていたと言ったわよね」

「は？　あ、ええ、父が往診から帰ってくる前ですね。六歳の男の子でしたが、焚火《たきび》をしていて袖《そで》に火が燃え移ったとかで、右腕の手首から肘《ひじ》にかけて熱傷《ねっしょう》を負《お》っていましたけれど」

「治療はやはり大人とは違う？　子どもの方が大変よね」

「ええ、それはやはり、火傷だけではないけれど、子どもの治療は難しいです。治療法は同じでも、小さな子ほど聞き分けてくれませんから。二人掛かり三人掛かりでなければ、手当てができないんです。昨日も兄とあたしと、付き添ってきた父親との三人で何とかなったというところでした。でも、そんなことより、一刻《いっこく》を争う場合が大人よりずっと多くなる。そこのところが、一番、厄介《やっかい》でしょうか」

うんうんと美代が首肯《しゅこう》する。

「火傷も、大人よりずっと容易《たやす》く命に関わる事態に陥《おちい》るものね」

「ええ、そうなんです。身体が小さい分、火傷の僅かな広がりでも命取りになります」

おいちも頷き返す。いつの間にか照れも臆《おく》する気持ちも消えていた。美代の真剣さに引きずり込まれていく。引きずり込まれ、同じほど真剣に語る。真剣な言葉や情が行《ゆ》き交《か》い、ぶつかり、染みてくる。他所《よそ》では味わえない快《こころよ》さだ。

「深さにもよるでしょうけれど、どのくらいが危《あぶ》ない線なのかしら」

「本人の手のひらで、子どもなら九つ分、大人なら十八から二十個分ほどの火傷をしていたら命が危ないというのが、だいたいの目安《めやす》だそうです」

おいちは五本の指を広げ、ひらりと振ってみた。

「昨日の子は近くにいた父親がすぐに着物を剝《は》いで、水を張った桶《おけ》に右腕を浸《つ》けたんです。それが功を奏したみたいで大事《おおごと》にはなりませんでした。やれやれです」

「そうね。まずは水で冷やすのが一番よね。立派な父さまだったのねえ」

「ええ、植木職人さんでした。剪定《せんてい》した木の枝を燃やしていたみたいで、自分のせいで息子に火傷をさせてしまったとしょげてましたけどね。とっさに手当てができたのですから、ほんとに立派だと思います」

「それで、おいちさん、おいちさんたちはどんな治療を施したの。それと、手のひら九つ分というのはわかるんだけれど、もう少し詳《くわ》しく」

「もう、そこまでにしておきなさい」

明乃の笑いを含んだ声が割って入ってくる。

「あなたたちの談義は際限《きり》がありませんからね。子どもの手当て云々《うんぬん》については火傷に限らず他の怪我《けが》や病についても、おいちさん、改めて講義をお願いしますね」

「はい、畏《かしこ》まりまし……ええ、いや、講義なんてできません。さっき申し上げた通り、そんなの無理ですから。先生、あたしは塾生なんです。教えていただく立場ではありませんか」

「他人《ひと》に教えることが学びを深めることは、よくありますよ。塾生の先輩として後輩を指導するのも務めだと、覚悟してくださいな」

「え、後輩？」

明乃が口元を綻《ほころ》ばせ、美代と目を合わせる。美代は笑みながら指を三本、立てた。

「実はね、新たに三人、入塾する方たちが決まったのよ」

「まあ、三人も」

「三人どころか、百近く入塾を乞《こ》う文《ふみ》が届いているのですよ。江戸だけではなく常陸《ひたち》からも上総《かずさ》からも武蔵《むさし》からもその他の国からも文は来ています。でも、その内のほとんどは、周りの反対や妨《さまた》げで断念せざるを得ない方々なの」

明乃がため息を零《こぼ》す。

「中には親、兄弟、親族から折檻《せっかん》されたり蔵《くら》に閉じ込められたりした方々もいるのですよ。涙の跡が残った文もたくさんあって……。ほんとうに、この国で女が学ぶことは、これほどまでに困難極まりないものになるのですねえ」

込み上げてきた息を今度は呑み下し、明乃は胸を張った。

「美代さん、おいちさん、だからこそ、今の自分たちの境遇《きょうぐう》を生かしてくださいね。次に続く者たちのためにもお願いします」

「もちろんです」

と、美代が答えた。低いけれど確かな響《ひび》きがあった。

「わたしも嫁《とつ》ぎ先で医者になると告げたとたん、脅《おど》されたり罵倒《ばとう》されたりしました。来る日も来る日もとんでもない外《はず》れ者だと謗られ続けて、頭がおかしくなりそうでした。悔《くや》し涙を流す気持ちはよくわかります。あの日々に比べれば今は極楽《ごくらく》です。まだほんのとば口とはいえ、進みたい道に立っている。ええ、極楽ですわ。わたし地獄から極楽まで上ることができたのです。医者になって、ここに極楽があると国中の女人に伝えたい、必ず伝えられると思っています。ね、おいちさん」

「あ、は、はい。でも、医学の場ですから、極楽とか地獄とかはあまり言わない方がいいような気がします」

「あらまっ、一本、取られちゃったわ」

美代がぺろりと舌《した》を覗かせる。少し蓮《はす》っ葉《ぱ》な仕草だけれど、妙に可愛い。

「ほほ、確かにね。病人や怪我人が極楽にも地獄にも行かないよう踏ん張るのが、医者の役目ですね。では、おいちさん、その意気で講義の件、お願いしますよ」

おいちが答える前に、明乃は「それぞれに励みましょう。仲間がいるのですからね」と、話を結んだ。


どうしよう、どうしようと呟《つぶや》きながら歩く。

講義のことだ。断《ことわ》る隙《すき》が摑めず、引き受ける恰好《かっこう》になってしまった。三人の入塾者が正式に決まったら、そこに美代を加えた塾生四人の前で講師として……。

ああ、駄目だわ。そんなことできっこない。どうしよう。今さら断れるかな。断らなくちゃ、どうしても断らなくちゃ。あたしに、できるわけがないんだから。

どう断ればいいのか、いっそ仮病《けびょう》でも使おうか。いや、それはあまりに姑息《こそく》で卑怯《ひきょう》だ。人としての道に悖《もと》る。医の道を目指す者が仮病だなんて、さらに悖る。他の手を考えねば。

思案が千々《ちぢ》に乱れる。

八名川町《やながわちょう》を出て、六間堀町の手前、木戸が見えてきた辺《あた》りだ。

おいちは足を止める。

町木戸近くに男が一人、立っていた。そんな光景は珍しくもない。行き交う人々も誰一人として、男に気を向けていなかった。ある者は足早《あしばや》に、ある者は談笑しながら傍《かたわ》らを通り過ぎていく。

男は腕組みをしたまま、木戸越しに内側を覗き込んでいる風だった。

『浦之屋』だわ。

おいちは口元を引き締めた。男は油壺《あぶらつぼ》を象《かたど》った看板を、あるいは『浦之屋』そのものを見詰《みつ》めているようなのだ。ややあって腕を解《ほど》くと、木戸から離れ、重そうな足取りで歩き出した。おいちの方にやってくる。風呂敷包《ふろしきづつ》みを胸に抱き、おいちは天水桶《てんすいおけ》の陰に隠れた。なぜ、とっさに隠れたのか、気軽に声を掛けなかったのか自分でもよくわからない。

おいちの前を男が過ぎていく。

頬がこけて、無精《ぶしょう》ひげが目立った。窶《やつ》れていると言ってもいい。

男はひどく面変《おもが》わりしていた。

「巳助さん」

遠ざかる背中を見送り、男の名前を呟く。

胸の内で心《しん》の臓《ぞう》が鳴っている。とくとくと鼓動《こどう》が速まる。

とん。肩を軽く叩《たた》かれる。息を詰め、おいちは振り返った。

「おや、申し訳ねえ。驚かしちまいましたかね」

仙五朗が風と風の巻き上げる土埃《つちぼこり》の中で、静かに笑っていた。


水茶屋《みずぢゃや》の中に客はいなかった。

花の便《たよ》りには少しばかり早いし、そぞろ歩きを楽しむ季節はさらに先だ。日差しは和らいできても風は冷たい。日が翳ればなおさら身に染みる。水茶屋で茶を味わう気分には、まだなれないのだろう。

でも、餡《あん》の詰まった小振りの饅頭《まんじゆう》と熱めの茶は思いの外、美味だった。口の中に広がる小豆《あずき》の風味に、つい「わっ、美味《おい》しい」と声を上げてしまうほどだ。

「でやしょ。ここの饅頭はなかなかのもんなんでやすよ。けど、おいちさんみてえに、素直に喜んでくれると誘った甲斐《かい》があるってもんだ」

仙五朗が目を細め、笑う。そうすると目元に愛嬌《あいきよう》が滲んで、好々爺然《こうこうや》とした顔つきになる。この笑顔が作り物とは決して思わないけれど、仙五朗が好々爺などでないことは、よくわかっている。好々爺は一睨みで破落戸《ごろつき》を震《ふる》え上がらせたりはしない。

おいちはさっぱりした味わいの茶をすすり、ちらりと岡《おか》っ引《ぴき》を見やった。

「親分さん」

「へい」

「親分さんは巳助さんを見張っていたんですか」

仙五朗もおいちに視線を向けてくる。穏《おだ》やかな眼つきだった。

「そういう風に見えやしたかね」

「あ、いいえ、見えたとかじゃないんです。親分さんが急に現れたものですから。もしやと……」

「あっしじゃなく、おいちさんの気持ちのせいじゃねえですかい」

「あたしの？」

湯呑《ゆのみ》を置き、仙五朗は軽く頷いた。

「へえ。おいちさんは気持ちの中で、あっしと巳助を結び付けた。あっしが巳助をそれとなく見張っているように感じた。そうなんじゃねえですかい」

おいちは手の中の湯呑を握り締めた。白い焼物の肌から温《ぬく》もりが伝わってくる。

「親分さん、もし、そうなら……そうだとしたら、どうしてでしょうか。あたしは、どうして巳助さんと親分さんを結び付けてしまったんでしょうか」

本気で問うていた。どうしてだか、焦りに似た情が衝《つ》き上がってくる。脈が速くなったのが自分でわかる。おいちは息を吸い、ゆっくりと吐《は》き出した。

「答えるのは、おいちさんでやすよ。自分の気持ちのこった。じっくり考えてみてくだせえ。あ、茶をもう一杯ずついただきやしょうかね」

小柄な老女が新しい湯呑を運んでくる。今度は唐津《からつ》で、青い波模様が描かれていた。

「……巳助さん、ずい分と変わっていました。菖蒲長屋にいたころとは人が違うみたいでした。顔つき云々というより、佇《たたず》まいというか、そういうのがとても違ってたんです」

「へえ。確かに。あっしも、菖蒲長屋で何度か顔を合わせちゃいましたが、ぱっと見、別人みてえな変わりようでやしたねえ」

「ええ、その変わり方がどことなく陰《いん》というのか、暗くて尖《とが》っていて」

禍々《まがまが》しいという一言を、おいちは抑え込んだ。それでは巳助が何かに憑《つ》かれているようではないか。人ならぬものに取り憑かれているとすれば加持祈禱《かじきとう》の出番になる。

おいちは医者だ。神に手を合わせることも仏《ほとけ》を拝《おが》むことも日々あるけれど、人を損《そこ》なうのも救うのも人でしかないと解《かい》している。

狐狸妖怪《こりようかい》が憑き、悪霊《あくりょう》が祟《たた》る。そう信じ怯《おび》える人々を嗤《わら》う気にはなれない。愚《おろ》かと一蹴《いっしゅう》するのは傲慢《ごうまん》でしかないのだ。この世には人智《じんち》を超えた不思議な出来事が数多《あまた》ある。加持祈禱で収まる騒ぎも、軽くなる苦しみも確かにあるのだ。でも、医者はそこに留《とど》まってはいられない。

憑かれた、祟られたと、常とは違う振舞い、顔つきになるのも、苦しみ、悶《もだ》え、痛みを訴えるのも、必ず因《もと》があるのだ。その因を妖怪や霊《れい》のせいにしていては役目を果たせない。身と心のどちらかに、あるいはどちらにも因がある。心身のどこかに人は傷を病を抱《かか》えている。医者は、そこを見《み》極《きわ》め、適した治療を施すべき立場なのだ。

おいちは顔を上げ、仙五朗と目を合わせた。

「親分さん、いいかげんなことは申し上げたくないんですが、巳助さん、何かに悩んでいる、悩み果てでどうにもならなくなっている。そんな風でしたね。菖蒲長屋にいたとき、おしまさんを病で亡くしたときも、痩《や》せてしまって、すっかり面変わりしたことがありました」

「へえ、そうでやしたね。あっしはたまに目にするぐれえでやしたが、傍《はた》で見ていても気の毒なぐれえの窶れ方でしたねえ」

「はい。でも、あのときは何と言うのか……戸惑いはなかったと思います。巳助さん、おしまさんの死を受け止め、何とか生きようと必死だったんです。でも、受け止めるには重過ぎて喘《あえ》いでいた。あたしたちは黙って見ていることしかできませんでした。巳助さんが何とか凌《しの》ぎ切って、生きる方向にそろりと歩き出すまで、静かに見守る。それしかなかったんです」

仙五朗が相槌《あいづち》を打つ。

「まったくで。他人が慰《なぐさ》められるこっちゃありやせんよね」

その通りだ。

踏ん張れ。しっかりしろ。男はめそめそするもんじゃない。泣いたって、おしまさんは帰ってこないよ。おまえがしゃんとしないと、仏さんが浮かばれないぜ。

人はわりに容易く他人を慰めようとする。励《はげ》まそうとする。そこに悪気《わるぎ》が潜んでいるとは、おいちも思わない。けれど、悪気以上に害になることはある。大切な誰かを失って萎《な》えてしまった心には、頓着《とんちゃく》ない一言一言が刃《やいば》とも針ともなり、向けられた相手を余計に傷つける。

松庵が巳助に言い聞かせていたのを覚えている。うなだれた巳助を前に「おしまさんの後を追おうなんて馬鹿《ばか》なことを考えるな」と語気を強くしていた。あれは慰めなんかではなかった。松庵は全霊で、巳助を生の場に引き戻そうとしていたのだ。おそらく、おそらくだが、巳助は死に吸い寄せられようとしていたのではないか。

惨《むご》い現《うつつ》にいると死を甘美《かんび》に感じ、ふらふらと近づいてしまう。それを止められるものの一つが、言葉だ。容易く撒《ま》き散らされる空言《そらごと》ではなく、心底からの、機微《きび》を弁《わきま》えたものであるならばだが。松庵も仙五朗もそのあたりは十分に心得ていた。空《くう》でない言葉を使えもした。おいちも解してはいる。ただ、ほんとうに他人を慰め、支えられる言葉を知って、使えているとは言い難《がた》い。だから、口を閉じる。嘆き悲しむ人を、現の苦しみに耐えている人を、泣くこともできずうなだれている人を、黙って見ているしか術《すべ》がない。今はまだ無理だ。でも……。

「でも、親分さん、今度は見守るだけじゃ駄目だって、何かしなくちゃならないって気がするんです。おしまさんが亡くなったときは、それがどん底でした。巳助さんは、底の底から何とか這《は》い上がろうとしていたと思います。でも、今は……」

「底じゃねえって言うんですね。まだ落ちていく途中じゃねえかと」

言い切れない。巳助は確かに様変わりしていたがそれだけのことで、おいちが巳助の何を知っているわけでもないのだ。

「落ちていくとはつまり、巳助が罪を犯《おか》す、犯科人になるってことなんでやすかね。だからこそ、おいちさんはあっしと巳助を結び付けてしまった」

気息《きそく》を整える。もう一度、仙五朗と視線を絡《から》ませる。

「わかりません。巳助さんがどんなものであれ罪を犯す、親分さんに縄《なわ》を掛けられるような羽目《はめ》になるなんて、正直、信じられません。けど」

膝の上に重ねた手と丹田《たんでん》に、力を込める。

「親分さん、あたし見たんです」

何をと仙五朗は尋ねなかった。僅かに前のめりになっただけだ。

「あれは、巳助さんが菖蒲長屋を出ていく二日前だったと思います。新しいおかみさんと所帯《しょたい》を持つって、報《しら》せに来てくれたんです。あたしも父も淋《さび》しくはありましたが、おめでたいと喜びもしました。ほんとによかったなと思ったんです。巳助さん、やっとおしまさんを失った痛手から立ち直って、一歩進めたんだなって。でも……見てしまって」

束の間、目を閉じると巳助の後ろ姿が浮かんできた。さっき見送ったものではない。別れを告げに来たあの日の背中だ。

「巳助さんが路地に出ていこうとしたとき闇《やみ》が、いえ、闇というより黒い霧《きり》とか靄《もや》みたいな感じでした。それが巳助さんを呑み込んでしまったんです。あたし、叫びそうになりました」

仙五朗が背筋を伸ばす。腕を組み、小さく唸った。

「でも、呑み込まれたわけじゃなくて、巳助さんは路地で子どもたちと話をしてて、お日さまが当たっていて……ええ、霧とか靄なんてどこにもなかったんです。あたし、だから、ただ日が翳ったたけなんだと思おうとしました。急に翳ったから、外が暗く見えたんだって。でも、そんなことあり得ませんよね」

「で、やすね。外から家の内を覗いて暗く感じることはあっても、日中に内にいて外が闇に閉ざされるなんてこたぁ、ちょっと考えられやせんね。黒い霧や靄が出ることもねえでしょう」

「でも、あたし確かに見たんです。ほんの一瞬でしたが、巳助さんが……」

口にすると背筋が冷えていくのがわかった。

「ずっと忘れてました。見間違いだと言い聞かせて、いつの間にか忘れてました」

「へえ、忘れて当たり前《めえ》でやすよ。一時見た幻《まぼろし》に拘《こだわ》っていちゃあ、二進《にっち》も三進《さっち》もいかなくなりまさぁ。そこで巳助が倒れたりしたのなら話は別ですがね。元気で長屋を出ていったんでやしょ。おいちさんだって、それからもいろいろあったじゃねえですか。仕事は忙しいし、石渡先生の塾のことでも走り回ってた。なにより、おいちさん自身の祝言がありやしたね。うん、忘れて当たり前というか、ずっと覚えている方が不思議ってもんでさ」

そこで、仙五朗は声を低く、潜めた。

「けど、思い出した。今日、巳助の様子を見てその闇を思い出したんでやすね」

「はい。さっきの巳助さんの様子、佇まいも含めてですがあの暗さが、あのときあたしの見たものと重なってしまったんです。証《あかし》はありません。あたしが感じただけです。でも、嫌な、とても嫌な気持ちです。でも、すみません」

「へ？　どうして謝《あやま》ったりなさるんで」

「だって、何もかもあやふやで、拠《よ》り所も明らかな証もないんですもの。そんな話を聞かされても何の役にも立ちませんよね」

仙五朗に入《い》り用なのは確かな手掛かりだ。下手人を割り出すための、犯科を防ぐための、咎人《とがにん》を捕《と》らえるための糸口であり、事実だ。比べて、自分の語った諸々はあまりに曖昧《あいまい》過ぎる。

「おいちさんは、いつでもそうじゃねえですか」

仙五朗がにやりと笑った。

「いつだって大抵《たいてい》、あやふやでやすよ。ふっと感じたとか、何となく胸騒ぎがするとか、よくわからないが落ち着かないとか、そういうの多いですぜ」

「まあ、そうなんですけど……」

言われてみれば、その通りだ。仙五朗とは長い付き合いで、共に追いかけた事件も幾つかある。けれど、おいちが確かな証を示せたことは、ほとんどない。ふっと、何となく、よくわからないが、そんな言い方でしか表せない想いやら情を伝えただけだ。

「けど、それがいつも、どんぴしゃ的《まと》を射てるんでやすよねえ」

妙にしみじみとした口調で、仙五朗が言う。口元にはまだ笑みが残っていた。

「おいちさんの言うこたぁ、いつも、あっしを的へと導いてくれるんで。いや、だからって、全部が全部、何もかもおいちさんに頼ってるわけじゃありやせんよ」

そりゃあそうだろう。〝剃刀《かみそり》の仙《せん》〟に頼られるなんて考えたこともない。だいいち〝剃刀の仙〟は誰にも、神にも仏にも頼りはしない。そういうところは、松庵と似ている。

「あっしたちは現を拾います。現に転《ころ》がっている事実を拾い集めるんでやすよ」

「はい。わかります」

仙五朗やその手下《てか》たちは本所《ほんじょ》深川界隈《かいわい》に留まらず江戸市中に散って、ときに走り回り、ときに物陰に潜み、ときに人々から話を聞きだしてくるのだ。

「その欠片《かけら》を組み合わせて事の真相を割り出すわけなんでやすが、ときたま、いや、しょっちゅう、その欠片がうまく合わせさらなかったり、どこかが欠けていたりしやす。で、あっしはどう組み合わせればいいのか思い悩むわけでやす。ええお頭《つむ》が疼《うず》くほど思案しやすよ。でも、答えは見つからない。そこで、おいちさんに縋《すが》って助け舟を出してもらう。その度にあっしには名だたる手妻師《てづまし》が得意の技を披露《ひろう》してくれるみてえに感じられやすがね。曖昧だ、はっきりしないと言いながら話してくれることごとくが、集まった欠片をぴったり合う絵にするんでやす。それで、あっしは、やっと事の真相に気が付くって有り様でさ」

「まっ、手妻師だなんて。親分さん、大げさ過ぎます」

「だってね。おいちさんの話を聞いてると、上手《うま》く合わなくてばらばらだった欠片がぴたっと収まるべきところに収まるんでやす。掠《かす》れて見えなかったり、隠れていたものがはっきりしてくる。あっしはそこで、『そうだったのか』と膝を打って立ち上がれるわけなんで。だから、おいちさんには、ずい分と助けられてきやした」

「ほんとですか。あたし、親分さんのお役に立ってます？」

「もちろんでやす。おいちさんに嘘《うそ》やお上手《じょうず》は言いやせんよ」

「だとしたら、嬉しいです。あたしたち、あたしも父も新吉さんも、親分さんにたくさんお世話になってきました。その恩返しが少しでもできているとしたら、ほんとに嬉しい」

「畏《おそ》れ入りやす。松庵先生やおいちさんには、さほどお力にはなってねえでしょうが、ご亭主とはまあ、浅からぬ因縁《いんねん》がありやすから何かと世話はしやしたかねえ」

「え、ご亭主？」

首を傾げてから、ご亭主と新吉が繋がった。繋がったとたん、頬が火照《ほて》る。

そうだわ。新吉さんとあたしは夫婦《めおと》なんだ。亭主と女房なんだ。やだ、どうしてこんなに顔が熱くなるの。汗まで出てきちゃって……。

「おいちさん」

仙五朗に呼ばれた。それだけなのに、熱が引いていく。火照りも汗も、消えた。

「今度も助けてもらえやすかね」

どこか冷えた、それなのに重みのある口調だった。

「助けるって……。あたしに何ができますか」

おいちも我知らず、声の調子を低くしていた。

「わかりやせん」

あっさりと言われる。おいちは思わず顎を引いた。

「今のところ、さっぱりわからねえんで。おいちさんに手助けしてもらう事件そのものが起こっているのかどうかも、それこそあやふやなんでやすからね」

「事件て……『浦之屋』の一件ですか」

返事のかわりに、仙五朗は軽く頷いた。

「あれは食中りではなく、ぼっちゃんの乳母が味噌汁に毒を混ぜた。罪に耐《た》えきれず、全てを書き遺《のこ》して自死した。親分さんから伺いました。父にも伝えました。父も親分さんも、端《はな》から毒が盛られたのではと疑っていたんですね」

「松庵先生が食中りにしては腑《ふ》に落ちない点が幾《いく》つかあると仰いやしてね。あっしもただの食中りとは思えねえ節《ふし》があったんで、いろいろ探《さぐ》りを入れてみたんで」

松庵と仙五朗が時折、真顔で話し込んでいたのはやはり、そこだったのか。

「でも、乳母の自死で事件は終わったんじゃないんですか。嫌な、やりきれない終わり方ですけれど、ともかく幕引きはしたわけですよね」

「へえ、表向きは」

おいちは瞬《まばた》きした。夏には簾《すだれ》が掛かり、風が吹き込む戸口は、今、腰高障子《こしだかしょうじ》が閉まっている。通り道を堰《せ》き止められた風が、その戸をかたかたと鳴らしていた。

表向きと仙五朗は言った。それはつまり、裏があるという意味だろうか。

「死んだ乳母ってのは、お津江《つえ》って女です。乳母とはいっても乳《ちち》をやるだけが仕事じゃなく、赤ん坊の世話一切《いっさい》を引き受けていたようでやすね。もともと深川元町の金物屋の娘で、同じ商売の家に嫁いだんでやすが、二年足らずで離縁され帰ってきたとか。生まれて半年ほどの赤ん坊が病で亡くなっちまって、それを周りから毎日のように咎《とが》められ、責められて、辛抱《しんぼう》できなくて婚家を飛び出したって話でしたね」

「まあ、それは酷い。赤ん坊が亡くなるのは母親のせいじゃないでしょうに」

子どもは脆《もろ》い。大人なら凌ぎ切れる病にも怪我にも負けてしまう。赤ん坊の死の責を全て母親に負わせるなんて、とんでもない料簡違《りょうけん》いだ。それでなくとも、子を失った母親の心は弱り果てている。それをさらに苛《さいな》むとは、人の所業ではない。

「おいちさん、そんなにおっかねえ顔、しねえでくだせえ」

仙五朗が苦笑する。

「お怒りはごもっともでやす。でもね、お津江みてえな女は江戸にはたんといますぜ」

「たんといちゃあ駄目《だめ》なんです。お津江さんのような人がただの一人もいないようにしなくちゃ。だいたい、ただでさえ辛《つら》い思いをしている人をさらに鞭打《むちう》つなんて間違ってます。間違いは正さなきゃならないですよね」

「仰る通りで。けど、おいちさん、味噌汁に毒を入れて浦之屋さんたちを大変《てえへん》な目に遭《あ》わせたのは、そのお津江でやすからねえ」

口をつぐむ。おいちは、お津江という乳母を知らない。あの騒動のとき、すれ違っていたかもしれないが、名乗ったり挨拶したりする余裕はなかった。姿形も顔立ちも、むろん、その気質もまるでわからない。もしかしたら、嫁ぎ先での辛い日々がお津江の心を歪《ゆが》ませたのかもしれない。すくすく育つ赤ん坊や、その赤ん坊を真ん中に幸せそのものに見える『浦之屋』の人々。自分の手から零れてしまったものが全て、ここにはある。

お津江がそう思ったとしたら？　その思いが憎悪《ぞうお》に変わっていったとしたら……。

仙五朗がぼそりと呟いた。

「味噌汁の一件、どうかお許しくださいい。何もかもわたしが悪うございました。死んでお詫びいたします。みなみなさま、まことに申し訳ございません」

「え？　親分さん、それは」

「お津江の書き置きでやすよ。それだけが記《しる》されてやした。自分の罪を白状してから、毒を飲み死んだ。そんな顛末《てんまつ》なんで」

「でも、それじゃ何にもわかりませんね。お津江さんがなぜ、あんな大それたことをやったのかも、いつ、どうやって味噌汁に毒を混ぜたのかも」

「へえ。その毒をどこから手に入れたのかもわかりやせん。松庵先生は、幾つかの毒薬を混ぜたものじゃないかと仰ってやしたがね」

　昨日、松庵は仙五朗来訪の話を聞くと、すぐに飛び出していった。今日は朝方から患者が詰めかけ、おいちはおいちで片付けやら塾の用意やらに追われ、ゆっくり言葉を交わす暇《ひま》はないままだ。ただ、おいちの中で『浦之屋』の件は、何となく決着がついていた。仙五朗に伝えたように、とても後味の悪い終わり方ではあるが、終わりは終わりに違いない。

　幕は下りた。そう切りを付ける気持ちがあった。山ほどある思案事《しあんごと》に紛《まぎ》れて、褪《あ》せ、縮《ちぢ》み、いつの間にか消えていく出来事になっていたのだ。

　先刻、巳助を見てしまうまでは。暗みを貼《は》り付けた横顔を目にするまでは、だが。

　目にしてしまった。

　だから、気になる。巳助の変わりようが、暗みに落ち込んだような眼つきが、どうにも気になって落ち着かない。

「親分さんにとっては、この事件はまだ終わっていないわけですね」

問うた声が思いの外掠れていて、おいちは我がことながら驚いた。

「へえ。どうも、すっきりしやせんねえ」

「すっきりしないことと巳助さんは関わりがあるんですか。だから、ずっと見張っていたんですか。だとしたら、どんな関わり方を」

「ちょっ、ちょっと待ってくだせえよ」

仙五朗は両の手のひらをおいちに向け、かぶりを振った。

「あっしは巳助を見張ったりなんざしてやせんよ」

「え？　あら、もう、親分さん、あたしにまでとぼけなくてもいいでしょ。水くさいですよ」

控《ひか》えめにだが睨んでみる。岡っ引であれば、とぼけ通すべき事情も秘さねばならない場合も多々ある。迂闊《うかつ》にしゃべることで、振舞うことで己や誰かの命を危うくする羽目に陥りかねない。そのあたりも重々《じゅうじゅう》、承知しているつもりだ。

なのに、心が逸《はや》り、ついつい仙五朗を責めてしまう。

なぜだろうか。どうしてこうも気が急くのか。苛立《いらだ》つのか。

仙五朗が口を窄《すぼ》め、もう一度、頭を左右に振った。珍《めずら》しく剽軽《ひょうきん》な仕草であり顔つきだ。

もうちょっと力を抜いて、緩みなせえよ。

そう諭《さと》されたようで、おいちは少し、俯いてしまった。

でも、なぜこんなに気持ちが……。

「おいちさんと同じなんで」

　仙五朗の一言に顔を上げる。

「同じって？　あ、たまたま巳助さんを見つけて、気になった。そういうことですか」

「そういうこってす。どうも腑に落ちねえ点が幾つかありやして、もう一度『浦之屋』を探り直そうと思いやして足を向けたところだったんで」

「そうしたら、町木戸の近くで巳助さんを見つけた」

「そうでやす。あっしも巳助とは顔馴染《なじ》み、とまではいかなくても、よく見知っちゃあいやす。ところが、見知った顔とは違う。おいちさんの言うように、ひどく暗くて、剣呑《けんのん》な気配さえしてね。あっしは、ああいう顔つきの男や女を何人も目にしてきやした。しかも、巳助は『浦之屋』をじいっと見詰めたままじゃねえですか。これは？　と、思いやしてね。本来なら声を掛けるとこでしょうが、つい、陰に隠れて様子を眺《なが》めてやした。で、やっと、巳助が動き始めたとき、後ろから、おいちさんがひょっこり現れて、何とも不安げな目で見送っていた。おいちさんも驚いたみたいでやすが、あっしもびっくりしやした。びっくりしながら、おいちさんに近づいていったんでやす」

　仙五朗が茶を飲み干す。短い息を吐いてから、続けた。

「おいちさんが現れたとき、あっしはこの一件には奥がある。深い底がある。まだ、その底まで指先も届いてねえんだって覚悟しやした」

「親分さん、それはどういう意味で……」

「おいちさん、あっしにまでとぼけねえでくだせえ。水くさいじゃねえですか」

おいちは口を尖らせたけれど、言い返しはできなかった。

「巳助が犯科人だと決めつけるつもりはねえ。そんなわかり易いもんじゃねえんでしょう。おいちさんの心に引っ掛かったのなら、ちょっとやそっとでは見通せない謎があるはずでやすからね。今まで、ずっとそうでやした。いつだってね。とすれば、やはり一から調べ直しだと気合を入れなきゃなりやせん」

「親分さん、そんな……。あたしは、ただ」

ただ、何だろう。ただ何となく不安なだけ？　何となく焦り、苛立っているだけ？

いや、何となくでは説き明かせない。

「ですから、力を借りてえんで。また、あっしを助けてもらえやすかね。あ、むろん、この前《めえ》みてえな危ねえ目には、決して遭わせやしません」

もう何か月も前になる。おいちは仙五朗ともども蔵に閉じ込められ、あわや焼き殺されそうになったのだ。恐れより哀《かな》しみが濃く残った事件だった。

今回も、一人の女が死んだ。自《みずか》ら命を絶った。もしかしたら救えた命かもしれなかった。

哀しさを、持っていき場がない哀しさを背負い込むのは、もう嫌だ。

「親分さん、あたし、巳助さんを助けたいんです。いえ、巳助さんだけじゃなくて苦しんでいる人がいるのなら、少しでも楽にしてあげたい。あたしに、それができるでしょうか」

「おいちさん一人でも、あっし一人でも無理かもしれねえ。けど、二人合わせれば、いや、あっしの手下や松庵先生にも力を借りりゃ何とかなる気はしやすよ」

おいちは、背筋を伸ばす。

「お津江さんのこと、詳しく聞かせてください」

頷き、仙五朗はゆったりとした口調で話を続けた。

「お津江は住み込みでやしてね。離れの一間《ひとま》をあてがわれてやした。赤ん坊が夜泣きするときは、その部屋に連れてきて面倒を見ることもよくあったようで。内儀《おかみ》のおろくが産後の肥立《ひだ》ちが悪くて、寝たり起きたりの有り様だったし、他に三人、娘がおりやす。ええ、赤ん坊は『浦之屋』の夫婦にとって初めての男の子だったんで。そんなこんなで、おろくは臥《ふ》していることが多かったんで、畢竟《ひっきょう》、乳母のお津江が母親代わりをすることになってしまいやすよね。お津江は、自分の子を亡くしてやす。その子も男の子だったとかで、それもあって心底、可愛がって世話をしていたと、これは、『浦之屋』の奉公人《ほうこうにん》たちが皆、口を揃えて証《あか》しやした。赤ん坊だけじゃなく三人の娘たちも懐《なつ》いていたようでやすね」

「娘さんたちは、大人よりも症状が軽かったですよね。あたしが手当てしたので、よく覚えていま す。三人とも葱《ねぎ》が嫌《きら》いで、それが汁に入っていたのであまり食べなかったらしいです」

お腹《なか》が痛いよ、先生。あたし、もう一生、葱と茸《きのこ》の入った味噌汁は口にしないから。

長女のおふくが泣きながら訴えてきた。七歳のおふく、六歳のおさち、四歳のおさんは腹下しや嘔吐《おうと》はあったものの、大人よりは軽く済んだのだ。

胸を押さえる。そうだ、思い出した。

姉妹が臥せていた座敷に、お津江が白湯《さゆ》を運んできたのだ。角盆《かくぼん》に幾つもの湯呑が並んでいた。

色も形も大きさも、みなまちまちだった。白湯を入れられる器《うつわ》を全て集めてきたらしい。

「おじょうさまがた、よかったですねえ。お白湯をしっかり飲んでくださいな」

「お津江、あたし、まだお腹がしくしくする」

「食中りみたいですからねえ。すぐには治りませんよ。でも、明日には大丈夫ですからね」

「お津江、お腹を擦《さす》って。痛いのが楽になるでしょ」

「あ、あたしも、なでなでして」

「はいはい、お白湯を配《くば》り終わったら、ゆっくりお相手しますよ」

娘たちは我先に、お津江に甘えようと縋りついていた。おいちは、そのまま座敷を飛び出して松庵の助手に回ったので、お津江と目を合わすことすらなかった。それでも、三人が弟の乳母を好《す》いているのは、感じ取れた。お津江もその気持ちを受け止めている風だった。

あの人が、毒を盛った？　そうだとしたら、自分が害し、苦しめている人たちに平然と白湯を運び、励ましていたことになる。自分を慕《した》っている子どもたちまで禍《わざわい》に巻き込んだことになる。

「お津江の為人《ひととなり》からしても、奉公の様子からしても、この顚末がどうも納得できねえんで。だもんで、『浦之屋』を探ってみやす。今のところ、それしかねえでしょう」

「これから『浦之屋』をおとなうのですか。それなら、ご一緒させてください」

「『浦之屋』の中に入《へえ》りてえんでやすね」

「はい。できれば、お津江さんの部屋を覗かせていただきたいんです」

暫《しばら》く黙り、仙五朗は首肯した。

「わかりやした。それじゃ、行きやしょう」

素早く腰を上げる。おいちも立ち上がる。障子戸を開けたとたん、冷えた風がぶつかってきた。背筋がぞくりと震えた。

身を縮め、町木戸を通る。

これは……。

『浦之屋』の前が騒がしい。店の中を数人が走り回っている。確かめられないが、荒い気配は伝わってきた。

「うん？　何かあったか」

仙五朗が横に並び、眉間《みけん》に皺を寄せた。

風が吹き、おいちはまた、身体を震わせる。

闇夜の底

仙五朗《せんごろう》が『浦之屋《うらのや》』の中に入っていく。一歩、遅れて、おいちも後に続いた。

卸《おろし》売りも小売りも兼ねている油屋《あぶらや》だから、店内には何人かの客がいて、奉公人《ほうこうにん》たちがそれぞれに応対している。上質の油の良い香りが漂《ただよ》ってもいる。

一寸見《ちょっとみ》、平穏《へいおん》だ。よく繁盛《はんじょう》している油屋の内に他ならない。しかし、それはほんの表向きだけのようだった。

手代《てだい》らしい男二人が店の奥で、ひそひそ話をしている。

仙五朗が素早く動いた。

「おい、文吉《ぶんきち》さんよ」

背後から声を掛ける。決して大きくはない。むしろ低く、囁《ささや》きに近かった。にも拘《かか》わらず、男たちは振り返り大きく目を見張った。

「親分さん……」

「文吉さん、どうしたい。前を通ったら、やけに騒がしい気を感じたぜ。何かあったのか」

文吉という手代に、おいちも覚えがあった。あの騒動の折、症状が割と軽かった者の一人だ。吐《は》き気《け》をこらえながら、他の奉公人を励《はげ》ましていた姿を思い出す。

その文吉の黒目がちらりと横に動き、おいちと視線が絡《から》む。とたん、文吉の眉《まゆ》が吊《つ》り上がった。喘《あえ》ぐように荒い息を吐き出す。

「お、おいち先生」

「え？　あ、はい」

「よかった。こんな所でおいち先生に出逢《であ》えるなんて、よかった」

「はぁ、こんな所って、ここは『浦之屋』さんの、きゃっ」

文吉に手首を摑《つか》まれる。かなりの力だ。

「たった今、松庵《しょうあん》先生を呼びに小僧《こぞう》を走らせたところだったんです。まさか、おいち先生が油を買いにお出《い》でになるとは思ってもなかった」

「あ、いえ、違います。あたしは油を買いに来たわけじゃないんですよ」

「何でもいいです。ともかく、先生、お願いします。早く、早く来てください」

「えっ、えっ、ちょっと待ってください。な、何事ですか。ちゃんと教えて」

文吉に引きずられ、『浦之屋』の奥へと進む。通りで感じたただならぬ気配《けはい》がさらに濃くなるようだ。「あっ」。文吉が急にしゃがみ込んだ。

「どうしました？」

「あ、いや、腹がちょっと……。実は食中《しょくあた》り騒ぎの後、急に差込みが起こるようになって……」

「まあ、そんなことが。お腹《なか》の調子が治《なお》り切ってないのかしら。大丈夫ですか」

「はい……少しの間休めば治まるので……」

文吉の横顔が歪《ゆが》んでいる。治ったと思われた後もこうして痛みや苦しみが遺《のこ》るとしたら、毒の恐ろしさは、おいちが考えているよりずっと深く厄介《やっかい》なようだ。

奥の方から人の声が聞こえた。尖《とが》って荒々しい。叫び声まで交じっている。

文吉が大きく息を吐いた。

「もう大丈夫です。治まりました。すみません。先生、お願いいたします」

「お願いいって……あの騒ぎは？」

「旦那《だんな》さまが怪我《けが》をされたのです」

「浦之屋さんが」

「はい。蔵《くら》で荷物が倒れてきて、その下敷きに」

「まあ。荷物とは油樽《あぶらだる》か何かですか」

「いえ。店の蔵ではなく、庭蔵《にわぐら》の方です。木箱や葛籠《つづら》などがどっと落ちてきたみたいで」

〝どっと〟を表すつもりなのか、文吉がおいちの手首を放し、両手を上下に動かした。

積んであった荷が崩《くず》れてきたということか。

「浦之屋さんの様子はどうなんです。呼べば返事はしますか」

袖《そで》を括《くく》り、足を速める。

「わかりません。座敷に運んだときは、呻《うめ》いておられました。呻くだけで他には何も、言葉らしきものは……。頭から血が出て、顔の半分が真《ま》っ赤《か》でした。手拭《てぬぐ》いを当ててもすぐ赤くなるんです。今、番頭《ばんとう》さんと内儀《おかみ》さんがついておられます。先生、旦那さまをお助けください」

文吉の声音《こわね》に哀願《あいがん》の調子がこもる。

「行きましょう。早く」

今度はおいちが促《うなが》す。文吉は強張《こわば》った顔で頷《うなず》いた。

『浦之屋』の主人、三代目卯太郎衛門《うたろうえもん》は顔の半分を手拭いで巻かれ、横たわっていた。おいちが部屋に入っていくと、ほっそりした蒼白《あおじろ》い顔の女と恰幅《かっぷく》のいい初老の男が同時に顔を向けてきた。内儀のおろくと番頭の徳松《とくまつ》だ。

「おお、これは、おいち先生」

徳松が腰を浮かせた。

「ついさっき、菖蒲《しょうぶ》長屋に人をやったところです。こんなに早く、お出でになるとは」

「たまたま、前を通りかかったんです」

細かく語っている暇《ひま》はない。おいちは振り向き、廊下《ろうか》に控《ひか》える文吉に告げた。

「桶《おけ》に水を張って、持ってきてくださいな。それと、手拭いをできるだけたくさん用意して。あ、もう一つ。釜《かま》いっぱいの湯を沸《わ》かしておいてください。できれば三釜分くらい」

「か、かしこまりました」

文吉は跳《と》び上がろうとして足をもつれさせ、二、三歩よろめいた。まだ具合が悪いのかもしれない。しかし何とか身体《からだ》を立て直し、走り去る。おいちは屈《かが》み込み、卯太郎衛門に呼び掛けた。

「浦之屋さん、浦之屋さん、聞こえますか」

返事はない。ただ、瞼《まぶた》はひくりと動いた。気息《きそく》も確かめられた。自分でちゃんと息ができている。僅《わず》かだが安心できた。しかし、重ねられた手拭いを剝《は》がし、おいちは眉を顰《ひそ》める。出血に邪魔《じゃま》されて確《しか》とは見定められないが、傷は額《ひたい》から月代《さかやき》のあたりまで三寸《すん》（約九センチメートル）ばかりのようだ。かなり深い。

「おいち先生、あの、松庵先生は来てくださいますよね」

徳松がおいちの顔を覗《のぞ》き込んでくる。どことなく不安げな眼差《まなざ》しだ。いや、どことなくではない。徳松は本気で心配しているのだ。

おいちで大丈夫なのかと。

「来ます。父は患者がいるのなら、どこにだって駆《か》け付けてきますから。でも、それまで何もしないで待っているわけにはいかないでしょう。そのくらい、わかりますよね」

そのつもりはなかったが、睨《にら》みつけていたらしい。徳松が身を縮《ちぢ》めた。

「そのくらい、わかりますよね」の後に「あなたの石頭でも」と続けたかったが、唇《くちびる》を嚙《か》み、辛《かろ》うじて堪《こら》えた。

思い出したのだ。あの騒動の最中《さなか》、徳松に治療を拒《こば》まれたのを。

「女の医者なんて駄目《だめ》だ。嫌《いや》だ。信用できん。男の先生を呼んでくれ」

吐き気と腹痛に脂汗《あぶらあせ》を浮かべながら、徳松は野良犬《のらいぬ》を追い払う仕草《しぐさ》で手を振った。明乃《あきの》も美代《みよ》も寄せ付けようとしなかった。そのくせ、十斗《じっと》だと素直に手当てを受け、松庵が声を掛けると縋《すが》るように手を伸ばしたのだ。

徳松は苦しんでいた。痛みに我を失っていた。そんな相手に怒りをぶつけるほど狭量《きょうりょう》ではないし、医の道から外《はず》れる行いだとわかってもいる。そして、あの一言は、遠慮も愛想《あいそ》もかなぐり捨てた徳松の本音《ほんね》だともわかっている。

悔《くや》しい。わかっているから、よけいに悔しい。おいちはともかく明乃まで女というだけで劣《おと》っていると決めつける、男の僻見《へきけん》が悔しくてたまらない。

あのときも今も、熱いほどの悔しさが込み上げてくる。しかし、あのときも今も、目の前に患者がいる。情動に振り回されている場合ではない。

「先生、これでよろしいですか」

文吉が手拭いの山を抱《かか》えて入ってきた。後ろから小僧が小盥《こだらい》を運んでくる。

「湯は三釜分、台所で沸かしております」

「けっこうです。ありがとうございます。次々と申し訳ないけど、『傷三寸余り、深し。出血多し。気息あり。呼び掛けに応じず』、誰か人をやって、これを父に言付《ことづ》けてもらえますか。急いでお願いします」

患者の様子を前もって知っていれば、少しでも治療の助けにはなる。文吉は頷き、小僧の耳に何事かを囁いた。小僧は口を一文字《いちもんじ》に結ぶと、身軽く廊下に飛び出していった。これから、松庵の許《もと》まで駆けてくれるのだろう。

頼《たの》みます。

心内《しんない》で頭を下げ、おいちは手拭いを重ねた。それを傷の上に当て、強く押さえる。ともかく、出血を止めねばならない。卯太郎衛門は今のところ、途切れなく息をしている。けれど、このまま出血が続けば、危《あぶ》ない。血が流れ過ぎると、人の命は持ちこたえられなくなる。

「浦之屋さん、しっかりしてください。聞こえますか、浦之屋さん」

手拭いを替え、さらに強く押さえ付ける。

「旦那さま、旦那さま。徳松でございます。どうか気をしっかり持ってください、旦那さま」

徳松が畳《たたみ》に這《は》いつくばり、主人の耳元で呼び続ける。金壺眼《かなつぼまなこ》には涙が溜《た》まっていた。主人への忠心は本物らしい。

「文吉さんの話では荷物が落ちてきたということですが、ほんとうですか」

「あ、はい。そのようです。わたしは物音に驚いて駆け付けたのですが、そのときはもう、大変な有り様《さま》で。旦那さまが崩れた荷物の下で呻いておられて……。そこに、こ、この文吉も来て、二人で荷をどけて旦那さまを助け出したというわけです、な、文吉」

「はい。ほんとうに仰天《ぎょうてん》してしまって。一瞬ですが頭の中が真っ白になりましたよ」

文吉が頷く。俯《うつむ》き、記憶をはらうように首を横に振る。

「浦之屋さんの傷は何で付いたものか、わかりますか」

傷の深さからみても、かなりの重さがあるものだ。何に因《よ》る傷なのか、気になる。衝撃が強ければ頭の骨に罅《ひび》が入っていることも、どこかが陥没《かんぼつ》していることもあるのだ。

血が止まった。しかし、手を離せばまた出血するだろう。おいちは、息を整え腕に力を入れる。

ともかく、今は止血《しけつ》だ。それだけを考える。

「すみません。気が動転しておりまして、お医者さまを呼ぶことと旦那さまを運ぶことしか頭になくて……。あの、今、思えば動かさない方がよかったのでしょうか」

動かさない方がよかった。むやみに怪我人を動かすのは、危ない。とりたてて剣呑《けんのん》な場所でないのなら、そのままにしておくべきだった。とはいえ、今さらそんなことを言ってもしかたない。徳松や文吉を責めるのはお門違《かどちが》いだ。

そのとき、ふっと微《かす》かな風を感じた。お香《こう》の香りがふわりと漂う。

おろくが立ち上がっていた。

「あたし、子どもたちの様子を見てきます」

誰にともなく告げると、おろくは部屋を出ていった。出ていく間際《まぎわ》、振り返り、おいちをちらりと見た。

「それでは、先生、何とぞよろしくお願いします」

軽く頭を下げ、障子《しょうじ》の陰に消える。

文吉と徳松が、その動きを目で追う。その目を見合わせ、どちらからともなく横を向いた。

え？　ここで出ていくって？

おいちは緩《ゆる》みそうになった腕にもう一度、力を込めた。

よろしくお願いしますって、どういうこと？

血を流して横たわっているのは誰でもない、おろくの亭主、浦之屋卯太郎衛門ではないか。決して軽い傷ではない。むしろ重い。命に関《かか》わる大怪我だ。見ればわかるではないか。

それなのに、よろしくお願いします？

呆気《あっけ》にとられる。まるで他人事《ひとごと》だ。おろくにとって亭主の生き死になど、さほどのものではないのか。いや、まさか。夫婦《めおと》の間でそれはないだろう。

「ううっ」。卯太郎衛門が呻いた。

「い……痛い。痛い」

顔が歪む。痛い、痛いと卯太郎衛門は呻き続けた。

「浦之屋さん、痛いですか。頭が痛いんですね」

「……そう。あ、頭が……痛くて……」

卯太郎衛門の手が動き、傷を触《さわ》ろうとする。おいちはその手をそっと、はらった。

「駄目ですよ。今は押さえておかないとまた血が出ます。浦之屋さん、ご自分が怪我をしたの、わかりますか。わかりますね」

ゆっくりと、嚙んで含めるように話しかける。

「怪我……あぁ、上から何かが……落ちてきて……落ちてきて、どうなったんだ……。あぁ、わからない……思い出せない」

「いいんですよ。思い出さなくていいです。無理しなくていいんですよ。痛いの、もうちょっとだけ辛抱《しんぼう》してくださいね。すぐに、痛み止めのお薬、調合しますからね。吐き気はどうですか、気持ちが悪かったりしませんか」

「気持ち悪くは……なくて……」

「そうですか。よかった」

おいちは安堵の息を吐き出した。卯太郎衛門は、たどたどしくはあっても受け答えができている。自分を保《たも》っているのだ。

「旦那さま、旦那さま、気がつかれましたか。よかった。よかったです」

徳松が主人に、にじり寄る。涙声になっていた。

「徳松か……痛い……痛くてたまらない……。何とかしてくれ……」

徳松がおいちを見据《みす》えてくる。

「先生、主《あるじ》の痛みを止めていただけますか。このように痛がっております」

「すみません。それが薬籠《やくろう》もなにもなくて。ちゃんとした治療ができないんです」

「何と、お医者さまでありながら治療ができない。そんな無体《むたい》な。先生、早く、早く主の痛みを取ってやってください。お願いします」

いくら、お願いされたって無理なものは無理に決まってるでしょ。だいたいね、薬籠もなくてどうやって治療しろって言うのよ。

胸の内で思いっきり文句《もんく》をぶちまける。些《いささ》か蓮《はす》っ葉《ぱ》な調子で。むろん、胸の内だけの文句だ。口にはしない。それに、おいちだって一寸でも早く痛みを和《やわ》らげたい気持ちは、一緒だ。患者の苦しみを取り除きたいと願っている。でも、空手《からて》ではどうしようもない。もう少しの我慢だと、あと少しの辛抱だと励ますしかできないのだ。

「痛い、痛い……うう、助けて」

卯太郎衛門の顔がさらに歪む。

「先生、こんなに痛がっておりますのに」

徳松が詰《なじ》る眼差しを向けてくる。

わかっている。『浦之屋』の番頭は主の身を案じ、何とかしてくれと縋っているだけなのだ。そして、何ともできないおいちを歯痒《はがゆ》く感じている。その思いがわからないわけではない。これまでも幾度となく同じような懇願《こんがん》や詰問《きつもん》を浴びてきた。徳松が少しばかり取り乱しているのも察している。だから、その眼差しも言葉も、受け流せばいいのだ。受け流し、今、自分にできる精一杯の治療をする。それより他においちの為《な》すべきことはない。よくよくわかっている。

「だから、女じゃ駄目なんだ」

呟《つぶや》きが聞こえた。徳松は、やや俯き加減に視線を膝《ひざ》の上に落としていた。独《ひと》り言《ごと》だったのだろう。本心がぽろりと零《こぼ》れた呟きだ。

男も女もない。どれほど高名な医者だって、男だって、今できるのはちゃんとした治療が施《ほどこ》されるまで、血を止め、患者の正気《しょうき》を保つべく努《つと》めることだけだ。

「番頭さん、あの、そんな無礼なことを」

文吉が腰を浮かし、徳松の袖を引っぱった。やはり、呟きを聞いたらしい。

おいちは奥歯を噛み締《し》めた。自分の至らなさ、未熟さは承知している。でもそれは、おいちが女だからではない。医の道をまだいかほども歩いていないからだ。学ぶべきことが、身に付けるべき技《わざ》が山ほどあるからだ。至らないこと、未熟であることを全部、〝女〟に被《かぶ》せないでほしい。商人《あきんど》だって、長い年月をかけて商《あきな》いを知っていくのではないのか。

「あ、いや、別に先生のことじゃ……」

あたしじゃなきゃ、誰なんです。

視線に険《けん》があったのか、徳松が身を縮めた。そのとき、数人の足音が近づいてきた。

あ、この忙《せわ》しい音は。

「松庵先生」

徳松が文字通り、飛び上がった。

「お待ちしておりました。早く、早く診《み》てやってください」

薬籠を抱えた松庵は軽く頷くと、おいちに上《うわ》っ張《ぱ》りを手渡した。

「報《しら》せはもらった。血はどうだ」

「止まりました。話も何とかできるみたい」

「そうか。どれ」

松庵は手拭いを外《はず》し、素早く傷を確かめた。

「うむ。深いな。しかし、命に別状はないだろう。それほどの傷じゃない」

「縫《ぬ》いますか」

「そうだな。どの程度の血が流れたかが気になるが。止血にどれくらいかかった？」

「四半刻《しはんとき》（三十分）もかかっていないです。さほどの刻《とき》じゃありません。ただ、その前にかなりの出血はあったみたい。脈はしっかりしていますが」

「そのようだな。よし、始めるか。ああ、番頭さんたちは出ていってくれ」

「へ？」

「そこにいても何の役にもたたんだろう。邪魔なだけだ。治療が終わったら呼ぶから、ほら、出ていって、出ていって」

「はあ、で、でも、旦那さまが……」

「番頭さん、行きましょう。先生の仰《おつしや》る通りですよ。わたしたちがここにいても何にもできません。退散いたしましょう」

　文吉は徳松を引きずるようにして部屋を出ると、障子戸を閉めた。

　おいちは半覆面《はんふくめん》を付けて口元を覆《おお》い、薬籠を開ける。

「浦之屋さん、ちょいとチクリとするが辛抱しなさいよ。なぁに、傷の痛みに比べればたいしたことはないからな」

　松庵の声はいつも通り、淡々《たんたん》としている。おいちの心身から力が抜けた。それで、自分がずい分と張りつめていたのだと気が付いた。松庵を頼りとしていたのは徳松だけではない。おいち自身もそうだったのだ。

「よし、おいち。始めるぞ」

「はい。用意は整いました」

　余計なことは考えまい。目の前に患者がいる。そのことだけを見詰めよう。

おいちは背筋を伸ばし、卯太郎衛門に向き合った。

軒行灯《のきあんどん》があちこちで揺れている。揺らしている風が冷たい。この時季、昼間はうららかな陽光を楽しめても、その日が沈むと、とたんに肌寒《はだざむ》い風が吹き始める。

疲れた身には、よけいに冷たさが染《し》みる。それでも足取りは軽かった。

卯太郎衛門の治療は無事に終わった。他に目立った傷はなく、骨も折れていないようだ。しかし、頭を強く打った場合、数刻経《た》ってから吐き気や眩暈《めまい》に襲《おそ》われることもある。血を流したことで、身体が弱っている懸念《けねん》も十分にある。発熱の心配もあった。念のために松庵は木戸が閉まるころまで、『浦之屋』に留《とど》まると言った。卯太郎衛門の様子次第では、一晩、泊まり込むかもしれない。

おいちも夕餉《ゆうげ》を勧《すす》められたが、断った。

「娘は所帯《しょたい》を持ったばかりで、亭主が鼠《ねずみ》にでも攫《さら》われやしないか心配でたまらないんですよ。早めに帰してやってください」

冗談口《じょうだんぐち》を叩《たた》く松庵の腕を思いっきりつねってから『浦之屋』を出た。出る際に、夕餉の代わりにと二段重ねの重箱を渡された。煮物のいい匂《にお》いが仄《ほの》かに漂ってくる。

誰の心遣《こころづか》いだろう。内儀でも番頭でもない気がする。

「おいち先生」

二、三歩、歩いたところで呼び止められる。

文吉が立っていた。深々と頭を下げる。

「この度《たび》は、ほんとうにありがとうございました」

「そ、そんな。止《や》めてくださいな。そんな丁寧《ていねい》にお礼を言われるようなこと、何にもしてません」

「何にも？　おいち先生のおかげで主は一命を取り留《と》めたのです。どれほどお礼を言っても足りないぐらいです」

「それは父の、藍野《あいの》松庵の力です。わたしは、ほとんど何もできませんでしたから」

「松庵先生がいらっしゃる前に、血を止めてくださった。ですから、すんなり治療ができたのではありませんか。それなら、やはり、おいち先生のおかげです。些か口幅《くちはば》ったくはありますが、お見事な手当てだと感心いたしました」

「まっ」と声を上げそうになった。文吉はちゃんと解している。おいちはただ止血をしただけだが、それがどれほど大切な処置であったか、わかっているのだ。

「おいち、なかなかの手際《てぎわ》だったぞ。おまえの手当てがなければ、卯太郎衛門さん、ちょっと危なかったかもしれん」

治療の後、松庵が耳打ちしてくれた。それで、十分報《むく》われた気になる。自分が少し、誇《ほこ》らしくもあった。まさか、文吉まで称讃《しょうさん》してくれるとは思ってもいなかった。

「ありがとうございます。そんな風に言っていただけると嬉《うれ》しいです」

本音だった。ちゃんと見ていてくれる人がいるのは、嬉しい。

「また、父に代わりまして傷の手当てに寄るかもしれません。あ、手代さんもお気をつけて。差込みが続くようなら一度、診させてくださいな」

「ありがとうございます。何だか……短い間にいろいろと起こって……今日のように慌《あわ》てたり驚いたりすると胃の腑《ふ》のあたりが絞《しぼ》られるように痛くなりましてねえ」

「気持ちが落ち着くと痛みも小さくなる。よくあることですよ」

人の心と身体は密に繋《つな》がっている。そして影響し合っている。文吉の差込みも毒のせいではなく、主の死を恐れた、心の揺らぎ故《ゆえ》かもしれない。

「では、失礼いたします」

一礼すると、文吉に背を向ける。その瞬間、目の隅《すみ》を何かが過《よぎ》った。ほんの刹那《せつな》、白い小さな何かだった。

え？　何？　雪片《せっぺん》？

振り返る。文吉が、どうしましたという風に瞬《まばた》きした。

「あ、いえ。すみません。何でもありませんので。ほほ」

作り笑いをして、今度は真《ま》っ直《す》ぐに前を向き、歩き出す。歩きながら目を擦《こす》る。瞬きを繰り返してみる。

疲れてるのかな。それとも、軒行灯の明かりが目に入ったのかも……。

菖蒲長屋へと歩いているうちに、足取りは軽くなっていった。松庵と文吉の言葉を思い返していると、心が弾《はず》む。刹那過った白い影のことなど気にならなくなる。

あ、もしかしたら、このお重って手代さんの心遣いでは。

ふっと閃《ひらめ》いた。鼻を近づけ甘い匂いを嗅《か》ぐ。野菜の煮付けは新吉の好物だ。きっと喜ぶだろう。

おいちの足はさらに軽く、速くなる。

仙五朗のことを思い出したのは、菖蒲長屋の木戸を潜《くぐ》ろうかというときだった。

仙五朗に呼ばれた。卯太郎衛門の治療を終え、一息吐《つ》きたくて廊下に出たすぐ後だった。

「おいちさん」

「え？　ああ、親分さん」

卯太郎衛門の座敷に入る一瞬前、廊下を振り返ってみたが、仙五朗はいなかった。どこに消えたのかと気にはなったが、座敷に入ってしまえば仙五朗の行方《ゆくえ》どころではなく、このときまで頭の中から失《う》せていた。

足音もたてず、近寄ってくると仙五朗は小声で告げた。

「お疲れでやす。浦之屋さん、大丈夫《でえじょうぶ》みてえでやすね」

「はい。まだ油断はできませんが、このままいけば二、三日後には起き上がれるんじゃないかと、これは父の診立《みた》てですが」

「さいですか。じゃあ、明後日《あさって》には話を聞くことはできやすね」

「そのときの患者さんの容体《ようだい》にもよります。調子が悪いようなら、無理ですよ」

やんわりと釘《くぎ》を刺す。人一人が大怪我をしたのだから調べを進めたいとの仙五朗の気持ちはよくわかる。しかし、医者は患者を守らねばならない。何があっても、誰であっても譲《ゆず》れない一線だった。仙五朗が苦笑《にがわら》いを浮かべる。

「へえ、もちろん、心得《こころえ》てやすよ。おいちさんや松庵先生との付き合いも長くなりやしたからね。じゃ、今日のところは一足先に失礼しやす」

「あ？　親分さん、今までどこに？」

「へえ、庭蔵を調べてみやしたが、浦之屋さんに怪我を負わしたのは、銅の甕《かめ》だったみてえで。台の角《かど》に血が付いていやしたよ。けど、今は詳《くわ》しく話をしている暇はねえ。明日にでも、また、菖蒲長屋の方に顔を出しまさぁ」

それだけ言い残すと岡っ引は庭に下り、裏手に消えた。歳《とし》を感じさせない、俊敏《しゅんびん》な動きだ。

木戸の前で立ち止まり、おいちは眉根《まゆね》を寄せた。

親分さん、妙に急いでなかった？

先刻は治療の後の高揚《こうよう》と気怠《けだる》さで思案が鈍《にぶ》っていたようだ。今、改めて思いを巡《めぐ》らせる。

仙五朗はどこか忙し気に立ち去りはしなかったか。焦《あせ》っていたとまではいかない。しかし、気掛かりを抱えた風ではあった。少なくとも、おいちにはそう見えたのだ。

確かに長い付き合いだ。相生町《あいおいちょう》をねぐらとする老練な岡《おか》っ引《ぴき》が、ちょっとやそっとのことに動じるはずがないと、心底《しんそこ》から解している。そんな男が急ぎの気配を残して、薄闇《うすやみ》に紛《まぎ》れていった。

何か、ある？

足が止まる。心《しん》の臓《ぞう》が大きく一つ、鼓動《こどう》を打った。

ちょっと待ってよ。少し変じゃない？

「うん、変だよね」

自分の問いに自分で答える。返事は呟きになって外に漏《も》れた。

変だ。『浦之屋』では、つい先日、「食中《しょくあた》り」事件が起こったばかりだ。そして、女が一人、書置きを遺して自死している。それに続いて、主人が大怪我を負《お》った。

それに続いて……そんなことあるだろうか。ないとは言い切れない。変事が続くことはまま、ある。家の内で病人、怪我人が相次ぎ祈禱師《きとうし》を呼んだ、禊《みそぎ》をした、どこそこの寺に喜捨《きしゃ》した、厄除《やくよ》けの札《ふだ》を買ったなんて話はしょっちゅう耳にする。病人は病《やまい》が感染《うつ》ったから、怪我人はたまたま続いただけだろう。では、『浦之屋』で事件が相次いだのは、たまたまなのか。たまたまとしか考えられない。他に考えようがないのだ。

親分さんは、どうなんだろう。

おいちは息を吞《の》んだ。手の中の風呂敷包《ふろしきづつ》みを抱え直した。あの稀代《きたい》の岡っ引が、たまたまで事を済ますわけがない。たまたまで済む事に関わるわけがない。だとしたら、何を知ったのか。何を見たのか。何を聞いたのか。

内儀のおろくのほとんど表情のない顔が浮かんでくる。「それでは、先生、何とぞよろしくお願いします」。声音もよみがえる。この吹き付けてくる風よりも、さらに冷え冷えとしていた。おいちは身震《みぶる》いする。ほとんど同時に、

「おいち先生……」

背後でくぐもった声がした。背筋《せすじ》に悪寒《おかん》が走る。

「ま、巳助《みすけ》さん」

巳助が立っていた。路地は暗く、表通りの辻《つじ》行灯の明かりが僅かに差し込んでくるだけだ。その明かりの中に、巳助が影のように浮かび上がっている。

「おいち先生」

巳助がまた呼んだ。呼んだだけで、何も言わない。おいちの心の臓がとくとくと鳴る。不穏《ふおん》を感じる。剣吞を感じる。薄闇どころではない。射干玉《ぬばたま》の闇に落ちていく気さえする。

しっかりして、おいち。

重箱の包みを持ち直し、おいちは息を吸い、吐いた。

「まあ、巳助さん。あたしに逢いに来てくれたの」

精一杯、朗《ほが》らかな物言《ものい》いをする。

「だったら、ちょうどよかった。ほら、これ、いただき物なんだけど、いい香りでしょ。煮付けや卵焼のお重なの。きっと、かまぼこも入ってるわ。ね、一緒に食べましょうよ」

「……おいち先生、あの……」

巳助が一歩、足を前に出す。身体が傾いだ。

「巳助さん」

おいちはとっさに手を差し出した。包みが落ちて、ごとりと音を立てる。

「こらっ、福助《ふくすけ》。言うこときかないなら、外に放り出すよ」

子どもの泣き声とお蔦《つた》の怒鳴《どな》り声が響《ひび》いた。手荒く戸を開ける音も。

巳助が身をひるがえす。

止める間もなく、通りへと走り去っていく。

夜の風の中、おいちは立ち竦《すく》んだまま動けずにいた。


それからしばらくの間は、何事もなく過ぎていった。

一応は、だが。

一応、おいちは穏やかに日々を過ごしていたのだ。いや、傍《はた》から見れば、穏やかとはかけ離れた暮らしに思えただろう。花の便《たよ》りが待ち遠しくなるこの時季、汗ばむほどの暖かな陽気が続いた後、袷《あわせ》の上に丹前《たんぜん》を羽織《はお》りたくなるような寒い日々が訪れたりする。

体調を崩し、松庵の許《もと》にやってくる患者は日増しに増えていた。怪我人も多い。時候と関わり合いがあるのかどうか、滑《すべ》って転《ころ》んだだの、階段を踏み違えただの、焚火《たきび》で火傷《やけど》しただのと毎日のように、新手《あらて》の患者が駆け込んでくる。

穏やかどころか、日によっては木戸が開くころから閉まるあたりまで、一息つく暇もないことすらあった。それでも、穏やかだと感じる。患者の病や怪我のほどは、どれもさほど重くなく、的確な手当てをすれば回復するものばかりだった。「もう大丈夫ですよ」「明日には楽になりますからね。おだいじに」。そんな言葉で患者を見送れるのは平穏な証《あかし》だ。それに、今年は美代が手伝いにきてくれた。

「松庵先生のところで実際に患者さんに接することができるなんて、ありがたいわ。何よりの学びになるから、しっかり働いてきなさいって明乃先生に言われたの。言われなくても押しかけてきたと思うけど。実は、ずっとその機会を狙《ねら》ってたのよ」

美代は、にやっと悪戯小僧《いたずらこぞう》のような笑い方をした。

「ね、おいちさん、わたし何をすればいいかしら。たいしたことはできないけど、精一杯やりますからね。洗い物とか竈《かまど》の番とか、何でも言いつけて」

そうまで言ってくれたが、診療を待つ患者の具合を聞き取ったり、泣き喚《わめ》く子どもをあやしたり、転んで膝の下を擦《す》りむいた老婆の傷を水洗いしたりと、「たいしたことはできないけど」どころではなく、おいちの手の回らないところを十二分に補ってくれたのだ。十斗は往診を一手に引き受け、本所深川《ほんじよふかがわ》だけでなく両国橋《りようごくばし》の向こうまで歩き回った。長屋のおかみさんたちからは、握《にぎ》り飯《めし》や味噌汁《みそしる》の差し入れが何度もあった。

支《ささ》えられている。助けてもらっている。

胸の内で手を合わせる。胸の内でだけだ。言葉にすれば、美代も十斗も露骨《ろこつ》に顔を顰《しか》めるとわかっている。

「おれは自分の仕事をしているだけだ。無理やり弟子《でし》入りしたのはおれの方なんだからな。往診を任《まか》せてもらえるのは幸運だと思ってる」

「そうよ。十斗先生の仰る通り。わたしだって、学びのために押しかけてきているんだから。お礼なんて筋違《すじちが》いってものでしょ。もう、おいちさんたら嫌《いや》だわ」

二人は本気でおいちの謝意をはねつけ、ほんの少し不機嫌《ふきげん》になるかもしれない。おかみさん連中も同じような素振《そぶ》りをするだろう。だから、胸の内に留める。留めた想《おも》いは温石《おんじゃく》に似て温かく、おいちの心内を解《ほぐ》してくれた。身に馴染《なじ》んだ忙しさの中で、人の情のありがたさを噛み締める。穏やかで優《やさ》しい一日一日を噛み締める。

しかし、その一日一日がひっくり返る。唐突《とうとつ》に表皮をはぎ取られ、剣呑な荒々しい気配が平穏にとってかわる。そういうことが、人の世にはある。

おいちは癪《しゃく》の患者に薬を渡し、一息吐く振りをして松庵を横目で窺《うかが》った。

松庵は、身体が怠《だる》くてたまらないと訴える女の話に耳を傾けていた。おちょうという名の五十がらみの老女だ。昔からの、おいちが十《とお》になるかならずのころからの患者だが、ここ数年は、季節の変わり目に必ずと言っていいほど不調を抱えてやってくる。

「そうなんですよ、先生。ともかく食気《くいけ》が出なくてねえ。ええ、水菓子《みずがし》ぐらいしか口に入らなくて、それに眠れないんですよ。うとうとしても、すぐに目が覚《さ》めちゃって、そのくせ昼間は頭がぼーっとして半分眠っているような有り様なんですよ。ときどき、息苦しさにも襲われて、ふらふらしちゃって。家の者には気付かれぬように、しゃんとした振りをしてますけどねえ。それにも限りがあるようで、気付かれたら『呆《ぼ》け始めたか』なんて言われてしまいますよ。それやこれやを考えていたらもう、ほんと、辛《つら》いやら情けないやらでねえ。そしたら、先生、余計に寝られなくなっちゃうじゃないですか。外が白《しら》んでくる刻《とき》まで寝られないんですよ。うとうとして、すぐ目が覚めて……。この歳になって、どうしてこんな目に遭《あ》わなきゃいけないのかと、涙まで出てきてねえ」

嘆《なげ》くわりに、おちょうは窶《やつ》れてはいなかった。息子が深川元町《もとまち》で手広く商いをしているとかで、長屋の住人に比べれば、いや比べられないぐらい上等な身形《みなり》をしているし、化粧も疎《おろそ》かにはしていない。肌色もよく、髷《まげ》もきっちり結《ゆ》っていた。

老女の話にうんうんと頷き、耳を傾け、一通りしゃべり終わったのを見計《みはか》らって、松庵は薬袋《やくたい》を手渡した。おちょうが顎《あご》を引き、口を窄《すぼ》める。

「あら、あの苦《にが》いお薬ですね。この前、いただいたやつ」

「ああ、そうだ。良薬は口に苦し、だ。とびっきり苦いさ。けど、その分、よく効《き》いただろ」

「ええ、そりゃあもう。これを飲むと、よく眠れるんですよ。松庵先生のお薬、ほんとよく効きますよねえ。しかも効き目が早くに出てくれるので、助かります。ええ、わかってます。全部、飲み切りますよ。はいはい、そうなんです。お薬を全部、飲み切ったころには、身体もしゃんとしてきてねえ。でも、また季節の変わり目には……ああ、はい。そうですね。そのときはまた、お世話になりに来ますよ。ええ、湯に溶《と》かして一息に飲むんですよね。人肌《ひとはだ》ぐらいのぬるい湯ですよね。先生、ほんとうにありがとうございます」

おちょうは薬を押し戴《いただ》くようにして、帰っていった。

そこで一旦《いったん》、患者の波が途切れた。ほんの束《つか》の間《ま》の隙間《すきま》だ。刻はもう昼九つ（正午）をとっくに過ぎているだろう。

「さ、この間にささっと昼食《おひる》を食べちゃいましょう。お蔦さんたちが、お握りと漬物《つけもの》を届けてくれたの。これで、腹ごしらえ、腹ごしらえ。熱いお茶をすぐに淹《い》れますね」

「わぁ、美味《おい》しそう。すてきな昼餉《ひるげ》だわ」

美代は満面《まんめん》に喜色《きしょく》を浮かべ、手を叩《たた》く。おいちよりかなり年上ではあるが、屈託《くったく》のない笑顔は童女《どうにょ》のようにも見えてしまう。

「ところで、松庵先生」

美代は、笑《え》みを消した顔を松庵に向けた。童女の面影《おもかげ》も掻《か》き消える。

「さっきのお薬ですけれど、あれは何を調合してあるんですか」

松庵は唇の端《はし》を少し上げて、にやっと笑った。こちらも悪戯小僧のように見えなくもないが、美代のような愛らしさはない。

「何だと思います」

問いを返されて、美代は顎を引いた。視線がうろつく。

「あの患者さん、食気がなくて怠いと訴えていたから……山薬《さんやく》とか当薬《とうやく》とかかしら。でも、それだけじゃありませんよね。気力を奮《ふる》い立たせて、胃の腑の調子も整えて、しかも早く、よく効く薬。となると……人参《にんじん》とか霊芝《れいし》とかが浮かぶけど……」

山薬は長芋《ながいも》、当薬は千振《せんぶり》のことだ。おいちは茶を淹れながら、首を横に振った。

「無理、無理。人参も霊芝もうちが手を出せるような生薬《しょうやく》じゃありません。びっくりするぐらい高直《こうじき》なんですもの。触れもしないわ。でも、さすがに美代さん。大当たりよ」

「え？　じゃあ、薬種《やくしゅ》に山薬と当薬が入ってるのね」

「というか、それだけしか入ってないの。千振だもの苦いの当たり前よね」

「でも、おちょうさん、飲んだらすぐに効くって。しかも、眠れるようになるって言ってたでしよ。わたし、てっきりいろんな薬種が調合してあるとばっかり」

今度は、松庵がかぶりを振った。

「おちょうさんは、いつもここで心の内にあるものを八分方《はちぶがた》、しゃべって帰る。それが、習《なら》いになっていてね。ま、言わば何よりの治療になってるわけです」

「しゃべるのが治療に？」

「そう。もちろん胃の腑が弱いのは事実です。生来、胃弱の質《たち》なのは間違いなくてね。だから、季節の変わり目には腹痛や下しを起こし易《やす》いのですな。胃が弱れば、当然、食気も失せるでしょう。まあ、水菓子しか食べられないというのは、些か大げさだろうが」

「でも、眠れないというのは……あ、まあ、五臓六腑《ごぞうろっぷ》の調子が悪いと寝つきも悪くなる。往々にして、繋がって出てくる症状ですねえ。でも、そんな不調がどうして、しゃべるだけで治るんでしょうか」

美代が松庵ににじり寄る。松庵はその分、逃《のが》れるように身体を引いた。美代はさらに前に出てくる。おいちは、横を向いて少し笑ってしまった。以前、同じように父に迫った覚えがある。そのとき、言われたのだ。人を治すのは薬だけじゃない、と。

「ああ、でも、わたしにも心当たりがあるような……。胸の内に溜《た》まったもやもやを誰かに聞いてもらったら楽になるってこと、ええ、確かにありますねえ。けど、それじゃ根本の治療にはならないと思いますが。え？　あら、そうなんですか」

美代は松庵とおいちを交互に見やり、口を微かに開けた。

「おちょうさんて方、治療しなきゃならないほどの病じゃないのですね」

さすがに、美代は呑み込みが早い。自分の胸に手を置き、もう一度、松庵とおいちに目を向けた。松庵が軽く首を捻《ひね》る。

「うーむ、身体だけのことを言えば、そう病《や》んだところはないのでしょう。しかし、病に罹《かか》るのは身体だけじゃないからなあ」

「おちょうさんの場合、身体より心の方に病みがあると？」

美代が食い下がる。なるほど、本人が告げた通り、ただの親切や人助けだけで手伝いに来てくれたのではないらしい。どんな機会も逃さず、貪欲《どんよく》なほど真剣に、美代は学ぼうとしているのだ。気迫さえ感じる。

現《うつつ》に根差した知識を。

事あるごとに、明乃は口にした。知識を得るのは大切だ。迷信や飛語《ひご》に惑《まど》わされず、真《まこと》の知識を得る。その重みと困難を明乃は繰り返し塾生に伝えた。そして、その知識を現に生かし、現の人を治療する。真の知識でないと現には生かされないし、人を救えない。力を込めてそう語りもした。

美代は長崎にいたときから、ずっと明乃の傍《かたわ》らで学んでいた。その教えを糧《かて》として医の道を進んできたし、これからも進んでいくはずだ。そんな美代にとって、松庵の診療所は自分の力を試《ため》すための恰好《かっこう》の場なのだ。

「いやいや。病みというほど大げさなものじゃない」

松庵が手を左右に振る。明らかに美代の気迫に押されている。

おいちは、熱い、苦味の勝《まさ》った茶と握り飯の皿を二人の前に置いた。松庵が空咳《からせき》をする。

「おちょうさんは、お店《たな》の内儀《おかみ》としてずっと商いを支えてきた。しっかり者だと評判の内儀だったわけだ。それが、老いとともに屋台骨《やたいぼね》の役を譲らねばならなくなった。三年前に、ご亭主が亡くなって、倅《せがれ》に代替わりしてしまったから、余計に、おちょうさんは自分の居場所がなくなったように感じてしまったんでしょうな。それで、気分が落ち込んでしまった。その落ち込みにどうも波があるようで、季節が変わろうとするころに酷《ひど》くなるのですよ。そこらあたりの因《もと》は、よくわからないんだが。目まぐるしく変わる寒暖に身体がついていけないのと関わりがあるのではと、まあ、わたしは考えているのですが」

「あら、でも、先生」

美代が身を乗りだす。

「おしゃべりすることで、落ち込んだ気分が軽くなるなら、わざわざ先生の所に来なくてもいいではありませんか。内儀として立派に生きてきた方ですもの、奉公人……はともかく、ご友人とか縁者の誰かとか、お相手は幾《いく》らでもいそうですけど」

「ごめんなさい。あたし、お先にいただきまーす」

おいちは握り飯を一つ、頰張《ほおば》る。美味しい。お蔦の握り飯はいつも、塩加減が程よくて美味しい。朝からろくに食べていなかったから、余計に美味しい。松庵に尋《たず》ねたいことは、おいちにもある。ただ、それは医道とは無縁の話だ。

握り飯を食べている娘をちらりと見やり、松庵は続けた。

「立派に生きてきたから、しゃべれないんですよ、美代さん」

「え？　どういう意味です」

「その前に、腹ごしらえをしませんかな。このままじゃ、おいちに全部、食われちまう」

「あら、失礼ね。そんなに大食いじゃないわ。あ、でも、もう一つ、食べちゃおう」

「こういう風に、遠慮なく自分をさらけ出して日々を暮らしていれば、愚痴《ぐち》や弱音《よわね》を吐き出す相手もできるんでしょうが。うん、美味《うま》い。さすがにお蔦さんの握り飯だ。おっ、梅干しが入ってるぞ。おいちのは佃煮《つくだに》か。さ、美代さん、食べなさい、食べなさい。美味いぞ」

「はい、いただきます。あら、ほんとに美味しい」

　美代は握り飯を一口食べ、目を見開いた。

「なるほど、わかりました。おちょうさんは、誰からも立派な人として見られてきた。だから、弱み……というか、老いの心細さとか居場所のない淋《さび》しさとか、そんなものを誰にも吐露《とろ》できなくなってたんですね」

「見られてきたというより、おちょうさんがそういう姿しか見せないようにしてきたと、わたしは思ってますよ。いや、本人はそんな気はないと言うでしょうがね。本人も気付かないまま立派な内儀をずっと演じてきたわけで、いざ、その役から降りてみたら、弱音を吐ける相手が誰もいなかった。弱音や愚痴を口にすることは、これまでのおちょうさんの生き方を自分自身が否《いな》むことになる。そんな風に感じたのかもしれない」

「そんな……」

手に持った握り飯を見詰《みつ》め、美代がため息を吐く。

「ここに来れば、泣き言も言える。胸の内も吐き出せる。しっかり者の内儀じゃなく、病人として弱さをさらけ出せる。それで少し楽になって帰っていく。けれど、また徐々に心内に想いが溜まっていって……と、その繰り返しなんだな、おちょうさんは。だから、薬は気休めにしかならんのですよ」

「そこまで、わかっているなら、どうして意見して差し上げないんです？　医者として忠告すべきではありませんか。もう少し、自分に素直になりなさいとか、いつまでも演じ続けていたら辛いだけだとか。松庵先生の言うことなら、おちょうさんもちゃんと聞くと思いますけど」

「うーん」と松庵が唸《うな》る。ここで唸られると思っていなかったのか、美代が口を閉じた。

「それが聞いてくれるかどうか心許《こころもと》ないんですよ。美代さん、ろくに飯も食わず酒ばっかりくらってるやつの耳を引っ張って、『大馬鹿野郎《おおばかやろう》が。飯を食え』と怒鳴る、いや、忠言するのなら容易《たやす》くもあるのですが……。おちょうさんの場合、自分で気が付かないとなあ。自分で自分の弱さを認め、さらけ出す覚悟ができてないと、医者の意見とはいえすんなり受け入れられないだろうし、ほんとうに病が癒《い》えるとも思えないのですよ。下手《へた》をすると、これまでおちょうさんを支えてきた柱、内儀としての矜持《きようじ》まで折れてしまうかもしれない。そうなると、二度とわたしの許に来ないだろう。寝込んでしまって、そのまま動けなくなるなんて見込みだってある。うん、かなりある」

美代が息を吞み込んだ。そして、問うような眼差しをおいちに向けた。握り飯の最後の一口を食べ終え、おいちは美代の眼を見返した。

「あたしは、今のままでもいいのではと思っています」

「え、でも、薬は気休めなのでしょ。だとしたら、いずれは他の治療に切り替えなくちゃならないのじゃなくて」

「でも、おちょうさんは、ここで思いの丈《たけ》をしゃべって薬を受け取って満足して帰っていきます。実際、それで一、二か月は辛い症状も出なくてすんでるのよ」

「だからといって、このままにしておくのは違う気がするわ。さっき、松庵先生も仰ったけれど、ほんとうの意味で病が癒えたわけじゃないのですもの。根本からの治療をしなければ駄目でしょ。それが医者の役目じゃなくて。今のままでいいというのは、医者の本分から外れてはいない？　手立てを尽くしたのならまだしも、今一度、治療のやり方を吟味《ぎんみ》していいんじゃないかしら。わたしはそう思うけど」

「おちょうさんがどうなったら、病が癒えたと言い切れる？」

「え、それは……余計な見栄《みえ》を捨てて素直になれる。素《す》の自分をおちょうさんも周りの人も受け入れる。その上で、今までの不調がどうなるか、じっくり診るようにするの。松庵先生の診立てだと、素を受け入れられれば、かなりのところ調子は戻るのじゃなくて。それでも、怠さや息苦しさが残るようなら、他の病の心配をしなくちゃならないわ」

　おいちは僅かに眉を寄せた。おちょうについては、これまでも何度か松庵と話し合っていた。けれど、こんな風に真《ま》っ向《こう》から意見を交《か》わすのは初めてだ。

　これからは度々《たびたび》あるだろうか。一人の患者について、患者の症状について、それぞれの知見からそれぞれの意見を交わす。言い負かすとか声を大きくして黙らせるとかではない。そんなものとは全く別のところで、互いを高め、前に進むための論じ合いができる。美代とだけではなく、今はまだ知らない、出逢《であ》っていないたくさんの女人《にょにん》たちと、だ。

わくわくする。胸が高鳴る。今まで、女には許されなかった世界だ。江戸の片隅《かたすみ》の裏長屋、その一部屋でのやりとりに過ぎない。新しい世界だなどと言おうものなら、何を大げさなと嗤《わら》われ、女だてらに生意気《なまいき》なと謗《そし》られるかもしれない。

でも、真実だ。紛《まご》うことなき真実だ。少なくとも、おいちにとっては新しい扉がゆっくりと開いて、その向こうに未知の光景が広がるようだった。

その光景が大海原なのか、荒野なのか、美しい町並なのか、まだ、見極《みきわ》められない。でも、やはり、わくわくする。胸が高鳴る。

美代が身体ごと、おいちに向き直った。

「おいちさんは、どうお考え？」

「あたしは、おちょうさんが他の病を抱えているとは思えないの。だいたい季節の変わり目ごとに来られるけど、病状が悪くなっている風はないのですもの。さほど窶れてもいないしね。病は進んでいない。けれど、治ってもいない。そういうところでしょうか」

「だから、このままでいいわけはないでしょう。治せるものは治さないと」

「あたし、自分の弱さを見せないで、生涯、しっかり者の内儀を貫《つらぬ》くのも生き方だと思うんです。おちょうさんが選んだ生き方。それを病の因として、治さなきゃいけないものにしてしまう。そこに何て言うか……ちょっとちぐはぐさを感じちゃうんです。内儀の矜持におちょうさんが支えられているのなら、その柱を無理に取り替えなくてもいいんじゃないかしら。あたし、何だかんだ言っても、おちょうさんが上手《じょうず》に釣《つ》り合いをとって生きている気がしてならないの」

「うん、なるほど。この握り飯の塩の塩梅《あんばい》みたいなもんだな」

松庵が口を挟《はさ》んできたが、おいちと美代に同時に睨まれて身を縮めた。

「もちろん、今のところは、です。この先、おちょうさんの病状が悪くなるようなら、早急《さっきゅう》に手立てを講じなければならないでしょう。美代さんの言うように、他の病の疑いも含めて、一から治療を考え直さなきゃいけないはず」

美代が大きく息を吐き出した。

「そう……そういう考え方もあるのね。蘭方《らんぽう》だと目に見える傷や病をどう治すかをまず考える。まずというか、それしかないわよね。目の前の傷、目の前の病を治療する。でも、人って身体だけじゃなくて……」

「ええ、心があるの」

そこが厄介なのだ。人の心と身体は分かち難《がた》くある。身体に現れた症状の裏に、人としての情がうずくまっている。病だけを診ていては、零れ落ちるものがある。

「心があるから病が重くもなるし、思わぬ回復を見せることもある。美代さん、医者が第一義とするのは、傷や病を治せる力を身につけること。技や知識を自分のものにしていくこと。そうですよね。あたしたちも、そのために学ぼうとしている」

おいちの呟きに、美代は背筋を伸ばした。

「その通り。蘭方の知識、技は日本の医術よりずっと進んでいる。腑分け《ふわ》（解剖《かいぼう》）までして、人の身体を知ろうとするのですもの。格が違うわ。だから、わたしはとことん蘭方を知りたい。学びたい。自分のものにしたいの。でも、人を診るって、それだけじゃないのね。患者の心の内に何があるのか、そこまで考えていかないといけない」

「ええ、でも心の内って身体の症状と違って、表に現れてくれないから厄介なの」

「厄介で、深いわねえ」

「厄介で、深くて、おもしろい。知れば知るほど知りたくなる。じゃなくて、美代さん」

「それそれ。ほんとにその通りよ。人って厄介で深くておもしろいのよ。だから、医者の仕事も厄介で深くておもしろい。それにね、こうやって思いっきり話ができるのも、すてき。何だか、生きているって気がする」

「あたしも、あたしも。この先、もっともっと学びを重ねて、いろんなことをしゃべり合えたらいいよねえ。あら、美代さん、頰《ほ》っぺたにご飯粒《はんつぶ》がついてるわ」

「きゃっ、恥ずかしい。でも、おいちさんも口の横にゴマが」

「え、やだ。ほんとについてた」

おかしい。何がおかしいのか、よくわからないが愉快でたまらない。おいちと美代は顔を見合わせて、くすくすと笑い続けた。

「あのぅ、新しい茶を淹れましたから、お二人ともいかがでしょうか」

松庵が急須《きゅうす》を差し出す。

「しかし、二人とも頼もしいな。これからの日《ひ》の本《もと》の医術をしっかり担《にな》ってくれそうだ」

冗談でも戯言《ざれごと》でもないだろう。口調《くちょう》は軽かったが、目元は引き締まっていた。

「あの、すみません。子どもの熱が高くて。診てもらえませんか」

五つぐらいの男の子を抱いた女が入ってきた。

「まあ、熱が。そこに寝かせてくださいな」

美代が板間の隅に敷いた夜具《やぐ》を指さす。松庵は身軽に腰を上げた。

「よし、美味い昼餉も食えたし、もう一踏ん張りするか」

「父さん」

「うん、何だ？　こちらは美代さんがいてくれるから、おまえは一旦、家に戻っちゃあどうだ。新《しん》吉《きち》もそろそろ帰ってくるころじゃないのか」

「新吉さんは、今日は遅くなるの。『菱源《ひしげん》』の親方といろいろ話があるんだって」

「『菱源』の店を譲り受けるってやつか。そうか、まあ親方の店を継ぐってのもいろいろ苦労があるだろうな。しかし、あいつ、よくがんばってるじゃないか」

「ええ、新吉さん、とてもがんばってるわよ。ところでね、父さん」

おいちは顔を上げ、上っ張りに手を通す父を見据えた。

「あたしに隠し事、してない？」

「え……」

「『浦之屋』の件と関わっていると思うけど、隠してること、あるよね」

「あ、え、いやそれは……」

「あのころから、父さん、ちょっとおかしいもの。往診に行ったまま帰ってこなかったり、親分さんとしょっちゅうこそこそ話してたり、暗い顔して考え込んでる風だったり」

「ここそこなんか話しとらん」

松庵はむっとした顔で、口元を歪めた。これは何かを誤魔化《ごまか》そうとしているときの癖《くせ》だ。

「父さん！」

声と眼差しに力をこめると、松庵は肩を竦め息を吐いた。

「ああ、わかってる。おまえにちゃんと話をしようとは思ってたんだ。けど、忙し過ぎて、その暇もなかっただろう。それにな……」

「それに？」

「おれは見当違いの、独り勝手な心配をしているだけかもしれん。いや、そうあってほしいという気持ちもあって、おまえに伝えるのを躊躇《ためら》ってたんだが」

「巳助さんのことね」

松庵が顎を引く。喉《のど》の奥で低い音を立てる。

「わかるか」

「ええ。巳助さんがどうかしたの。『浦之屋』と関わりがあるの」

父を問い詰めながら、おいちは目を伏せた。

「ごめんなさい。患者さんの治療が先だよね」

患者がいる。医者なら、まずは治療にかからねばならない。

「先生、喉の奥が腫《は》れています。熱もかなり出ています」

美代が告げる。松庵が男の子の傍らにしゃがみ込んだ。

治療を終える間もなく、男の子と同じような症状の若い商人が続いて二人、釘を踏み抜いた大《だい》工《く》、疝気《せんき》を訴える老人、血の道の薬を求めてきた娘……患者が続き、松庵もおいちも美代も、辺《あた》りが暗くなるころまで忙しく働きとおした。


「見たんだよ」

前置きなしに松庵が話し始めた。

患者がひけた部屋には、おいちと松庵しかいない。往診から戻ってきた十斗が美代を『香西屋《こうさいや》』まで送ると申し出たのは、宵《よい》五つ（午後八時）をとっくに過ぎた刻だった。

「夜道を女人一人で歩かせるわけにはいくまい。八名川町《やながわちょう》は近いし、お送りいたします」

「恐れ入ります。お言葉に甘えてよろしゅうございますか」

そんなやりとりの後、二人は並んで菖蒲長屋を後にしたのだ。いつもなら、後ろ姿を見送りながら、もしかしたら兄さんと美代さんは……などと思いを巡らせ、嬉しいようなくすぐったいような心持ちになったかもしれない。しかし、今日は、気持ちが別の方向を向いていた。

行灯《あんどん》の芯《しん》を整え、父の前に座る。すると、松庵は開口一番、

「見たんだよ」

と、言ったのだ。

「見たって、何を」

「巳助だ」

「巳助さん？　どこで」

「『浦之屋』の裏手だ。垣根《かきね》越しに中を覗いていた。あの日だ。おまえの婚礼の日。『浦之屋』の大騒動の日だ。治療の合間に裏の井戸端《いどばた》で手を洗っていたとき、ふっと顔を上げると巳助がいた」

「見間違いじゃないの。父さん、疲れてたし、夕暮れどきだったら薄暗いしで」

「まだ、十分に明るい刻限《こくげん》だ。確かに疲れてはいたが、それで目が霞《かす》むってことはなかった。おいち、間違いなく巳助だったんだ。あいつ、じいっと中の様子を窺ってた。それから、ひょいと身をひるがえして、立ち去った。おれには気が付かなかったんだろうな。おまえも見たんだろう。塾からの帰りに巳助が立っていたのを」

「ええ、町木戸のところで『浦之屋』を……」

ぼんやりと眺《なが》めていた。そして、その日の夜には、菖蒲長屋の木戸の前で出逢った。そのことは、松庵にも伝えてある。

「浦之屋さんたちが、ただの食中りではなく毒を盛られたのではという疑いが、頭の中でもやもやしていて、そのことを親分に告げようとしていた矢先のことだ。それで、余計に戸惑《とまど》ったのかもしれん。何で、ここに巳助がいるんだと不思議だったんだ。それに、あいつの顔、暗かった。騒ぎに誘われておもしろ半分に覗いたって、そんな顔つきじゃなかった。狼狽《うろた》えているようでもあるし、探《さぐ》りを入れているようでもあってな」

「父さん、待って。それって……」

「うむ。巳助はあのとき、『浦之屋』の中で何が起こったのか知ってたんじゃないかな。味噌汁の中に毒が入れられたことも含めて、全部、知っていた」

行灯がじじっと音を立てる。

松庵の顔の上で影が揺れた。

さやかな風音

「やっぱり、逢《あ》わなくちゃいけない」

おいちは叫《さけ》んだ。腰を浮かす。こぶしを握《にぎ》り締《し》めようとしたけれど、できなかった。

箸《はし》と茶碗《ちゃわん》を持っていたからだ。

「……おいち、どうした？」

新吉《しんきち》が、こちらも右手に箸、左手に茶碗を持っておいちを見詰《みつ》めていた。

「朝飯《あさめし》の最中《さなか》に、ぼんやりしてると思ったら急に大声を出したりして。誰に逢わなくちゃいけねえんだ」

そう言ってから、新吉は大根《だいこん》の漬物《つけもの》をかじった。ぽりぽりといい音が響《ひび》く。

「あ、いいえ、うん。ごめんなさい。ずっと考え事してて。驚かしちゃったね」

「いや、いつもの……」

新吉は漬物と一緒に言葉を呑《の》み込んだようだ。おそらく「いつものこったから、別に驚いたりはしねえよ」とでも言おうとしたのだろう。

おいちは腰を下ろし、箸と茶碗を膳《ぜん》に戻した。

「新吉さん、あたし、仙五朗《せんごろう》親分に逢ってくる。逢って、話がしたいの」

「巳助《みすけ》さんて人のことが気に掛かんのか」

「うん……巳助さんが『浦之屋《うらのや》』を覗《のぞ》いていたなんて、それこそ驚きだわ。あたしに何か話したそうにしていたのも気になるし、町木戸《まちきど》での様子も変だったし」

ため息を吐《つ》いてしまった。鬱陶《うっとう》しい吐息《といき》だと自分でも思うが、ついつい、漏《も》れてしまう。

「そうだなあ。おれは、巳助さんて人をよく知らねえから何とも言えねえが、ざっと話を聞いただけでも十分に」

新吉がまた、話の途中で漬物を噛《か》んだ。「怪《あや》しい」の一言を呑み込んだのは明らかだ。

確かに怪しい。『浦之屋』に関《かか》わる事件の度《たび》に姿が見え隠れするのだ。これが巳助でなかったら、おいちも躊躇《ためら》わず「怪しい」と口に出していたはずだ。

しかし、巳助の為人《ひととなり》も生き方も、全《すべ》てではないが知っている。律儀《りちぎ》な性質《たち》も真面目《まじめ》な働きぶりも、女房《にょうぼう》に先立たれたときの悲哀《ひあい》も、そこから這《は》い上がってきた年月も知っているのだ。死んだの殺されたの怪我《けが》をしたのと物騒《ぶっそう》な事件と関わってくるとは、どうにも考えられない。誰も傷つけず、誰からも恨《うら》まれず憎《にく》まれず、ひっそりとささやかに生きている。そういう市井《しせい》の者の一人だ。

「じゃあ、松庵《しょうあん》先生がこのところちょいと沈んでたのは、その巳助さんが因《もと》だったわけか」

「ええ、父《とう》さんね、このところ帰りが遅かったのも巳助さんを捜《さが》してたらしいの」

「菖蒲《しょうぶ》長屋から引っ越した先を？」

「そうなの。松井町《まついちょう》一丁目の長屋って聞いてたんだけど、そこにはいなかったって」

新吉が箸を置いた。面《おもて》が張り詰めている。

「いなかったってのは、また引っ越ししてたってことか」

「みたい。もう少し広い所に移るって出ていったらしいわ。巳助さん、新しいおかみさんと子どもたちと四人暮らしだったから一間《ひとま》暮らしが窮屈《きゅうくつ》だったのかなあ」

「親子四人で窮屈か？　みんな、そんなもんだろう」

そんなものだ。菖蒲長屋だと間口《まぐち》二間《けん》、一間四方の土間と板の間、座敷六畳が一軒分だ。松庵の診療所のように板間《いたま》を広くしているものもあるが、それは異例で、江戸の裏店《うらだな》、長屋と呼ばれている住居はだいたい同じような、あるいはもっと狭い造りになっている。そこに、一家族が住んでいるのだ。

おいちはゆっくりと頷《うなず》いた。

「ええ、そんなものよね。だから別の理由《わけ》があったのかもしれない。ともかく、巳助さんたちはどこかに行ってしまってたの。あたしはもちろん、父さんにも引っ越しの報《しら》せはきてなくて、だから、新しい居場所なんてわからなくて、父さん、相当焦《あせ》ったみたい」

「その長屋の住人はどうなんだ。一人ぐらい知ってる者がいるんじゃないのか」

同じことを、おいちも松庵に問うたのだ。松庵は黙ってかぶりを振った。

おいちも新吉に向け、同じ仕草《しぐさ》をする。

「それが誰も知らなかったらしいの。父さん、一軒一軒尋《たず》ねて回ったけど、中には引っ越したことさえ知らない人もいたって。ろくに挨拶《あいさつ》もせずに出ていった。礼儀知らずだ。二度とここには帰ってこられないだろうって、おかみさん連中はみんな怒ってたみたい」

そこも信じられない。巳助は長屋の暮らしがどういうものかちゃんと解《かい》していた。裏店に分限者《ぶげんしゃ》は住まない。多少の差はあれ、住人のほとんどはその日暮らし、かつかつの日々を送っている。だからこそ、長屋住まいの義理を疎《おろそ》かにしない。

助け合う。挨拶をする。互いを尊《たっと》ぶ。ときには見て見ぬ振りをするし、ときにはすぐに手を差し伸べる。法度《はっと》なんて大げさなものじゃない。身を寄せ合って生きねばならない者たちが作り上げてきた約束事だ。それを守るからこそ、仲間として認められる。その理屈《りくつ》を巳助が知らないわけがないのだ。余程《よほど》のことがない限り破るわけがないのだ。その余程のことが起こったのだろうか。

余程のこと、余程のこと。おいちは胸の内で呟《つぶや》く。余程のこととは何なのか。思案《しあん》する。でも、駄目《だめ》だった。何も思い当たらない。

「あ、もしかしたら夜逃げじゃないのか。巳助さん、借金でもしていて逃げるしかなくなった。で、広い所に移る云々《うんぬん》は口実《こうじつ》で、取り立て屋から逃《のが》れるために姿を眩《くら》ましたってわけだ」

「それなら、おかみさんたちも怒らないでしょ」

夜逃げするほど追い詰められていたのなら、黙《だま》って姿を消しても咎《とが》める者などいない。むしろ、そこまで落ちてしまった境遇《きょうぐう》を憐《あわ》れみ、案じ、無事を祈る。他人事《ひとごと》ではない。明日は我が身の定めかもしれないのだ。だからこそ、心底《しんそこ》から憐れみ、案じ、祈る。少なくとも、おいちが知っている長屋の人々はそうだった。

「でもねえ、借金の取り立てが来ていた風も、巳助さんたちがいなくなってから、その類《たぐい》の人が来たこともないんだって。どうにもならなくなって逃げだしたってわけじゃないのよ」

「そうか。じゃあ……」

新吉の眼差《まなざ》しが天井辺《てんじょうあた》りを泳ぐ。

「じゃあ、どういうことなんだろうな」

わからないとしか、おいちにも答えられない。

「でも、『浦之屋』のことがあったから、父さん心配で、往診の帰りにあちこち捜してたみたい。逢って話を聞きたいって……」

「うーん、ちょっと考え過ぎな気もするなあ。巳助さんが何かを抱《かか》えてんのは事実《ほんと》かもしれねえが『浦之屋』の一件に繋《つな》がってると決めつけるのは早過ぎるんじゃねえのか。別に、確かな証《あかし》があるわけじゃねえんだろ」

証はない。巳助が『浦之屋』を覗いていたのも、町木戸に立っていたのも、たまたまかもしれない。おいちたちに何か言いたげな様子だったのも、事件とは関わりないのかもしれない。

かもしれない、かもしれない。

どれも推量でしかない。

ただ、見たのだ。

巳助が黒い霧《きり》に似た何かに呑み込まれていく姿を、おいちは見た。ほんの束《つか》の間《ま》だったが、見てしまった。巳助が菖蒲長屋を出ていく二日前だ。所帯を持ちたい女がいる。子どもたちも含めて、一緒に生きていきたいのだと巳助は告げ、おいちと松庵は心から言祝《ことほ》いだ。その直《す》ぐ後だったから、不吉な光景を見間違いだ、幻《まぼろし》だと自分に言い聞かせた。

でも、今は生々《なまなま》しく迫ってくる。見間違いではない。幻ではない。あれは、巳助の行く末を暗示していたのだ。あのとき、自分を誤魔化《ごまか》さなかったら、日々の忙しさにかまけて忘れたりしなかったら、巳助を守れたかもしれない。

唇《くちびる》を噛む。

新吉がちらりとおいちを見やった。

「なんだかなあ、おれにはよくわからねえが、松庵先生もおめえも引っ越し……じゃなくて、取り越し苦労ってやつかもしれねえぞ。その筋《すじ》もあるだろう」

妙に明るく、軽い物言《ものい》いだった。

「あら、やだ」

「うん？」

「〝おめえ〟だって。そんな呼ばれ方、初めてよ」

「え？　いや、あの、つ、つい口が滑《すべ》って。す、すまねえ」

「もう、やだ、新吉さんたら、どうして謝《あやま》ったりするのよ。夫婦《めおと》なんですもの、なんていうか、そういう呼ばれ方もいいかも、ね、おまえさん」

新吉の口が横に広がった。

「それそれ、名前もいいけど、たまには、おまえさんとかあんたなんて呼ばれると、ちょっとこそばゆいというか、嬉《うれ》しいというか、ああ、おいちとほんとうに夫婦になれたんだなあ。おれ、おいちの亭主なんだなあって嬉しくなっちまって」

「うんうん」

新吉が励《はげ》ましてくれているとわかる。だから、笑顔で頷く。

「気持ちがふわっとするようでな。ふわっとすると、おれは日《ひ》の本《もと》一の幸せ者だと改めて感じて、ますますふわふわしちまうような気になるんだよなあ」

「新吉さんたら、ふわふわばっかりじゃない」

「そうなんだ。ふわふわしてて、おいちと所帯《しょたい》を持ってから雲の上にいるみてえで、地に足がついてねえんだ。こりゃあ、さすがに拙《まず》いかな」

「そんなことないわよ。新吉さん、しっかり生きてるって感じがどんどん増してきたもの。口には出さないけど、頼《たの》もしいなあって。あたしこんな頼もしい人と一緒になれたんだって、幸せを嚙み締めてるのよ」

「そうなのか。おれも、面と向かっては言えないけど、おいちのおかげで毎日が楽しくて楽しくて、仕事にもさらに身が入って、親方から腕に磨《みが》きがかかっていると褒《ほ》められたりもして、いや、みんな、おいちのおかげだ」

「そんなぁ、新吉さんの精進《しょうじん》が実を結んだのよ。ほんと、頼もしい。恥ずかしくて口にできないけど、新吉さんて、頼もしくて優《やさ》しくて誠《まこと》があって、えっと、それにね」

「もう十分じゃないかね」

「十分じゃないわ。まだ、いっぱい……きゃっ、伯母《おば》さん、またなの」

「またって何が、またなんだよ」

おうたが戸口で仁王立《におうだ》ちになっていた。

「だから、黙って人の話を聞いたりしないでよ。この前もそうだったでしょ。あのときは外だったけど、今は家の中よ。挨拶ぐらいして、入ってきてよね。あたしには、いつも挨拶しろだの、礼儀を弁《わきま》えろだのうるさいくせに……なによ、なに笑ってるのよ、伯母さん」

「ふふん。おまえは、子どものときからそうだったよねえ」

おうたは今日も隙《すき》のない身形《みなり》をしている。萌葱《もえぎ》色の霰小紋《あられこもん》に桟留縞《サントメじま》の帯を締めて、化粧《けしょう》も濃くはないが念入りに施《ほどこ》していた。むろん、髷《まげ》は毛一筋《ひとすじ》の乱れもない。

そういう出立《いでたち》で、にんまり笑われると、ちょっと身が竦《すく》む。蛇《へび》に睨《にら》まれた蛙《かえる》も、こんな心境なのだろうか。

「恥ずかしかったり、隠し事があると、やたらしゃべるんだよねえ」

「そ、そんなことありません」

「おや、そうかい。『新吉さんて、頼もしくて優しくて力持ちで素敵《すてき》』なんて台詞《せりふ》、恥ずかしげもなく言えるわけだ。畏《おそ》れ入ったね」

「力持ちで素敵なんて言ってません。一言も言ってません。勝手に話を作らないでよ。立ち聞きした上に、挨拶なしで戸を開けるなんてほんとに失礼にも程があるわ」

「そこんとこは、謝るよ。勘弁《かんべん》しておくれな」

おうたが頭を下げる。やけに素直だ。新吉と顔を見合わせる。上がり框《かまち》に腰を下ろし、おうたは朗《ほが》らかに笑った。

「おまえたちの話があんまりおもしろかったから、ついつい聞き耳を立てちまったのさ。途中で馬《ば》鹿馬鹿《かばか》しくなってきたけどね。まあでも、おもしろかったよ。『面と向かっては言えないけど』って言いながら面と向かって言ってるし、『恥ずかしくて口にできない』ってわりには、べらべらしゃべってるし、下手《へた》な落咄《おとしばなし》より、よっぽど笑えたねえ」

腰高障子《こしだかしようじ》の向こう側で、笑いを堪《こら》えているおうたの姿が見えるようだ。頰《ほお》が火照《ほて》る。新吉は顔一面を赤くして、俯《うつむ》いていた。

「も、もう、伯母さんたら。朝っぱらから、あたしたちをからかいに来たの？」

「はあ？　馬鹿言ってんじゃないよ。憚《はばか》りながら、あたしは『香西屋《こうさいや》』の内儀《おかみ》だよ。所帯を持ったばかりで、ぴいちくぴいちく浮かれている雛《ひな》をからかう道楽なんて、持ち合わせちゃいませんよ。それほど暇《ひま》でもないしね」

「え？　暇じゃねえんですか。おれはてっきり、内儀さん、暇があるし松庵先生としゃべるのが好きだから、しょっちゅう来るのかと」

「新吉さん、しっ、駄目よ」

慌《あわ》てて止めたけれど遅かった。おうたの目付きがみるみる尖《とが》る。

「新吉、あんた、今、何とお言いだえ」

「へ？　あ、いや、その、だって、お、内儀さん、松庵先生としゃべってるときって楽しそうで、先生も楽しそうで、だから、つい……ち、違ってましたか」

新吉の顔色は赤から青に変わっている。

「違うに決まってんだろう。あんな、潰《つぶ》れた饅頭《まんじゅう》みたいな面相《めんそう》の男としゃべって、どこが楽しいんだよ。あたしを舐《な》めるんじゃないよ」

「伯母さん、落ち着いてよ。誰も伯母さんのこと舐めたりしてないから。それに、潰れた饅頭はあんまりよ。いくら何でも言い過ぎよ」

「じゃあ、擦《す》り切れた草鞋《わらじ》の裏だよ。そっくりじゃないか」

おうたが鼻息を吐いたとき、障子戸が横に開いた。

「草鞋の裏がどうしたって？」

松庵が入ってくる。おうたの口元がへの字に曲がった。

「義姉《ねえ》さん、朝っぱらから何を騒《さわ》いでるんです。長屋中にがんがん響き渡ってますよ。それでなくても地声《じごえ》も腹回りも大きいんだから、控《ひか》えめを心掛けてもらいたいですなあ」

「そりゃどうも。松庵さんのお頭《つむ》の中身みたいに控えめにすりゃあ、いいんですね」

「そりゃあどういう意味ですかな」

「まんまですよ。いいですよねえ、松庵さんはお頭が軽くて。首も肩も凝《こ》らないでしょうし、羨《うらや》ましいったらありませんよ」

「ははは、大丈夫、大丈夫。ご心配には及びません。義姉さんの凝りは二貫《かん》（約七・五キログラム）ほど痩《や》せたら、すぐに治《なお》りますよ。太り過ぎが因《もと》なんですからねえ」

新吉がおいちの耳元で囁《ささや》く。

「ほら、内儀さんも先生も楽しそうじゃねえか。おれ、間違ったこと言ってねえだろ」

「ええ、全《まった》くその通りよ。ただ、あの二人は新吉さんほど素直じゃないの。ほんとに、もう」

おいちは睨み合っている二人の間に割って入った。

「父さん、伯母さん、いいかげんにしてよ。あたしたち、朝ご飯の最中だったのよ。それを二人して押しかけてきて、いったい何用なの」

「二人して押しかけたりしてませんよ。あたしは一人で来たんだからね。あんたたちの婚礼のやり直し、どうするつもりか聞きに来たんだよ」

「おれだって、漬物がなくなっちまったから貰《もら》いに来ただけだ。義姉さんとは一切《いっさい》、関わりない。一緒にしないでくれ」

「ふん、こっちこそ、十把一絡《じっぱひとから》げに括《くく》られたらたまらないね」

「あっそ、わかりました。父さん、漬物は竈《かまど》の横の甕《かめ》に入ってるから、好きなだけ持って帰って。伯母さん、祝言《しゅうげん》のお話はありがたいけど、今はそんな暇がないの。やたら忙しいんだから。今日も、これから出かけるつもり。ごめんね」

早口で告げる。自分では有無《うむ》を言わせぬ力を込めたつもりだったが、おうたには通用しなかった。さらりと受け流される。

「今日は塾もお休みだろう。明乃《あきの》先生と美代《みよ》さんは、江戸の見物がてら生薬屋《きぐすりや》を回ってみたいと仰《おっしゃ》ってたよ。それに、四半刻《しはんとき》（三十分）もありゃあ終わる話さ。ちゃんと、お聞きよ。明乃先生によると、塾の方はもう十日もすれば一段落するそうじゃないか。開塾の目鼻《めはな》がついて、いよいよ動き出すんだろ。よかったねえ、めでたいよ。おまえも、ほんとによくがんばったね。これからも精進して立派な医者におなり。陰ながら見守ってるからね」

「え？　あ、うん。ありがとう、伯母さん」

おいちは身を引きながら、曖昧《あいまい》に笑った。

「で、一段落したころに祝言のやり直しをするからね。わかったね。まあ、ちんまりとしたささやかな祝言でいいと思うよ。あたしと亭主と明乃先生たちと十斗《じつと》さん、それに親分さんと『菱源《ひしげん》』の親方、花嫁花婿《むこ》を入れても十人ほどでいいんじゃないかねえ」

「義姉さん、その十人にわたしを入れないのは、わざとですか。うっかり忘れただけですか」

「ああ、松庵さんねえ。わざとですよ。わざと忘れてました。花嫁の父親の席には狸《たぬき》の置物でも置いときますよ。誰も気付きゃしないんだから」

「じゃあ、義姉さんの席には雪だるまとかが、いいですかな」

「はい、そこまで。もういいから、二人とも出ていって。あたし、ほんとに忙しいの。お膳を片付けたら、ちょっと、出かけてきますからね。では、失礼つかまつります」

おうたが眉を顰《ひそ》める。

「出かける、出かけるってどこにお出《い》でだい」

「うん、ちょっと……」

「誤魔化すんじゃないよ。あたしを袖《そで》にしてまで出かけるってんだから、よっぽどの用事なんだろうね。まさか、亭主の前で口にできないような所に行くつもりじゃあるまいね」

膳を片付けていた新吉が目を剝《む》く。

「内儀さん、なんてことを仰るんで。おいちは仙五朗親分に逢いに行くつもりなんで。ただ、それだけですよ」

「仙五朗親分だって？　何のためにだよ」

おうたがすっと目を細めた。新吉の黒目が左右に揺れた。おうたに煽《あお》られて、うっかり口を滑らせたことに気が付いたのだ。

漬物を小鉢《こばち》に移していた松庵が振り向き、やはり目を細くした。

「おいち、親分に逢うって、巳助のことでか？」

「……ええ。どうしても話がしたいの」

仙五朗に逢って、伝えられる何かがあるわけではない。ただ、気持ちが急《せ》くのだ。

ずくん。

頭の隅《すみ》が鈍《にぶ》く疼《うず》いた。胸が締め付けられる。思わず閉じた眼裏《まなうら》に霧が、あの黒い霧が立ち込めてくる。その中に薄《うっす》らと人影が見える。

おいちはしゃがみ込み、両手で顔を覆《おお》った。

「おいち、どうした大丈夫か」

新吉の声が遠くから聞こえてくる。

遠く？　どうして、遠いの？　新吉さんは、すぐ近くにいたのに。

目を開けたい。でも、開けては駄目だ。

見なければ。しっかり、見定めなければならない。

あたししか、いない。

見ることができるのは、あたししかいないのだ。

人影が振り向く。

え？　誰……。巳助さん？　巳助さんだろうか。

黒い霧に邪魔《じゃま》され、顔が確《しか》とはわからない。ただ、口元だけが辛《かろ》うじて、見える。

笑っていた。薄く、笑っていた。口元だけだが、酷薄《こくはく》な笑《え》みだとわかる。

ぞっとした。総毛立《そうけだ》つ気がした。

でも、駄目。目を逸《そ》らしては駄目。目を凝らして見続けなければ……。

悲鳴を上げそうになる。

影の足元に人がうずくまっていた。動かない。生きているのかどうかもわからない。今度は見覚えがあった。肩幅のある背中も、何度も水を潜《くぐ》った子持ち縞の袷《あわせ》も見覚えがある。

巳助さん！

「おいち！」

肩を摑《つか》まれた。顔を上げる。目の前に、新吉がいた。片膝《かたひざ》をついて覗き込んでいる。

「おい、大丈夫か。気分が悪いのか」

遠くない。声も新吉自身もすぐ傍《かたわ》らにいる。

「新吉さん……」

どうしてだか泣きそうになった。泣きながら新吉に縋《すが》りつきたい。でも、今は泣いているときでも、亭主に縋る場合でもない。

おいちは、勢いよく立ち上がった。

「あたし、親分さんの所に行ってきます。親分さんに逢わなくちゃ。もしかしたら、巳助さんの身に何かが起こるかもしれない」

いいや、既《すで》に起こったかもしれない。まさかと思う。まさか、そんなことがと思う。思いたい。けれど、この世が思い通りにならないことは、骨身《ほねみ》に染《し》みて解している。

「親分さんがどこにいるか、知ってるのか」

松庵に問われ、草履《ぞうり》を履《は》こうとしていた足が止まる。松庵が短い息を吐《は》いた。

「相生町《あいおいちょう》の家にいるとは限らんのだぞ」

そうだ、限らない。いない見込みの方が高い。仙五朗は、本所深川《ほんじょふかがわ》を縄張《なわば》りにして動いている。だが大川《おおかわ》（隅田川《すみだがわ》）を渡って浅草《あさくさ》にも日本橋界隈《にほんばしかいわい》にも出向く。手がけた事件によっては、品川《しながわ》辺りまで足を延ばしもすると聞いた。

今、どこにいるのかなんて、おいちには摑めない。推《お》し量《はか》ることさえできない。闇雲《やみくも》に江戸市中を走り回っても無駄足になるだけだ。

どうしたらいいだろう。どうしたら……。

「親分さんなら、深川の大番屋にいるんじゃないかねえ」

おうたが頰に指をあて、考え込むような仕草で言った。

「ここに来る前に、図体《ずうたい》の大きな男を引っ立てて歩いてるのを見たよ。遠目《とおめ》にちらっとしか見えなかったけど、あれは確かに仙五朗親分だったねえ。あたしは目性《めしょう》がいいんだよ。見間違いじゃないはずさ。で、あっちの方角なら大番屋だと思うけど」

大番屋は調べ番屋とも呼ばれる。その名の通り、咎人《とがにん》疑いの者や関わり合いになった者を取り調べる場所だ。小伝馬町《こでんまちょう》の牢屋敷に送るための入牢《じゅろう》証文《しょうもん》ができるまで、咎人を留《と》め置く所でもある。岡っ引《おかぴき》である仙五朗が足を向けたとしても、おかしくはない。おかしくはないが、胸が騒ぐ。

ざわざわと鳴り続ける。

「伯母さん、その引っ立てられていた人って、どんな風だったかわかる？　人相《にんそう》とか身体《からだ》つきとか、もう少し詳《くわ》しく覚えていない？」

「それなんだよ。人通りも多かったし、野次馬《やじうま》も集まってたしで、ほんとにちらっとしか見えなくてねえ。でも、どこか見覚えがあるような気がずっとしてさ。ここに」

おうたが指でこめかみを押さえる。

「引っかかってんだよねえ」

「もしかして、もしかしてだけど、ここで菖蒲長屋で顔を合わせたことがあるんじゃない」

松庵と新吉が同時に息を吸った。それから目を見合わせる。

「あっ、そうだよ」

おうたがこぶしで手のひらを叩《たた》いた。ばしっと小気味《こきみ》いい音が響く。

「そうだ、そうだ、そうだよ、おいち。菖蒲長屋だよ。ここで会った男だ。ああ、よかった。思い出してすっきりした。うんうん、そうそう無口みたいだったけど、挨拶だけは律儀にしてくれる男だったね。確か、路地《ろじ》を挟んで向かい側に住んでるとかで」

おうたが口を閉じた。視線がおいち、新吉、松庵と移っていく。

「え……あら、まさか、ここに前に住んでたっていう焙烙《ほうろく》売りってのが……」

「父さん」

おいちは松庵の腕を摑んだ。

「どうしよう。巳助さんだったら、どうしよう。巳助さんが大番屋なんて、そんなところに連れていかれたとしたら、まさか『浦之屋』の一件で……そうとしか考えられないよね」

松庵が唸《うな》った。奥歯を嚙み締めたのか、頰が強く張った。

「でも、どんな疑いなの。どんな咎で連れていかれたの」

「落ち着け、おいち。引っ立てられたのが巳助さんと決まったわけじゃねえんだ」

新吉が低い声で窘《たしな》めてくる。おうたがかぶりを振った。

「申し訳ないけど、間違いないと思うねえ」

新吉は一息を吐き出し、束の間、目を閉じた。

「じゃあ、待つしかねえ。親分さんのことだ、巳助さんを捕《と》らえたというならその経緯《いきさつ》や理由《わけ》をきちんと教えてくれるはずだ。親分さんから報せが来るまで、待つ。それしかねえさ」

おいちは板間に座り込んだ。

新吉の言う通りだ。待つしかない。待つより他に、できることはなかった。

「せんせーい、松庵先生。うちの嬶《かかあ》が癪《しやく》を起こして、先生、どこですかーっ」

野太《のぶと》い男の声が松庵を呼んでいる。

「おいち、患者だ。行くぞ」

漬物の小鉢を手に、松庵が路地に出ていった。「はい」と答える。新吉が頷き、おいちの背を軽く叩く。患者がいる。行かなければならない。

おいちは、指を握り締めた。


「巳助が、洗いざらい白状しやした」

仙五朗が告げる。昼下がり、診療が一段落した時分だ。そのころ合いを見計《みはか》らって、仙五朗が訪れてきたのは明白だった。

「つまり、『浦之屋』の味噌汁《みそしる》に毒を混ぜるよう、乳母《うば》のお津江《つえ》をそそのかしたのも、荷物の山を崩して浦之屋さんを殺そうとしたのも、みんな自分だ。自分が仕組んだことだと、あっさり認めやしたよ」

おいちは声を失う。息さえできない。

「そんなこと、俄《にわか》には信じられんが」

松庵が絞《しぼ》り出すように言った。その言葉が、声が耳に突き刺さるようだ。

信じられない。あの巳助さんがそんな大それたことをするなんて、信じられない。

「証もありやす。何より、本人が認めてるんでね。まあ、順を追って話しやすよ」

仙五朗が口元を軽く拭《ぬぐ》う。その面は暗く、険《けわ》しかった。

「親分さん」

おいちは膝の上で指を握り締め、仙五朗に顔を向けた。

「これは、間違ってます」

仙五朗が真《ま》っ直《す》ぐに見返してきた。ぼそりと独《ひと》り言《ごと》のように呟く。

「間違ってやすか」

「はい。あたしはそう思います。毒を盛るだの、他人《ひと》を殺そうとするだの、巳助さんに限ってそんな真似《まね》するわけが、できるわけがありません」

「けどね、巳助は自分がやったと白状したんでやすよ」

「ですから、それがおかしいんです。どこか間違っているんです」

「おいち、落ち着け」

松庵がおいちの袖を引っ張った。

「まずは、親分の話を聞くのが先だ。おれたちは、まだ何にも知らないんだからな」

「そうだよ。どれだけ喚《わめ》いたって、何の足しにもならないじゃないか。じっくり、親分さんの話に耳を傾けて、その後であれこれ考えればいいんだよ。物事にはどんなときでも順序ってものがあるんだからさ」

おうたも窘めてくる。二人の言う通りだ。つい気が急いて、いらぬ口出しをしてしまった。

「ごめんなさい。そうでした……」

座り直し、俯く。ここでいくら仙五朗に詰め寄っても、どうにもならない。性急な自分が恥ずかしい。

「まあ、焦るのもわからんじゃないが、義姉《ねえ》さんの言う通りで……。うん？　よくよく考えれば義姉さん、何でここにいるんですかね」

「あたしがいちゃあ都合の悪いことでもあるんですか。ふん、あたしだって、あの男、えっと巳助とかいう男とは浅からぬ縁があるんだ。話を聞かせてもらってもおかしかないだろう」

「おかしいでしょう。たかだか、この長屋で挨拶を交《か》わした程度の関わりでしょうが。どう考えても、ものすごく浅い縁でしかありゃあしませんよ。義姉さん、ただ、興《きょう》を引かれてうずうずしているだけじゃないですか」

「まあ、ちょっと松庵さん、無礼《ぶれい》なのはご面相だけにしときなさいよ」

「泣いてやしたよ」

ぼそり。仙五朗が呟いた。呟きだったけれど重く響いて、おうたも松庵も口を閉じた。

「巳助のやつ白状しながら、ずっと泣いてやした。松庵先生にもおいちさんにも、すまないと。あれほど心配して、気遣《きづか》ってくれたのに裏切ってしまった、とね。ありゃあ、本気の涙でやしたよ。空泣《そらな》きでも芝居《しばい》をしているわけでもなかった」

松庵と顔を見合わせる。大きな身体を縮《ちぢ》め、涙を流す巳助の姿が生々しく浮かんできて、おいちは居《い》たたまれない心持ちになった。

「松庵先生から巳助が『浦之屋』を覗いていたと聞いたときは、あっしも巳助と毒入り味噌汁の一件が繋がるとは、正直、思っちゃあいやせんでした。いや、疑念は残りやしたよ。なんであいつがってね。けど、そこまででやした。あっしもお江戸の悪《わる》とは長《なげ》え付き合いになりやすが、他人《ひと》に毒を盛るだの命を狙《ねら》うだのといった物騒なことを平気でやれる輩《やから》と巳助は、明らかに違ってやす。人の基《もとい》が違うとでも言いやすかね。そこんとこが崩《くず》れ切って、人の形《なり》をしてねえやつらをずい分とたくさん見てきやした。そういうやつらなら、他人を殺すのも傷つけるのも、なんてこたぁねえ。にやにや笑いながらやれるんですよ」

他人を苦しめて、些《いささ》かも心を痛めない非道な者たち。仙五朗のように直《じか》に接したことはないが、おいちも幾人《いくにん》かは知っている。

それは、世間で破落戸《ごろつき》だの極道《ごくどう》だのと呼ばれている乱暴者だけではなかった。一見、まっとうなお店《たな》の主人や内儀《おかみ》が奉公人《ほうこうにん》を虐《しいた》げるのも、一家の主《あるじ》が妻子を当たり前のように殴《なぐ》りつけるのも目にしてきた。御薦《おこも》さんに石を投げつける女も、女を古草履《ふるぞうり》のように棄《す》てて平気な男も知っている。身分や家柄《いえがら》に関わりなく、人は心の内に何かしらの歪《ゆが》みを抱えているとも思う。けれど、巳助の歪みは小さく、人の形を保《たも》っていると信じられた。

おいちの想《おも》いを察したかのように、仙五朗が頷く。

「ええ、巳助にはそんなこたぁできねえ。できる性分《しょうぶん》じゃねえでしょうよ。かっとなって相手を殴ったとかなら、まだわかりやすがね、味噌汁に毒ってのは、それなりに計画ってものを立てなきゃならねえ。まして、お津江を使ってってことなら、言い含めもしなきゃならねえし、毒も調達しなきゃならねえでしょう。そういう器用な真似ができる男とも思えやせん」

「巳助さんには無理です」

逸《はや》る気持ちを抑《おさ》え、努《つと》めて声音《こわね》を低くする。

「親分さんの仰る通り、巳助さんにそんなことができるわけがありません」

「でも、実際にはやっちまったんだろ」

おうたが、いつもと変わらないあけすけな調子で口を挟《はさ》んできた。

「やっちまったのならそれまでじゃないか。できるもできないもありゃしないよ」

確かにその通りで、と仙五朗は苦《にが》く笑った。

「親分、巳助は自訴《じそ》してきたのか。で、洗いざらいしゃべった？」

「違いやす。けど、まあ……それに近かったかもしれやせん」

松庵が首を傾《かし》げる。仙五朗はまた淡々《たんたん》と話を続けた。

「味噌汁の一件だけなら巳助がやったなんて、一分《いちぶ》も思いやしやせんでした。『浦之屋』と巳助の間に何らかの関わりがあったとは考えられなかったんで。けど……」

「関わりがあったんですね」

おうたが膝を進める。

「へえ、小さな関わりがね。巳助が『浦之屋』に焙烙を売りに来てたんでやすよ。同じ町内ということもあって、年に何度かは顔を出していたとのこってす。棒手振《ぼてふ》りの品にしては物がよくて値《ね》も張らず、重宝《ちょうほう》していたと女中が言ってやした。その女中、売り買いの度《たび》に巳助と話をして『愛想《あいそ》はないけど、きちんと商《あきな》いをしている人だって感じてましたよ』とも言ってやしたよ。浦之屋さんが大怪我《おおけが》をした日に、巳助を見たのもその女中でやす」

「見た？」

松庵が息を呑み込んだ。その音が聞こえた気がするほど大きく、喉元《のどもと》が上下する。

「見たってのは、『浦之屋』の中でか？」

「さいでやす。その女中が庭掃除をしていたときに、庭蔵《にわぐら》の辺りをうろついている巳助を見たと、はっきり言いやした。ええ、浦之屋さんが怪我をするちょいと前になりやす。女中は焙烙売りがどうしてこんな所にいるのか、天秤棒《てんびんぼう》を担《かつ》いでいる風もないしと不思議に感じたそうでやす。まぁ、大抵の者はそう感じるでしょうよ。で、知らない仲じゃなし声を掛けようとしたら背を向けて、消えちまった。だから、裏木戸から出ていったんだとばかり思っていたとのこってした。気にはなっていたけれども日ごろの巳助の様子からして、盗《ぬす》みの下見《したみ》をしているとかの悪巧《わるだく》みとは無縁だろうと放っておいた。まさか、あんな大それたことをしでかすとは震《ふる》えてやした」

「裏木戸ってのは、開けっ放しなのか」

「昼間はほぼ開けたままにしているそうなんで。巳助みてえな物売りがよく来るし、女中たちもこちらの口から出入りすることが多いから、いちいち、戸締まりはしないんだそうで。夜はさすがに、しっかり閂《かんぬき》はかけるんでしょうが」

おいちは下腹に力を込め、仙五朗を見据《みす》えた。

「でも、『浦之屋』の裏庭にいたからといって、巳助さんがやったとは言い切れないでしょう。何か用事があったのかもしれないじゃないですか」

「自分がやったたって、巳助が白状したんだよ。自分で言い切ってるじゃないか」

すかさず、おうたが突いてくる。いつもなら、敵《かな》わないとわかっていても言い返すぐらいはするのだが、今は、唇を嚙んで黙り込むしかない。

「実はね、浦之屋さんが大怪我をしたその日、あっしはすぐに蔵の中を調べやした。へえ、おいちさんが懸命《けんめい》に浦之屋さんの手当てをしている間にでやす。あっしには人の病《やまい》や怪我はどうこうできやせんからね。できることをやっていたわけでやすよ。で、足跡を見つけやした。庭蔵の周《まわ》りは日当たりが悪く、地面がぬかるんでることが多いとかで、土の上にも庭蔵の中にも足跡がついてやした。人の出入りがかなりあったもんですから、ずい分と踏み跡が入り乱れちゃいましたが、でかい足跡が一つだけ、くっきりついていやしたよ。へえ、荷物が積んであったと思《おぼ》しき辺りにね。それが巳助の草鞋《わらじ》とぴったり合いやしたね。まあ、巳助自身、自分が荷物の山を崩した。浦之屋さんを殺すつもりだったと白状したわけじゃありやすが。ちょっと話が戻りやすが、女中の言葉や足跡のことがあっても、あっしとしちゃあどうも納得《なっとく》できねえって心持ちじゃありやしたよ。情を挟むつもりはねえが、さっきも言った通り巳助と事件の中身が、どうもしっくりこなくてねえ。けど、ともかく巳助に話を聞かなくちゃなりやせん。ところが、巳助は長屋から消えちまってた」

おうたが大げさにのけ反《ぞ》った。

「おやまあ、逃げ出したのかい。そりゃあ、自分がやりましたって言ってるようなもんじゃないか。まあまあまあ、あんなおとなしげな顔して、とんでもないやつだねえ」

「義姉さん、あんまり反り返ると腰を痛めますよ。それでなくとも、身体が重いんだから、腰は労《いたわ》ってやらないと。それと、親分の話を聞いてたでしょ。巳助は自分がやったと言ってるんですよ。ほんとうか嘘《うそ》かはわかりませんがね」

「あら、松庵さん。あたしの腰のことを心配してくれるなんて、ずい分、お優しいこと。あんたもせいぜい、お頭《つむ》を労ってあげなさいよ。ふん」

おうたが鼻から息を吐き出し、仙五朗にさらににじり寄った。

「それで、親分さん、巳助はどこに隠れてたんです。親分さんが隠れ家《が》を突き止めて、お縄《なわ》にしたんですか。どんな捕り物があったんです」

「北之橋《きたのはし》の上にぼんやり立ってやした」

「へ？　北之橋？　六間堀《ろっけんぼり》の？」

「さいでやす。腕組みして、水の流れをじいっと見てやしたよ。あっしが声をかけると、こう頭を下げやしてね」

仙五朗は首を前に倒すように動かした。

「『ちょいと、自身番で話を聞かせてもらいてえんだ』と言ったら、『へい』って、そりゃあもう素直におとなしくついてきやしたよ。逃げ出す素振《そぶ》りなんか毛ほどもありやせんでした」

おうたの眉が下がる。明らかに気落ちした顔つきだ。

「まあ、なんてつまらない。巳助ってのは、とことんおもしろみのない男なんだねえ」

「伯母さん、好き勝手なこと言わないで。伯母さんをおもしろがらせるために巳助さんは……」

口を閉じる。おうたとしっかり目が合ってしまった。

「あたしをおもしろがらせるために、巳助さんはあんな大それたことをしたわけじゃないと、そう言いたいのかい、おいち」

合わせた目を僅《わず》かに狭《せば》め、おうたは心持ち背筋《せすじ》を伸ばした。おいちは俯き、自分の指先を見詰める。薬草《やくそう》色に仄《ほの》かに染《そ》まった指先だ。

「おまえさ、なにをそんなに苛《いら》ついておいでだい。ひとの話にいちいち突っかかってさ。仔持《こも》ちの猫じゃあるまいし、いいかげんにしておくれよ」

「そうだぞ、おいち。ひとにやたら突っかかってくるのは、義姉さんだけでたくさんなんだからな。苛々せずに、ちゃんと終《しま》いまで話を聞け。気分のままにひとの話に口を挟むなんて、義姉さんの真似をすることはないんだ」

「は？　松庵さん、横合いから何をくちゃくちゃ言ってるんです。まあ、いいよ。今は松庵さんなんかにかかずらっている暇はないさ。おいち、おまえさ、巳助とやらが咎人《とがにん》じゃないと本気で信じてるのかい」

俯けていた顔を上げる。伯母の問いを嚙み締める。嚙み締め、答える。

「信じてます」

「本人が白状したのにかい」

「それは……何か事情があるのよ。よっぽどの事情が……。あたし、巳助さんは誰かに騙《だま》されているんじゃないかと思う。誰かに陥《おとしい》れられてるって。だって……」

もう一度、口を閉じる。おうたがやけに大きな音を立てて、ため息を吐いた。

「ここまできて、まだ、躊躇《ためら》ってるのかい。愚図《ぐず》な子だねえ。ここにいるのは、みんなおまえの味方じゃないか。信用して、思ってることを全部、話しちまいな。そうすりゃあ、すっきりして、いらぬ苛立ちを捨てられるんだよ。ね、親分さん」

仙五朗がはっきりと首肯《しゅこう》した。

「内儀《おかみ》さんの言う通りでやす。再三申し上げてる通り、あっしも『浦之屋』に関わる事件二つともが巳助のしわざとは信じられねえんでやすよ。けど、本人がやったと言っているんだ。この件は、巳助が咎人となり落着って見込みが高《たけ》え。そこをひっくり返《けえ》すのは至難《しなん》でやす。けど、おいちさんがどんでん返しの鍵《かぎ》を握ってるとしたら、ぜひ、教えてもらいてえ」

「鍵になるかどうか。そんな確かなものじゃないんです」

「ねえ、親分さん。どうなるんです」

おうたがまた、仙五朗にじりじりと寄っていく。寄られた岡っ引は、少しばかり身体を引いた。しかし、狭い長屋の部屋だ。仙五朗の背中が壁《かべ》にあたり、鈍い音を立てる。

「どうなるってのは、なんのこってす？」

「巳助のことですよ。このまま、罪科《ざいか》が決まっちまったらどんなお咎めを受けるんです？」

「へ、へえ。あっしは捕らえる側で、裁《さば》きの方はわかりかねやすが。お津江は別として、死人《しびと》は出てねえわけでやす。だから、磔《はりつけ》、獄門《ごくもん》はねえでしょう。けど、死罪はあり得ると思いやすよ。浦之屋さんは大怪我をして、今でも臥《ふ》せったままだ。奉公人たちは毒を盛られて、大層苦しんだ。お津江だって巳助に唆《そそのか》され、追い込まれた末の自死だったとお奉行所《ぶぎょうしょ》が定めれば……、おそらく死罪は免《まぬか》れねえでしょう。遠島《えんとう》とか所払《ところばら》いとか、そんな甘いお裁きはおりねえと思いやす」

「死罪！」

おいちは自分の叫びが喉に引っ掛かり、もがいているように感じた。

巳助さんが死罪になる。首を落とされる。

おしまと連れ立って歩いている。焙烙の皿《さら》を丁寧《ていねい》に重ねている。女房の棺《ひつぎ》に縋って泣いている。お蔦《つた》たちにからかわれて、顔を赤くしている。笑っている。空を見上げている。話をしている。

「おいち先生、お世話になりやした」。そう言って頭を下げている。

ほんの刹那《せつな》、巳助のさまざまな姿が現れては、消えた。

「駄目です。そんなの駄目。親分さん、違います。巳助さんは罪を犯《おか》したりなんかしていません。誰かに操《あやつ》られているんです。何か、とんでもない禍《わざわい》に遭《あ》ってしまったんです。だって、だって、あたし見たんです。巳助さんが闇に吞み込まれるのを一瞬ですが確かに見たんです」

おいちは巳助が菖蒲長屋を去る二日前に自分が見たものについて、今朝《けさ》、眼裏《まなうら》に浮かんだ姿について話した。話をしているうちに、胸内《むなうち》が落ち着いてくる。巳助への懸念《けねん》は僅かも減りはしなかったが、どうすればいいのかと狼狽《うろた》える気持ちは少し凪《な》いだようだ。言葉にして、口に出して、他人に伝える。それだけのことで、昂《たかぶ》り逸っていた心が鎮《しず》まり、頭の中が静まっていく。

「このことを親分さんにお話ししたくて、相生町まで出かけるつもりでした。新吉さんに止められて、思い止《とど》まりましたが。でも、でも……親分さん、あたしは巳助さんが闇に吞み込まれるのを見ったんです。闇は巳助さんの内ではなく外から湧《わ》き上がっていました。そこが、気になって仕方なかったんです」

「なるほど、外からでやすか」

仙五朗が腕組みをして束の間、目を閉じた。

「はい。巳助さん自身が邪悪《じゃあく》な思案を抱《いだ》いていたとしたら、巳助さんの内から闇は湧いて出ていたはずです。でも、そうじゃなかった。巳助さんは外からの闇に引きずり込まれていったんです。それに、倒れてました。今朝、ほんの僅かな間でしたが、巳助さんが倒れていてその向こうで誰かが笑っているのが見えたんです。巳助さんはまるで……」

まるで、どうだったろうか。あれはまるで……。

「生《い》け贄《にえ》のようでした」

おうたが息を詰めた。仙五朗が唸る。

「どうにも物騒だねえ。けど、おまえが何を見たって、どう感じたって、それが巳助の身の証にはならないよ。ただの絵空事《えそらごと》だと一蹴《いっしゅう》されてお終いさ」

詰めた息を吐いて、おうたが告げる。

「わかってるわよ、それぐらい。あたしの話なんか何の力にもならないって、わかってる。大抵の人は突拍子《とっぴょうし》もない作り話だって笑っちゃうよね。でも、見たのは間違いないもの。伯母さん、あたし見たの。それは、作り話でも絵空事《えそらごと》でもない。あたしの真実なのよ」

「わかってますよ」

おうたが鬢《びん》の毛をすっと手で撫《な》でつける。

「あたしだって親分さんだって狸の置物だって、おまえが真実を語ってるってわかってます。疑いなんて、小指の先っぽほども持っちゃあいないさ。けど、あたしたちがわかっていることと世間に通用するってことは、全くの別ものだからね。〝あたしの真実〟なんてのだけじゃ、世の中には太刀《た》打《ち》ちできないよ。そしてね、世の中の考えってのに合わせると、巳助は、大それた悪事をしでかした咎人になるのさ」

「伯母さん……」

伯母さんは、あたしを謗《そし》っているわけではない。むしろ、励まし支《ささ》えようとしてくれている。おまえを信じていると、伝えてくれている。

胸に染みた。同時に、今、自分が生きている世の厳しさも突き付けられた。確かにそうだ。おいちが何を見たかなんて、現《うつつ》を動かす何の足しにもならない。けれど、動かさなければ、巳助は首を刎《は》ねられる。

「内儀さんの言う通りでやす。今のままじゃ、おいちさんの話は世間に向かっては竹光《たけみつ》でしかありやせん。けど、あっしたちにとっちゃあ大きな光明《こうみょう》だ。今までも、おいちさんの見たものに助けられて、事件の真相ってやつに辿《たど》り着いてきやした。今回だって、きっとそうなるはずでやす」

仙五朗の口元が引き締まる。

「あらまあ、ほんとに親分さんは頼もしいですねえ。狸の置物とは大違いですよ」

松庵が空咳《からせき》をして、おうたの袖を引いた。

「義姉さん、さっきから気になってるんですが、何ですかな、その狸の置物ってのは。誰のことを言ってるんです」

「わざわざ、尋ねなくてもわかるでしょ。ここで狸顔っていったら一人しかいないんだから。ほら、話が途切れちゃったじゃないか。大事なとこなのに。ほほ、すみませんね。ほんと、刻《とき》も場所も弁《わきま》えない狸で」

おうたは、愛想笑いを仙五朗に向けた。

「さてさて親分さんは頼もしいけれど、それって闇雲に粋《いき》がってるわけじゃないでしょ。ちゃんと拠《よ》り所《どころ》ってものがありますよね。てことは……あら、もしかしたら何か手掛かり、足掛かりを摑んでるんじゃないですか」

おうたが口を広げ、にやっと笑った。獲物《えもの》を捕らえた狐《きつね》みたいだ。

仙五朗が顎《あご》を引き、背中をさらに壁に押し付けた。

「前々から思ってたんでやすが、内儀さん、えらく目端《めはし》が利《き》くというか勘が鋭《するど》いというか、いや並じゃねえや。畏れ入りやしたよ」

おうたは口元に手をやり、しとやかに笑う。

「まぁ、そんな。〝剃刀《かみそり》の仙《せん》〟とまで呼ばれる親分さんに畏れ入られるなんて、果報《かほう》だこと。ほほほほ。で、どんな手掛かりを摑んでるんですか？　ぜひぜひ教えてくださいな」

仙五朗が微《かす》かにため息を吐いた。

「いや、手掛かりとまではいきやせん。けど、引っ掛かっている女がいやす。お琴《こと》って、巳助と一緒に住んでいた女でやすよ」

　お琴。その名前は知っている。名前だけしか知らないが。

「巳助さんが所帯を持つって言ってた人ですね。子どもが二人いて、その子たちが自分に懐《なつ》いて、可愛《かわい》いんだと巳助さん嬉しそうでした」

「へえ。ところが、おいちさん。その女がどこに行っちまったのか、行方《ゆくえ》知れずになってるんで」

「え？」

「松井町の長屋から引っ越していったまではわかってるんでやすが、そこから先の足取りがとんと摑めなくてねえ」

「巳助さんは、何と？」

「それが、何にも知らねえってんでやす。松井町を出てから、あちこちを転々としている間にどこかに行ってしまった。咎人と一緒にいるのが恐ろしくなったんだろう。だから、行く先なんて知らないと、その一点張りでさあ。むろん、六間堀で見つけたときも巳助一人でした。女子どもの姿はどこにもありやせんでした」

「おやおやおや」

　おうたが身を乗り出す。口のあたりには薄笑いが浮かんでいた。

「親分さんは、お琴とやらを疑ってるんですね。その女が巳助を操って、事を起こしたって考えているわけですか。ふむふむ、なるほどねえ」

「いや、内儀さん。それはちょっと性急過ぎやすよ。お琴と『浦之屋』の間に繫がりはねえんですから。いや、あるかもしれねえが、今のところ明らかにはなってねえんです。実はお琴の似顔絵《にがおえ》を『浦之屋』の連中に見せてみたんでやすが、誰も知らないと首を横に振るばかりでやした。巳助のように出入りしていた風も、以前、奉公していたとかでもねえ」

「そりゃあ、似顔絵が拙かったんじゃないですか。本人がいないってことは、巳助とか長屋のおかみ連中に人相を聞いて描いたわけでしょ。巳助は女を庇《かば》って嘘を並べたかもしれないし、おかみさんたちの目が当てになるかどうかも怪しいもんですしねえ」

「そんなこと、ないわ」

おいちは思わず腰を浮かせていた。

「巳助さんが庇って嘘を吐いたってのはもしかしたら……もしかしたらだけど、あるかもしれない。あたしが巳助さんでも、そうしたかもしれない。伯母さんの言う通りかもしれない。でも、長屋のおかみさんたちの目は当てにしていいと思う」

長屋のおかみさんたちは、よく人を見る。長屋の店子《たなこ》は言うに及ばず、出入りする物売りの顔も、店子の所にやってくる客の顔もしっかり見ている。馴染《なじ》みのない者がふらりと入ってくれば、たちまち小声のざわめきが長屋中に広がるのだ。

「ちょっと、ちょっと。あの若い男、誰だよ」

「知らない顔だね。誰の所に来たんだよ」

「怪しくないかい。いかにも悪って人相してるよ」

「どうする？　大家《おおや》さんに報せようか」

おかみさんたちのひそひそ話と眼差しが突き刺さり、たいていの者はそそくさといなくなるか、自分の身許《みもと》と訪れた理由を必死に伝えるか、どちらかを選ばなければならなくなる。

おかみさんたちは人を見るのも、品定めをするのも、噂話《うわさばなし》をするのも大好きなのだ。面倒《めんどう》で迷惑だと感じることも度々《たびたび》あるけれど、目の確かさだけは信じていい。

仙五朗が頷いた。それから、懐《ふところ》から折り畳《たた》んだ紙を取り出した。

「これが、その似顔絵でやす」

折り目の付いた半紙の上に女の顔が描かれている。面長《おもなが》で、目尻《めじり》がやや垂《た》れているみたいだ。他にこれといって目立つところはない。

「何だか平凡な顔だねえ。どこにでもいそうなご面相じゃないか。親分さん、言っちゃあ悪いけど、やっぱりこれ、下手《へた》過ぎますよ」

「へえ、確かに似顔絵は不出来だったかもしれやせん。けど、絵師の腕が悪いとばかりも言い切れねえんでやすよ。お琴についちゃあ、わからねえことが多過ぎやしてね」

「わからない？」

おいちとおうたの声が、ぴたりと重なった。二人の女に見据えられ、仙五朗が苦笑する。

「おいちさんの言葉通り、おかみさん連中の目はなかなかの優《すぐ》れものでやす。思い込みや流言《りゅうげん》に惑《まど》わされることも、ままありやすがね。あっしとしちゃあ、けっこう頼りにしてるんでやすよ。けど、お琴についちゃあ、どうも曖昧《あいまい》でねえ。目鼻立ちとか尋ねても、はっきりした答えが返《けえ》ってこなかったんで」

「それは、どういう意味ですか」

今度は、おいちだけが尋ねた。おうたも松庵も無言で、仙五朗を凝視《ぎょうし》している。

「へえ、もともと松井町の長屋に、お琴が越してきたのはいなくなる二月《ふたつき》ほど前だったんで」

二月ほど前。巳助が菖蒲長屋を去ったころだ。

「たった二月ぐらいしか住まなかったということですか」

「しかも、越してきた当初はお琴が一人で住んでいたそうでやす」

「えっ」と叫んだのは、松庵だった。

「そりゃあ本当のことかい、親分。松井町の長屋なら、おれも巳助を捜して何度か足を運んだが、そんな話は一度も耳にしなかったぞ」

「へえ、先生にお報せするのが後手《ごて》になっちまって、すいやせん。要は尋ね方なんでやすよ。実はあっしも巳助のことばかりが頭にあって、お琴について詳しく聞き出すことが疎かになってやした。先生もそうでしょ。それで、ちょいと目先を変えて、お琴のことをあれこれ穿《ほじ》ってみると、別の面が見えてきやしてね。あの長屋の部屋をお琴は一人で借りて、間もなく、そこに子どもが二人来て、次に巳助が越してきたことがわかりやした。あっしは、てっきりお琴と子どもが住んでいたところに、巳助が加わったとばかり思い込んでいたもんで、巳助と一緒になる前のお琴についちゃ、ほとんど探りを入れやせんでした。えらい手落ちでやすよ」

仙五朗は自分の首をぴしゃりと叩き、かぶりを振った。

「巳助さんは、そのことを知ってたんでしょうか」

「知りやせんでしたね。お琴は身寄《みよ》りがないはずだから、子どもを預ける場所などないはずだ。一人暮らしなんてあり得ないと驚いてやした」

「なんだか、胡散臭《うさんくさ》い女だねえ」

おうたが鼻の先を動かす。獲物の臭《にお》いを嗅《か》ぎ当ててようとする猟犬《りょうけん》みたいだ。

「へえ、それでちょいと似顔絵を作ろうと思い立ったんでやす。ところが、これがなかなかに難渋《なんじゅう》しやしてね。誰も、よく覚えていないと首を横に振るばかりなんでやすよ」

「覚えていない？　二月とはいえ、同じ長屋で暮らしていたのにですか」

それこそあり得ないと思う。裏長屋に住む者はただの隣近所とは違う。住んでいる一部屋一部屋が狭い、小さいということもあって、互いの暮らしぶりがほぼ筒抜《つつぬ》けになるのだ。親兄弟《おやきょうだい》と一緒とまでは言えなくても、一つ屋根の下に住んでいる繋がりはかなり深い。二月も経《た》てば、打ち解け親しくもなっているはずだ。顔も覚えていないなんて、信じ難《がた》い気がする。

「何だか陰気な女で、いつも俯いて、めったに外には出てこなかったんだとか。井戸端《いどばた》で顔を合わせることもほとんどなかったし、外に出てきても、ずっと俯いて、なにやらぶつぶつ呟いてるみてえな女だったらしいんで。気味《きみ》悪かったとはっきり言うおかみさんもいやしたよ。お琴に亭主や子がいて、その亭主が案外まっとうなんで驚いたと言った者もいやしたね。急に長屋から出ていったときには、礼儀知らずだと腹も立ったが、気が落ち着くとお琴がいなくなってせいせいしていると、これはおかみさんたちが口を揃《そろ》えてやした」

それって、おかしい。変だわ。

おいちは胸の中で何度も繰り返す。
おかしい。変だ。どこかが歪んでいる。
腰高障子が風に音を立てる。「変だな」松庵が低く呟いた。

遥《はる》か彼方《かなた》

「それは変よねえ。確かにどう考えても、おかしいわ」

美代《みよ》が眉間《みけん》に皺《しわ》を作った。

風は冷たいけれど、日差しは暖かい。春の温《ぬく》もりをたっぷりと含んでいた。石渡塾《いしわたじゆく》の一室は程よく暖まって、火鉢に手をかざさなくてもいいほどだ。

その部屋で、おいちは美代と向かい合っていた。今日、新たに二人が入塾することになっている。今、明乃《あきの》と挨拶《あいさつ》を交《か》わしているはずだ。その後、おいちや美代との顔合わせをする段取りになっていた。

その僅《わず》かな間《ま》に、美代から巳助《みすけ》について尋《たず》ねられたのだ。『浦之屋《うらのや》』の騒動の件で、咎人《とがにん》が捕《つか》まったと聞いたが、ほんとうかと。どうやら、既《すで》に巷《ちまた》では噂《うわさ》になっているらしい。

「ほら、これ。かなり派手に扱われてるわよ」

美代が差し出した読売《よみうり》には、もがき苦しむ人々の傍《かたわ》らで口の端《はし》から牙《きば》を覗《のぞ》かせ、大笑《たいしょう》する男が描かれていた。〝稀代《きたい》の悪党〟とか〝人面獣心《じんめんじゆうしん》〟などの文字が躍《おど》っている。

「酷《ひど》い。巳助さんは悪党でも獣《けもの》でもないわ。何かの間違いよ。どこかが歪《ゆが》んでるの」

思わず手の中の読売を握《にぎ》り締《し》めてしまった。

「じゃあ、おいちさんはその巳助って人のことを、まだ信じているわけ？」

「もちろん。あたしだけじゃなくて、父も伯母《おば》も……いえ、伯母はわからないけど、父も仙五朗《せんごろう》親分も信じているの。あ、でも、それは巳助さんの為人《ひととなり》を知っているからとか、菖蒲《しょうぶ》長屋の住人だったからとか、そんな理由じゃないの。情絡《がら》みじゃなくて、どう考えてもおかしな事実があるのよ」

「と言うと？」

美代が僅かに前屈《まえかが》みになる。

おいちは昨日、仙五朗から聞いた話をできる限り詳《くわ》しく、伝えた。美代なら、余計な思い込みを排し、事実を事実として受け止めてくれる。その上で、自分なりの意見を語ることができる。さっき、情絡みではないと言い切ったけれど、正直、おいちには自信がなかった。情に目が曇《くも》る。そういう覚えが何度もあったのだ。自分では平静を保《たも》っているつもりでも、情けに心が乱される。信じたいと願うことと、信じられると判ずることは別だ。鳥と魚ほども違う。頭ではわかっているが、心が追い付かない。どうしても、流されてしまう。

それが自分の大きな弱点だ。その点、美代は己《おのれ》の心情に囚《とら》われず、事実をただ事実として受け止められる。気持ちに負けて現《うつつ》を曲げたりしない。悲惨も後悔も無念もきちんと引き受けられるのだ。おいちには真似《まね》のできない生き方だった。

だから、聞いてもらいたい。聞いて、おいちが見逃《みのが》したもの、見過ごしたもの、あるいは気が付かぬ振りをしていたものがあれば、示してほしい。

「それは変よねえ。確かにどう考えても、おかしいわ」

おいちの話を聞き終えて、美代は言った。独《ひと》り言《ごと》に近い呟《つぶや》きだったけれど、確かにおいちに向けられた返事だった。

「美代さんも、そう思う?」

「ええ。そのお琴《こと》って人、できる限り顔を見せないようにしていたって感じがする。わざと気味《きみ》悪がられて、おかみさんたちが寄ってこないようにしたんじゃないかしら」

長屋の新入りに、おかみさんたちは気軽に声をかける。親しくなりたくて、相手の人柄《ひとがら》を見定めるために、ちょっとした好奇の気持ちから……理由《わけ》はそれぞれだが、ともかく声をかけ、おしゃべりし、探《さぐ》ろうとする。長屋住まいの習《なら》わしみたいなものだ。ときに鬱陶《うっとう》しく、厄介《やっかい》ではあるけれど、店子《たなこ》の仲間内に溶け込むきっかけになったりもするのだ。人の出入りが激しい江戸では入《い》り用《よう》な決まり事なのだと、おいちは割り切っている。

「だとしたら、なぜだと思う?」

おいちの問いに、美代がもう一度、首を傾げた。

「そうねえ。考えられるのは……まず、とっても人嫌《ひとぎら》いで、口下手《くちべた》で他人《ひと》と関《かか》わり合うのが嫌《いや》でたまらなかった。そういう性質《たち》だったら、おかみさんたちを避けることもあるのではないかしら」

「うーん、でも、それはどうかなあ。巳助さん、お琴さんのことを心根《こころね》の優《やさ》しい人だって言ってた。子どもたちも懐《なつ》いてくれて、周《まわ》りが明るくなった気がするとも……。巳助さんの話からは、人嫌いって感じはしてこないのよねえ」

「なら、ちゃんと顔を見せたくなかった、あまり見られたくなかったわけかしら」

「人相《にんそう》を覚えられたくなかった。そういうこと？」

そこで、美代が軽く肩を竦《すく》めた。悪戯《いたずら》っぽい笑《え》みが浮かぶ。

「そういうこと。おいちさんも同じように考えてるんじゃなくて」

「はい、考えてます」

おいちは真顔《まがお》で頷《うなず》いた。そうとしか考えられない。

お琴という女は、おかみさんたちの目に素顔を晒《さら》したくなかったのだ。かといって覆面《ふくめん》をするわけにもお面をつけるわけにもいかない。余計に人の目を引くだけだ。だとしたら、俯《うつむ》いてなるべく顔を向けないようにするしか手はないだろう。

「ねえ、おいちさんは、お琴さんが本当の犯科人《ぼんかにん》だと疑ってるの？　巳助さんはお琴さんを庇《かば》って、全《すべ》ての罪を被《かぶ》ったと？」

美代が覗き込んでくる。

犯科人。咎人。『浦之屋』の人々に毒を盛った、浦之屋卯太郎衛門《うたろうえもん》に大怪我《おおけが》を負《お》わせた、その張本人。

口を閉じ、黙り込む。息を吐《は》き、背筋《せすじ》を伸ばす。

「それも……少し違う気がするの」

違うだろう。お琴がどんな女かわからない。けれど、『浦之屋』と深い関わりがあったとは思えないのだ。あったとしたら、仙五朗が見逃すはずがない。それに、毒を盛るのはともかく、蔵《くら》に忍び込んで銅製の甕《かめ》を落とすなんて荒業《あらわざ》を女一人でやれるとも考え難《がた》い。ただ、巳助は、お琴を庇って罪を引き受けている。その見込みは十分に考えられる。だとすると、巳助はお琴が罪を犯《おか》したと信じ込んでいるわけだ。女房《にょうぼう》のために、二人の子どものために、我が身を差し出した。

おいちは、膝《ひざ》の上に重ねた手に我知らず力を込めていた。

巳助は見たくなかったのではないか。

女房が縄《なわ》を打たれ、連れていかれる姿を、泣きながら母を呼ぶ子どもたちを見たくなかった。そんな現《うつつ》を目《ま》の当たりにするぐらいなら、代わりに咎人となる。そう、思い詰めてしまったのでは……。

巳助さんをそこまで追い込んだのは誰？　誰がどんなやり方で追い詰めていったの？

「そうよねえ。女が一人でできることじゃないものねえ」

美代がおいちの心中を察したかのように、呟いた。

「何のために、あんな大それたことをしたのか理由《わけ》もわからないし」

頰《ほお》に指先を添え、美代はややくぐもった小声《こごえ》で続けた。

「味噌汁《みそしる》に毒を盛ったのは乳母《うば》だったのでしょ。自分がやったと書き置きを残して、自害した。確か毒を飲んだのよね。その毒は、おそらく味噌汁に混ぜたものでしょうね。もしかしたら、自害するために残しておいたのかしらね」

「ええ……かもしれない」

もしかしたら。かもしれない。推察ばかりだ。乳母だったお津江《つえ》は死んだ。真実を告げることはもうできない。

「えっと、巳助さんは、乳母をそそのかして味噌汁に毒を入れさせ、乳母は罪の重さに耐えきれず自害した。巳助さんは『浦之屋』の蔵に隠れて、浦之屋さんが入ってくるのを待っていた。そして、長持《ながもち》か何かを落として大怪我を負わせた。そういうことになるのよね」

「長持じゃなくて銅の甕だけど」

「ああ、甕ね。でも、よくわからないわねえ。巳助さんが本当の犯科人だとしても、何でそこまでやらなきゃならなかったのかしら。余程《よほど》の怨《うら》みがあったのか、お金が絡んでいたのか。そもそも、どうして蔵に浦之屋さんが入ってくるとわかっていたわけ？　ああ、でも、それを言うなら、お琴さんも同じよね。『浦之屋』と関わりない者が主人の動きをあらかじめ知り、先回りして隠れているなんて、そう容易《たやす》くできるものじゃないはずよ。ああ、もう、さっきから思案《しあん》が堂々巡《めぐ》りばかりで、ちっとも纏《まと》まらない。ね、おいちさん。おいちさん」

「……え、あ、はい」

「どうしたの、ぼんやりして。わたし変なこと言った？　的外《まとはず》れだったかな」

おいちは少し慌《あわ》てて、頭を左右に振った。

「あ、いえ、逆よ」

「逆？　何が逆なの」

「的外れじゃなくて、とても大事なことを……」

そうだ。美代はとても大事なことを、大切なことを口にした。

そもそも、どうして蔵に浦之屋さんが入ってくるとわかっていたわけ？

どうしてわかっていたのだろう。獲物《えもの》を狙《ねら》う狼《おおかみ》のように、あの場所に身を潜《ひそ》ませていたのだろう。狼なら臭《にお》いを嗅《か》ぐこともできる。しかし、巳助は人だ。狼の鼻も鷹《たか》の眼も持たない。蔵は庭蔵であり、家内で使うさまざまな道具が仕舞《しま》われていた。日々の暮らしに使うことはあっても、商売とは無縁の物ばかりだ。そういう場所に店の主《あるじ》がやってくる。

何のために？　何の用事があって？

親分さんは何かを摑《つか》んでいるのだろうか。

おいちは我知らず、唇《くちびる》を嚙《か》み締《し》めていた。あの仙五朗のことだ、おいちが抱《いだ》いた疑念などとっくに気付いて調べていたはずだ。けれど、昨日は何も言わなかった。言えなかったのか、敢《あ》えて黙《だま》っていたのか。

「そういえば、浦之屋さんのご様子はどんな具合？」

美代が自分のこめかみ辺《あた》りを指差し、声を潜めた。

「銅の甕がまともに当たったんだったら、そうとうのお怪我でしょう」

「まともというか、台のところが当たったみたい。それでも、そうとうの怪我だったけれど」

「おいちさん、治療したのよね」

美代の双眸《そうぼう》がきらめく。諸々の謎《なぞ》に首を捻《ひね》っていたときよりずっと、力と光が増していた。

「ええ、最初に手当てをしたのは、あたし。でも、すぐに父さんと交代したの」

「それで、そのときの患者の様子はどうだったの。おいちさん、どんな手当てをしたの。松庵《しょうあん》先生の治療はどんな風だった」

美代が膝を進めてきた。

「手当てって……まずは血止めをしなきゃならないでしょ。だから、新しい手拭《てぬぐ》いで傷を上から押さえて、気息《きそく》の様子を確かめて、後は名前を呼び続けたかな」

「名前を？　それは、気をしっかりと持たせるためね」

「そう。浦之屋さん、気息はわりと確かだったけれど、初めは呼び掛けにはほとんど応じなかったの。ただ、止血《しけつ》をしているうちに気が付いて、痛みを訴えたり、番頭さんのことがわかるようではあったの。それで、少しほっとしたんだけど、それまでにかなりの量の血が流れてたわけだから油断はできないでしょ。ともかく父が来るまでに血を止めておかなきゃって必死だったわ」

「そうよね。怪我の場合、ともかく血を止めなきゃあね。それと、息の道を保つこと。まずそれが肝要よ。で、松庵先生はどんな治療をなさったの。あの、縫《ぬ》ったりとかは……」

「縫ったわ。父は外科も得意なの」

きゃあと美代は声を上げ、その口を手で覆《おお》った。

「やっぱりねえ。ああ、わたしも見たかったなあ。できれば松庵先生の助手《すけて》をやりたかった。わたし、まだ一度も人の身体《からだ》を縫ったことがないのよ」

「あたしも、そんなに深い傷はないなあ」

「え？　浅いものならあるの？　うわぁ、いいなあ。わたしも縫ってみたい」

　知らぬ者が聞いたら、女二人が裁縫《さいほう》の腕を競《きそ》っているようにも思ったかもしれない。しかし、美代が縫いたがっているのは反物《たんもの》ではなく人の身体だ。むろん、おいちも外科の技《わざ》をもっともっと学びたい。できれば、腑分《ふわ》けの場にも同座したい。医者として一人前になるためには、やるべきことが山ほどある。聳《そび》える山の頂《いただき》を目指して、道を上っていきたいのだ。

「おいちさんと松庵先生のおかげで、浦之屋さんは一命を取り留《と》めたわけね。何よりだわ」

「それが、そう手放しでは喜べなくて……」

「え、まだ安心できない容体《ようだい》なの」

　美代の表情が曇る。目元に憂《うれ》いに似た影が差した。おいちの声音《こわね》も低く沈んでしまう。病《やまい》や傷が癒《い》えていく話なら幾《いく》らでもできるけれど、逆となると口も気持ちも重くなるのだ。重苦しくて、息が詰まる。

「浦之屋さん、あまり芳《かんば》しくないみたい。父が毎日のように往診はしてるんだけど、思ったより回復が遅いようで……」

　浦之屋卯太郎衛門はずっと眠っていた。時折、目を覚《さ》ますと必ず頭風《ずふう》と胸苦しさを訴え、自分で薬湯《やくとう》の器《うつわ》を持つことすらできない。まっとうに言葉を交わすなど、とうてい無理だ。つまり、あの日、なぜ庭蔵にいたのかを聞き取ることも叶《かな》わないわけだ。いや、それよりも、この容体が続けば、卯太郎衛門の命そのものが危《あや》うくなる恐れもあった。

「父は頭の中に血の塊《かたまり》ができているかもしれないと、そのことを心配しているみたい」

美代が瞬《まばた》きした。身体を起こし、息を吸い込む。

「頭の中で血が塊に？」

と、息を吐き出し呟いた。眼差《まなざ》しが何かをまさぐるように空《くう》を彷徨《さまよ》う。

「ええ、頭に強い衝撃《しょうげき》を受けたとき、血が一か所に多量に溜《た》まって瘤《こぶ》のようになる。そういうことがあるらしいの。万が一の場合、命に関わってくるって」

「あぁ、書物で読んだ覚えがあるわ。でも、実際にそんな患者を診《み》たことはなくて……。松庵先生は浦之屋さんの様子をかなり危ぶんでいらっしゃるのね。ただ、血の塊って知らぬうちに消えてしまうものもあるんじゃなかったっけ」

美代が自分のこめかみを軽く押さえる。

「そういうのも、あるみたい。塊ができる場所によるみたいだけど、どこにできたら消えるのか、命を危うくするのかはわからないの。頭の中を、いえ、頭を含めて患者さんの身体の内を目で確かめるなんてこと、できないしねえ」

「ほんとねえ」

と、美代が深く首肯《しゅこう》した。

「おいちさん、わたしね時々、考えるの。いつか、そんな日が来るかしらって」

「そんな日？」

「生きている人の身体の内をくまなく見られる日よ。外から触れただけではわからない臓腑《ぞうふ》の腫物《はれもの》や変形を見つけられるの。もちろん、骨も。そうしたら、これまで手遅れになっていた病や怪我を治《なお》せるようになるわ。救えなかった命を救えるようになるのよ」

おいちは瞬きを繰り返し、美代を見詰《みつ》めた。

人の身体の内側を覗き、病や怪我による変異を突き止める。まるで妖術《ようじゅつ》だ。いや、神の業《わざ》だ。人の力の及ぶところではない。けれど……。

鼓動《こどう》が速くなる。さっき感じた重苦しさが消えてしまう。代わりのように、熱く浮き立つような想《おも》いが突き上げてくる。我ながら現金なものだ。

「もし、もし、医術の技でそんなことができるようになったら、すごいわね、美代さん」

そんな日が来てほしい。いつか必ず、訪れてほしい。

「わたしね、夢じゃない気がするの。でも」

そこで美代は肩を竦め、小さく笑った。

「わたしたちが生きている間には無理ね。百歳まで生きても無理だわ」

「そんなのわからないわ。百歳のお婆《ばあ》ちゃんになるまで踏ん張っていたら、もしかしたらってことになるかもしれない。ね、美代さん、がんばってとことん生きてみましょうよ」

「ほんとね。百歳のお婆ちゃんになっても、こうやっておいちさんとお話をしていたいわ。でも、それまでに、やりたいこともやらねばならないことも、いっぱいあるわね。励《はげ》まなくっちゃ。励んで励んで、医の道を究《きわ》めたい。日《ひ》の本《もと》だけじゃなく、泰西《たいせい》の国々にも渡って学びたい。ふふ、これは生きているうちに叶えたい夢よ」

おいちは目を見張った。

英吉利《イギリス》、西班牙《スペイン》、葡萄牙《ポルトガル》……。遥《はる》か海の彼方《かなた》には、阿蘭陀《オランダ》だけではなくさまざまな国がある。そこには、おいちの知り得ない医の技や薬があり、それらを使いこなす医者がいる。美代はそういう国で研鑽《けんさん》を積みたいと告げたのだ。

夢だと言ったけれど、夢のまま終わらせる気はないだろう。張り詰めた口調《くちょう》からも眼差しからも、美代の本気が伝わってくる。本気になれば夢が叶う。そんなわけがない。まして、海を越えて異国に渡るなど、夢というより現《うつつ》からかけ離れた幻《まぼろし》だ。けれど、努《つと》めれば、想い続ければ、幻が実《まこと》に変わることも夢が現になることもあるのではないか。

美代はそこに懸《か》けようとしている。

あたしは？

己に問いかける。

いち、おまえはどうなの？

あたし……あたしは江戸から出たことがない。長崎の地すら踏んだことがない。なのに、泰西の国だなんて、海の彼方なんて考えられるわけがないでしょ。

考えられない？　それとも、考えようともしなかった？

自分への問いが頭の中で響《ひび》く。口の中に苦《にが》い唾《つば》が湧《わ》いてきた。

考えようともしなかった。あたしが考えようともしなかったことを、美代さんは見詰めていた。夢を現にするために、真《ま》っ直《す》ぐ前を見詰めていた。

「ねえ、おいちさん。もしかしてね」

美代が話しかけてくる。なぜか耳を塞《ふさ》ぎたいような心持ちになっていた。美代の前向きな、大きな夢の話を今は聞きたくない。心が怯《ひる》んでしまう。

しかし、美代の口振りは遠慮がちで、戸惑《とまど》うようでもあった。

「もしかしてだけど、浦之屋さんが亡くなるなんてこと、あるの？　あ、こんな不躾《ぶしつけ》な縁起《えんぎ》の悪いことを口にして、ごめんなさい。ここだけの話にしてね」

「浦之屋さんが、亡くなる？　それは……わからないわ。今の様子では何とも言えなくて」

大丈夫、回復する。そうはっきりとは言い切れない。松庵も「今、やれることは全てやった。後は浦之屋さんの運と生きる力に頼るしかない」と、『浦之屋』の人々に伝えていた。ただ、松庵自身は、その運と生きる力を信じているようだ。心配も危ぶみもするけれど、最後には卯太郎衛門の地力《じりき》が勝《まさ》ると、信じている。

「『浦之屋』をここまで大きく育てた商人《あきんど》だ。死神《しにがみ》にそう容易く敗れはしないさ。わたしは浦之屋さんのしぶとさを買いたい。うん、大丈夫だ。負けはしない」

とも、告げた。父がいいかげんな慰《なぐさ》めを口にしているわけではないと、おいちにはわかっていた。松庵は決して諦《あきら》めてはいない。真剣に勝ちにいっているのだ。

番頭の徳松《とくまつ》が目を潤《うる》ませ、何度も頷いている隣で、おろくは、ぼんやりとしか言いようのない目で亭主の寝顔を見ていた。生き延びるのも息を引き取るのも、勝ちも負けも関わりない。心ここにあらず、そんな様子だった。おいちや松庵の前だというのに、亭主を気遣《きづか》う素振《そぶ》りは全《まった》く見せない。かといって、怨《うら》んでいる憎《にく》んでいる、あるいは嫌《きら》っている風はなかった。気持ちが入っているかどうかは別にして、それなりに世話をしているのだ。

こういう夫婦《めおと》もいるのだろうか。

松庵について『浦之屋』に往診に行く度《たび》に、おろくに逢《あ》う度に、おいちは不思議でしょうがなかった。

当の卯太郎衛門の容体は一進一退を繰り返している。

「目に見えてよくなっているわけじゃないの。でも、どんどん悪くなっているわけでもなくて、重湯《おもゆ》をすすれたと喜んでいたら翌日はずっと眠っていたり、かと思えば、呼び掛けにちゃんと応じられたりもして……正直、あたしには先がわからない」

おいちの本音《ほんね》に、美代が吐息《といき》を零《こぼ》した。

「助かってもらいたいわね。浦之屋さん自身のためにも、巳助さんのためにも。浦之屋さんが亡くなったりしたら、巳助さん死罪になるかも……」

「ええ……」

亡くならなくても、死罪はありえる。

昨日、仙五朗ははっきりとそう言った。

おそらく死罪は免《まぬか》れねえでしょう。遠島《えんとう》とか所払《ところばら》いとか、そんな甘いお裁《さば》きはおりねえと思いやす。

裏の世のさらに裏の裏まで知り尽くした岡《おか》っ引《ぴき》の一言だ。ずしりと重い。

死罪とは牢《ろう》屋敷の仕置き場で首を刎《は》ねられる、つまり斬首《ざんしゅ》の刑のことだ。数ある斬首刑のうち、下手人《げしゅにん》は死罪よりは少し軽く、死骸《しがい》を下げ渡され埋葬《まいそう》も許されていた。が、死罪はそれも叶わない。骸《むくろ》は取り捨てられるか、試《ため》し斬《ぎ》りに使われるかだと聞いている。

唾を呑《の》み下す。さっきよりずっと苦い。

下手人であろうと死罪であろうと、死刑は死刑だ。生きて娑婆《しゃば》には戻れない。

面紙《めんがみ》を着けられ、穴の前にひざまずかされる。牢屋同心《どうしん》が刀を振り上げ……。

おいちは身体を震《ふる》わせた。現の厳しさが、改めて肌《はだ》に突き刺さってくる。

そうだ、現は厳しい。そして切羽《せっぱ》詰まっている。もし死罪が言い渡されたら、猶予《ゆうよ》はない。直《ただ》ちに刑は執《と》り行われる。

駄目《だめ》だ、駄目だ。巳助さんをそんな目に遭《あ》わせては駄目だ。あの人は何もしていない。昨日は、仙五朗が目の前にいた。それが、心を落ち着かせてくれた。でも、今はいない。心内《しんない》に波が立つ。

親分さん、お願いします。どうか、巳助さんの身の証《あかし》を立ててください。早く、一刻《いっこく》も早く。どうか、どうか……。どうか、間に合わせて。

「おいちさん、ごめんなさい」

美代が詫《わ》びてきた。

「顔色が悪いわ。わたしが余計なことを言ってしまったのね。調子に乗って、いらぬおしゃべりをしてしまうのって、わたしの悪い癖《くせ》なの。気を付けてはいるんだけれど、なかなか直らなくて。ほんとにごめんなさい」

口元を押さえ、美代は身を縮《ちぢ》ませた。

「亡くなった父からも口は禍《わざわい》の門、舌《した》は身を斬る刀なりって、度々《たびたび》、戒《いまし》められてたのに。きっと、生来《せいらい》、おしゃべりの性質《たち》なんだわ」

おいちはかぶりを振った。

確かに、美代はよくしゃべる。けれど、その饒舌《じょうぜつ》は禍を振りまくような質《たち》の悪いものではない。むしろ、傍《そば》にいる者の気持ちを前向きにしてくれる。語られる事柄も語る口調も、美代の明朗《めいろう》さや志《こころざし》に彩《いろど》られて心地《ここち》よい。しゃべっていて楽しい相手なのだ。

顔色が優《すぐ》れないとしたら、因《もと》はおいちの側にある。

お琴の謎。美代の決意。自分の夢。そして、何より巳助の行く末。次から次へ思案が移っていく。想いが突き上げてくる。頭も心も追いついていけない。

ともかく、巳助を救わなければ。犯してもいない罪のために死罪になる。そんな惨《むご》い定めから救い出さねばならない。

「おいちさん、ほんとうに顔が青白くてよ。ね、大丈夫?　気分が悪いんじゃない?」

美代が眉根《まゆね》を寄せる。おいちは無理に笑ってみせた。

「何ともないわ。気にしなくていいから……」

腰を浮かそうとしたとき、耳の奥でざざっと音がした。

あ、血が引いていく音だ。

音を聞くのと同時に、目の前が薄暗くなる。薄闇《うすやみ》の向こうで、美代の姿がぐらりと揺れた。

「おいちさん！」

美代の腕に支《ささ》えられて、目を閉じる。大きく息を吸い込み、ゆっくりと吐き出す。それを三回、繰り返し、目を開けた。

闇はない。部屋も美代もはっきりと見える。揺らぎもしない。身を起こそうとしたおいちを美代が、小さな、けれど力のこもった声音で止めた。

「もう暫《しばら》く、動かない方がいいわ。悪心《おしん》はない？」

「ええ、大丈夫。どうしたのかな。ちょっと疲れてるのかしら。いろいろあったから……」

「昨夜《ゆうべ》はちゃんと眠った？」

あまり眠っていない。巳助のことを考えているうちに夜が明けてしまった。隣で気持ちよく寝息《ねいき》を立てている新吉《しんきち》が、可愛《かわい》いようにも憎たらしいようにも感じて、鼻を摘《つ》まんでやった。でも、新吉は不鮮明な寝言《ねごと》を漏《も》らしただけで、僅かも目を覚ます風はなかったのだ。

「寝不足なのかも。でも、ほんとにもう何でもないから。今日は、早めに休むわ」

美代に笑い掛ける。美代は真顔だった。おいちの脈を測《はか》り、瞼裏《まぶたうら》を調べる。

「少し、血が薄いみたい。前々から？」

「ううん。そんなことないけど」

身体だけは自信がある。これまで病らしい病に罹《かか》ったことはない。食べ物の好き嫌いもなかった。漆《うるし》にかぶれたり、転《ころ》んで膝をしこたま擦《す》りむいた覚えはあるが、どちらも数日でほぼ癒えたはずだ。血が薄いなんて、松庵を含めて誰からも言われたことはなかった。

「ふーん、ねえ、おいちさん。変なこと聞くけど、月のもの、ちゃんとある？」

「は？」

目を見張る。そこで、美代が柔《やわ》らかく笑った。

「月のもの。この前、あったのはいつ？」

「え……そ、それは、確か……」

「祝言《しゅうげん》の前？　後？　まさか覚えていないわけじゃないでしょうね。医者たる者、まずは自分の身体の調子に、細《こま》やかに目を配《くば》るべし。それによって人の身体の常を知る。そう、明乃先生から教わったでしょ」

「もちろん、覚えてます。あの、祝言の十日、いえ、十二、三日ほど前だったと……」

「あらっ」。美代が頓狂《とんきょう》にも聞こえる声を上げた。

「じゃあ、もう一月《ひとつき》の上、きてないのじゃなくて。おいちさん、月のものはきちんとある方なんでしょ。あまり乱れないって前に言ってたわよね」

「そ、そんな尾籠《びろう》なこと言ったっけ。恥ずかしい」

「何言ってんの。月のものの有る無しって、女にとっては大切なことよ。それを尾籠な話だと決めつけちゃうなんて理不尽《りふじん》だね、殿方《とのがた》の側からの決まり事って女には窮屈《きゅうくつ》でしかないよねって、二人で散々《さんざん》、怒ったじゃない」

「そ、そうだけど。でも、あの……」

美代がおいちの手をそっと握った。口元が綻《ほころ》んでいる。

「おいちさん、ちゃんと診立《みた》てないと何とも言えないけど、わたしは、おめでただと思う」

息を吞み込む。鼓動が激しくなる。頭の中で白いものがくるくると回っている。その動きが収まると、白いものは新吉の顔に変わった。

おめでた？　え、あたしと新吉さんの赤ちゃん？

俄《にわか》には信じられない。

そんなことが、あるだろうか。ほんとに、ほんとに、あるんだろうか。

そのとき、廊下《ろうか》から声がかかった。

「美代さん、おいちさん。入りますよ」

障子戸《しょうじど》が横に滑《すべ》り、薄鼠色《うすねずいろ》の小袖《こそで》を身に着けた明乃が入ってきた。

「さっ、あなたたちもこちらに」

明乃に促《うなが》されて、三人の女が入ってくる。三人とも若い。娘と呼んで差し支《つか》えない若さだ。

「ほら、あなたも。遠慮しないで」

明乃が首を伸ばすようにして、廊下を窺《うかが》う。障子にもう一つ、人の影が映っていた。

「今さら、何を躊躇《ためら》っておられるのです。ささ、早くお入りなさい」

「……はい」

か細い声がして、影が動いた。

「えええっ」

部屋に入ってきた女を見た瞬間、おいちはのけ反《ぞ》りそうになった。おいちだけではない、美代も腰を浮かしている。目尻《めじり》が痛いのは、思いっきり目を開いているからだろう。美代が身体の釣《つ》り合いを崩《くず》して、畳《たたみ》に手をついた。

「ほほ、二人とも思っていた以上に驚いてくれますねえ。おもしろいこと」

明乃が軽《かろ》やかな笑い声をあげた。

さらに彼方へ

おいちは、あの水茶屋《みずぢゃや》に座っていた。一人で、だ。

仙五朗《せんごろう》に連れられて入った六間堀町《ろっけんぼりちょう》近くの店だ。

今日は二組の客がいた。親子だろうか、地味な身形《みなり》の女と五歳ぐらいの男子《おのこ》が奥の床几《しょうぎ》に座っている。少し離れた席では、二人の老婆が顔を寄せ合って、しゃべり、茶をすすっていた。

おいちは隅《すみ》の床几に腰かけた。つい、大きく息を吐《は》き出してしまう。

頭の中がぐちゃぐちゃで、思案《しあん》がまとまらない。こめかみを強く押さえる。それがきっかけになったのかどうか、ふっとよみがえる記憶があった。

二年も前だったたか、松庵《しょうあん》が金平糖《こんぺいとう》の袋を落として、中身を床《ゆか》にぶちまけたのだ。おうたの手《て》土産《みやげ》だったたから、当然のように怒声《どせい》が響《ひび》いた。

「松庵さん、何をやってるんです。豆まきじゃないんだからね。金平糖だよ、ちょっとやそっとでは口に入らない代物《しろもの》だよ」

「わかってますよ。すぐ拾いますって。あぁあ、義姉《ねえ》さん、動いちゃ駄目《だめ》です。義姉さんは重いんだから、金平糖が粉々《こなごな》になっちまう」

「まあ、憎《にく》たらしい。こんなときまで憎まれ口を叩《たた》いて」

虫の居所《いどころ》が悪かったらしく、おうたは傍《そば》にあった雑巾《ぞうきん》を義弟《おとうと》に投げつけた。避《よ》けようとした松庵が足を滑《すべ》らせ、尻《しり》もちをつく。金平糖はさらに四方に散らばった。それで、さらにおうたが怒り、松庵が言い返して、なかなかの騒ぎになった。お蔦《つた》さんたちが何事かと、覗《のぞ》きに来たほどだ。

それで……それだけだった。

どうして、今頃、昔のどうでもいい出来事を思い出してしまうのか。自分でもわからない。金平糖が散らばった様《さま》が、今の頭の中に通じるからかもしれない。何をどう拾い集めたら片付くのか、見当が付かない。

「おいでなさいませ。何を召《め》し上がりますか」

前掛け姿の娘が注文を取りに来た。この前の老女の孫だろうか。

「あ、はい。あのお茶とお饅頭《まんじゅう》を」

「お茶とお饅頭を一つですね。ありがとうございます」

「いえ、えっと、三つ、お願いします」

指を三本立てる。娘はおいちの指先を、まじまじと見詰《みつ》めてきた。

「お茶とお饅頭を三つでよろしいのでしょうか」

「そうです。あ、いや、四つにします。四つ、ください」

何だか無性《むしょう》にお腹《なか》が空《す》くのだ。甘い物が欲しくてたまらない。饅頭なら四つどころか五つでも六つでも平《たい》らげられる気がする。金平糖なら一袋ぐらいぺろりと……。

おいちは帯の上にそっと手を置いた。

これって、この、尋常《じんじょう》じゃないお腹の減り方って、やはり、ここに赤ちゃんがいるから？　でも、おめでただから空腹を覚えるって変じゃないのかな。

普通は、気分が悪くなったり、物が食べられない上に吐《は》き気《け》が酷《ひど》かったりで苦労するものだろう。これまで、数人だが、そんな患者を診《み》てきた。悪阻《つわり》が酷くて、お粥《かゆ》すら受け付けない者も、味噌汁《みそしる》の匂《にお》いを嗅《か》いだだけで吐いてしまう者もいた。げっそり窶《やつ》れて、哀《あわ》れなほどだった。

やたら、饅頭を食べたがる身籠《みご》もり女なんて聞いたこともない。

こめかみが微《かす》かに疼《うず》く。酷くはないが、小さな波紋《はもん》に似た疼きが止まらない。

いや、いい。自分のことは横に置いておこう。身籠もったのかどうか大事ではあるが、ともかく横に回すしかない。考えねばならないことが、他に幾《いく》つもある。

「お待たせいたしました」

娘が四つの饅頭が載《の》った皿と大振りの湯呑《ゆのみ》を運んできた。湯呑は、どう見ても男用だ。饅頭の数から、たっぷりの茶を用意してくれたのだろう。気が利《き》くこと、この上ない。一つ目の饅頭を、おいちは三口で食べてしまった。

美味《おい》しい。ほどよい甘さと円《まろ》やかな風味が口の中にふわりと広がる。やや渋《しぶ》めのお茶とよく合って、幾らでも食べられる。

三つ目に手を伸ばしたとき、ふうっと息が吐《つ》けた。胸騒《むなさわ》ぎと呼べるほどざわついていた気持ちが、少し落ち着く。先刻《せんこく》、起こったこと、これから為《な》すべきことを考えられるほどには平常心《びょうじょうしん》が戻ってきた。饅頭の力はすごいと思いつつ、三つ目を口に入れる。

でも、現《うつつ》もすごい。

餡子《あんこ》の甘さを噛《か》み締《し》めながら、つくづく思う。

芝居《しばい》よりも読本《よみほん》よりも、現はすごい。何が起こるかわからないし、何が起こっても不思議じゃないのだ。

明乃《あきの》に促《うなが》されて、その人は障子《しょうじ》の陰から姿を現した。

「えええっ」

おいちと美代《みよ》、二人の声が重なった。おいちはのけ反《ぞ》り、美代は手をつく。

「お……おろくさん」

おいちは、やっとのことで舌《した》を動かし、その人の名を呼んだ。

『浦之屋《うらのや》』の内儀《おかみ》のおろくだ。見間違えようがないけれど、見間違いではないだろうか。子どものように目を擦《こす》り、まじまじと見詰めてみる。

やっぱり、見間違いではない。

「おろくさん、どうしてここに……。えっ？　えっ、えっ、まさか、お、おろくさんも入塾されるのですか。えっ、えっ、それじゃあ、い、医者を志《こころざ》しているってことですか。ええっ。まさか、まさか、驚きなんですけど。そんなこと、今まで一度も仰《おっしゃ》いませんでしたよね。いや、ほんとにびっくりしてしまって……。驚き過ぎて何にも言えないわ」

「おいちさん、落ち着いて。驚き過ぎて舌が止まらなくなってるわよ。何にも言えないどころか、いつもの倍はしゃべってるじゃないの」

美代が袖《そで》を引っ張ってくる。明乃は悪戯《いたずら》好きの子どものように、くすくすと笑い続けていた。座敷の隅《すみ》に座った三人の娘たちは、ある者は目を見張《みは》って、ある者は身体《からだ》を縮《ちぢ》め、ある者は真顔《まがお》で前を向いていた。当のおろくは俯《うつむ》いたまま、固まったように動かない。

「ほほほ。おろくさんのことより、まずは、先輩と新塾生たちとの顔合わせとまいりましょう」

明乃が上座に座る。ただそれだけのことだが、貫禄《かんろく》というのか、威厳《いげん》と呼ぶのか、ざわついた気《け》配《はい》を鎮《しず》める重々しさが漂《ただよ》ってきた。おいちも美代も、居住《いず》まいを正す。

「それでは、お三人、先輩方にご挨拶《あいさつ》をしてくださいな。どなたから始めます」

「はい」。間髪《かんはつ》を容《い》れず、右端に座っていた娘が答える。明乃が頷《うなず》くと、おいちと美代に向かって、深々と頭を下げた。

「加納堂安《かのうどうあん》が娘、和江《かずえ》にございます。よろしくお願いいたします」

「あら、あの加納堂安先生のおじょうさまでいらっしゃるの」

尋《たず》ねた美代をちらりと見やった後、和江は心持ち、顎《あご》を上げた。色が白く、頬《ほお》から鼻にかけて雀斑《そばかす》が散っている。目も唇《くちびる》も薄く、怜悧《れいり》にも薄情《はくじょう》にも見えた。

加納堂安の名は、おいちも耳にしたことがある。かなり高名な漢方医《かんぽうい》だ。江戸でも屈指の大店《おおだな》の旦那《だんな》衆を患者として抱《かか》えていると聞いた。

「……そうです」

「それでは、ゆくゆくはお父さまの跡を継ぐ、そのおつもりなのですね」

「いえ、違います。そんな志《こころざし》などございません。わたしは、父のような医者にならぬために、ここ石渡塾《いしわたじゅく》で学びたいのです」

おいちと美代は顔を見合わせていた。塾生二人も不安げな目を、和江に向けている。

「加納堂安の名は、兄が継ぐそうです。学ぶことが大嫌《だいきら》いで、家の金を勝手に使い込んで女遊びに現《うつつ》を抜かす、そんな男であるのに、男というだけで跡継ぎになれるのです。わたしは女だから、幾ら励《はげ》んでも駄目だと言われました。でも、わたしはどうしても、本物の医者になりたいのです。本物の医者になって、病《やまい》や怪我《けが》に苦しむ人たちを少しでも助けたいのです。そのために学びたいのです。いずれは、たとえ小さくとも、小石川《こいしかわ》のような療養所を建てるのが夢です。父のように、金の多寡《たか》で治療を変えるような、患者を選ぶような偽《にせ》医者にはなりたくありません。ですから」

「和江さん、お止《や》めなさい」

明乃が首を横に振る。和江は息を吸い込み、唇を結んで一礼した。

「わたしは、イシと申します。よろしゅうお願いいたします」

和江の隣に座っていた丸顔の娘が、にこりと笑う。いい笑顔だ。笑い掛けられただけで、こちらの胸の内が温かくなる。おイシの笑《え》みで、少し強張《こわば》っていた部屋の気配が緩《ゆる》んだ。

「わたしの父も医者をしとります。でも、江戸よりずっと北の、日《ひ》の出村《でむら》っちゅう小さな村で、です。村には父一人しか医者はおりません。近隣の村には一人もおりません。だで、わたしが医者になって村々の人たちを診たいて思うております。父も歳《とし》なんで、雪など降ったら往診は苦労でして……。はい、雪の道を歩くのは慣れた者でも難儀《なんぎ》でして」

雪国の人らしく、おイシはぼそぼそと、くぐもった声でしゃべった。それでも懸命《けんめい》に自分の想《おも》いを語っていることは、伝わってきた。

「去年の年明けには雪だまりに落ちて、危《あや》うく父が命を落とすところでした。滑って転《ころ》ぶことも、しょっちゅうでして。足腰が目に見えて弱ってきとるのです。父にもしものことがあったら、村にも、周《まわ》りの村々にも医者がおらぬようになります。そうなる前に、わたしは一人前の医者になりたいのです。それで、学ぶために江戸に出てまいりました。なにとぞ、よろしゅうに、よろしゅうにお願いいたします」

「まあ、みなさん、それぞれにしっかりしたお気持ちを持っているのですねえ。感心してしまうわ。わたしたちも励まなくっちゃ。ねえ、おいちさん」

美代がおいちの膝《ひざ》を軽く叩《たた》いた。

「え、ええ、ほんとに、みなさん立派です」

嘘《うそ》ではない。いいかげんに答えたわけでもない。和江もおイシも立派だ。多少の歪《ゆが》みや力《りき》みも感じはするが、医道を進もうと決めた志は確かなものに思われる。こういう娘たちが入塾してくれるなら、頼《たの》もしい限りだ。先輩と呼ばれていい気になっていては、置いていかれる。美代の言う通り、さらに励まねばならない。と、十分に解《かい》してはいる。

しかし、おいちは気持ち全部で三人に向き合うことができなかった。座敷の隅に身を潜《ひそ》めるように座っているおろくが気になってしかたない。どうしても、心を引っ張られてしまう。

なぜなの。おろくさんが、どうしてここにいるわけ。

おろくと石渡塾が結び付くなんて、今の今まで思案の端《はし》にもなかった。おろくは卯太郎衛門《うたろうえもん》の世話さえ、さほど熱心には見えなかったのだ。いいかげんではない。薬を飲ませるのも、床《とこ》ずれを防ぐために身体の向きを変えるのも、全身を拭《ふ》いたり、汚れた寝間着《ねまき》を着替えさせる手当ても丁寧《ていねい》だった。邪険《じゃけん》に扱うことなど一度もなかったのではないか。なのに、ひどくおざなりな感じがする。

その理由を考えて、おいちは一つの答えを見つけた。

気が入ってないのだ。

卯太郎衛門の快癒《かいゆ》を祈って、懸命に看病する。その心意気が僅《わず》かも伝わってこない。言われた通りに、やるべきことだけ淡々《たんたん》とこなす。その後は知らない。それ以上は何もしない。

そんな風だった。数日前にも、

「おろくさん、冷たい人なのかなあ。浦之屋さんの手を握ったりとか、話しかけたりとか、全然しようとしないの。夫婦《めおと》なのにおかしくない?」

と、愚痴《ぐち》や文句《もんく》ではなく、心にわだかまったものを松庵相手に口にしていた。松庵は、僅かばかり首を傾《かたむ》け「どうかな」と呟《つぶや》いた。

「夫婦だから甲斐甲斐《かいがい》しく世話をするってのは、おまえの思い込みじゃないのか」

「思い込み?」

「夫婦ってのは人と人とが対《つい》になってできるもんだ。だから、それぞれなのさ。おまえと新吉《しんきち》みたいに、いつもべたべた甘い夫婦もいるし、互いにそっぽを向いている夫婦もいる。対の数だけ形もある。一色でも一定でもないってことだ」

「あたしたち、べたべたなんかしてません」

不貞腐《ふてくさ》れた振りをして横を向いた。

夫婦なら心を込めて看病して当たり前、妻なら夫の世話を焼いて当たり前、そこから外《はず》れていると〝おかしい〟と決めつける。己《おのれ》の浅慮《せんりょ》を突き付けられた気がして、頰が火照《ほて》った。「女だてらに」「女のくせに」と女を貶《おとし》め、見下《みくだ》してくる輩《やから》をあれほど腹立たしく感じていたのに、自分も似たような決めつけをしていた。

恥ずかしい。自分で穴を掘って身を隠したいほどだ。

ただ、おいちの羞恥《しゅうち》や浅慮は別にして、おろくが看病のやり方を工夫《くふう》したり、薬や治療について問うてきたりしたことは一度としてなかったはずだ。今日のように、座敷の隅に座り、おいちの仕事を眺《なが》めていたりはしたが、その後、何を言うわけでもない。医術に心を向けているとは、とうてい考えられなかった。

なのに、ここにいる。石渡塾の一室に無言で座っている。

どういうことなの。それとも、やはり、あたしの思慮が足らないのだろうか。

おろくを見誤《みあやま》ったのか。何事にも興《きょう》のなさそうな冷えた顔つきの裏に、熱い志を潜めていたのだろうか。おいちはぐるぐる回る思案に、眩暈《めまい》すら覚えた。

「通《つう》と申します。これから先、よろしくお願いいたします」

三人の中で一番小柄《こがら》で、おそらく一番若いだろう娘が、か細い声で名乗った。名乗った後、和江やおイシのように入塾を決めたきっかけや想いを語るのかと待っていたが、お通は黙って頭を下げただけだった。整った顔立ちと言えるだろうが、どことなく淋《さび》しげだ。これから芽吹《めぶ》き、花が咲く今の時季ではなく、冬木立《ふゆこだち》のころを思わせる美しさであり、淋しさだった。座敷内が静まる。

「あ、えっと、お通さんは、まだお若いでしょ。不躾《ぶしつけ》だけど、お幾つなのかしら」

美代が座を取り持つように、問い掛けた。

「十四です」

「まあ、十四歳なの。おいちさん、どうしましょ。わたしとは親子ぐらい歳《とし》が離れているわ」

「親子まではいかないでしょう。とっても年上のお姉さま、ぐらいよ」

「あら、じゃあ、おいちさんは？」

「あたしはあまり歳の違わないお姉さん、というとこかしらね」

「まあ、酷い。よく言うこと。図々《ずうずう》し過ぎるわよ」

くすっ。おイシが小さく笑う。丸い頬を震わせて、吹き出すのを堪《こら》えているようだ。

「わたしは冬柴《としば》美代と申します。石渡先生と共に長崎から帰ってまいりました。これから、みなさんと一緒に学んでいきます。共に励み、共に支《ささ》え合ってがんばりましょうね」

場が和《なご》んだところで、美代がさらりと挨拶をする。三人の娘たちが、一斉《いっせい》に低頭《ていとう》した。

「それで、こちらの図々しい方がね、おいちさんよ」

「はい。藍野《あいの》いちと申します。六間堀町で町医者をしている父の許《もと》で働きながら、通っております。お仲間ができて、ほんとうに嬉《うれ》しいです。これからが楽しみでなりません。でも……ちょっと美代さん」

「なあに」

「勝手に図々しいとか言わないでよ。失礼しちゃう」

「だって、お姉さんとかどう考えても図々しいわよ。叔母《おば》さんがいいとこじゃないの」

「美代さんの方が年上でしょ。そこのところ忘れないで」

「あら、そうだったかしら？　覚えがないけど」

美代が頬に指を当て、考える振りをする。おイシが今度は本当に笑い出した。和江も唇を結んではいるが、目元から笑みが零《こぼ》れていた。お通は、身体を縮めるようにして、笑うおイシを見詰めている。笑ってはいけないと、己を律しているみたいだ。

「あはは、よかったあ。あたし、田舎者《いなかもの》だで、先輩に疎《うと》まれたらどうしようって、本心は怖《こわ》くてたまらんかったんです。でも、こんなおもしろい方々なら大丈夫です。よかったあ、ほんと、よかったあ。安堵《あんど》しましたで」

ひとしきり笑った後、おイシは〝安堵〟を仕草《しぐさ》で表すように胸を撫《な》で下ろした。

「疎むだなんて、わたしたち志を同じくする者、いわば同志じゃありませんか。手を携《たずさ》えてがんばりましょう。この先は、がんばらなくちゃいけないことだらけ、ですものね」

美代の言葉には力があった。通り一遍《いっぺん》の挨拶ではない、現《うつつ》に根差した決意の力だ。和江とおイシが顔を見合わせ、深く首肯《しゅこう》する。二人とも頬を染《そ》めていた。

「あの……」

お通が俯けていた顔を上げる。

「あの、一つ、お訊《き》きしてもよろしいですか」

「ええ、どうぞ。歳の話以外なら、何でもお答えしますよ」

美代の冗談《じょうだん》にも、お通は表情を緩めなかった。強張ったままだ。笑い方を知らないのではないか。あり得ないことを考えてしまう。

「医者になれば、一人で生きていけますか」

思いもよらぬ問いだった。美代が顎を引く。おいちは、お通の白い小さな顔を見据《みす》えて尋ね返した。

「お通さんは、一人で生きていくために医者になろうとしているの？」

「はい。わたしは、みなさんのように尊《たっと》い志も夢もありません。ただ、一人で生きていけるだけの糧《かて》を得たくて……。医者になれば、それが叶《かな》うかなと……」

「ま」と、和江が顔を歪めた。眼つきが険《けわ》しくなる。

「あなた、お金のために医術を学ぼうとしているわけ」

「いえ……、あ、はい。そう言われればそうかもしれないけど……。あの、江戸で、一人で生きていこうと思ったら、やはり、その……自分でお金を稼《かせ》げないと駄目で……」

「お金、お金って、それじゃ肝心《かんじん》の患者に目がいかないでしょ。あなた、うちの父みたいに、分限《ぶげん》者《しゃ》やお大尽《だいじん》しか診ない医者になりたいの。そんなお考えの方と一緒に学ぶなんて、わたしは嫌だわ。気分が悪くなります」

和江は眼つきだけでなく、物言《ものい》いも尖《とが》らせて詰《なじ》った。辛辣《しんらつ》だ。お通が身を縮める。幾本もの棘《とげ》が飛んでくるように感じたのだろう。眼差《まなざ》しも言葉も刺されば、現の棘よりずっと痛いことがある。かなり、ある。父親を憎むこの少女は、そこに気が付いているだろうか。

「お金は大切ですよ」

和江とお通を交互に見やり、おいちは告げた。

「とっても大切です。お通さんの言う通り、お金がないと江戸では暮らしが立ちませんからね。あたしもお金の勘定《かんじょう》に日々悩んでいるから、大切さは骨身《ほねみ》に染《し》みてます。お金を儲《もう》けることを軽《かろ》んじてはいけないわ。お金がないと生薬《しょうやく》を買うのもままならないんですもの。お薬が手に入らなくて患者さんの治療が滞《とどこお》ったりしたら、医者としてあまりに情けなくて、冗談でなく舌を嚙《か》み切りたくなったりもするの」

「わかるわ。おいちさん、毎月、晦日《みそか》の支払い前になると頭の中で日がな一日算盤《そろばん》を弾《はじ》いているって言ってたものね」

「生薬の値《ね》がこのところ軒並《のきな》み上がっちゃって、ほんとに頭が痛いの。ね、和江さん、療養所のお話、すばらしいと思う。わたしも貧しい人々のための、できれば行き場のない女人《にょにん》のための療養所を作れたらって……いいえ、作りたいって夢はあります。でも、それには莫大《ばくだい》な費《つい》えが入《い》り用になるでしょ。ね、何事にもお金はついて回ります」

美代が相槌《あいづち》を打ってくれた。

「そうそう、ほんとにそうだわ。お金に振り回されるのは滑稽《こっけい》だし哀れでもあるけど、お金を蔑《ないがし》ろにするのも違うわね」

「そう、違うの。この世には大切にしなきゃならないものがたくさんあるけど、その中にお金も入っているはず。それに、和江さんは人の命に軽重《けいちょう》はないと考えているのでしょ」

和江が胸を張り、「はい」と答えた。

「人の命に貴賤《きせん》も軽重もないと思います。お金があるから助ける、貧しいから放っておく。そんな考えは間違っています」

真《ま》っ直《す》ぐな答えだった。この娘《こ》は、真っ直ぐにこの世の中を見ている。天晴《あっぱ》れにも、清々《すがすが》しくも感じる。世間を知らない若さの一途《いちず》さを嗤《わら》うより、称《たた》えたい。けれど、危《あぶ》ないなとも感じるのだ。前を向くだけの目は足元を見ようとしない。人の世に延びた道には、そこかしこに穴が開き、亀裂《きれつ》が走り、罠《わな》が仕掛けられている。ときには、視線を下げてそろりそろりと足を出さねばならない。

「藍野先輩は、そのように考えないのですか」

「考えます。和江さんは正しいです。でも、だとしたら、お父さまがお大尽を救うことは、医者として道を違《たが》えているわけじゃないでしょ。お大尽の命も一つの命、ですもの」

「それならね、おいちさん」

ここまで、無言で塾生たちのやりとりを眺めていた明乃が、口を挟《はさ》んできた。

「ここに二人の患者がいて、どちらも命に関《かか》わる容体《ようだい》だとしましょう。一人は大層なお大尽、一人はその日暮らしの貧しい者。医者はあなたしかいない。だとしたら、どちらの治療を先にして、どちらを後に回しますか」

束《つか》の間《ま》考え、おいちは師に顔を向けた。

「たぶん、助かる見込みの高い患者を治療します。他の一人が治療をしても、もう間に合わないと判断したら、ですが」

「その判断に自信が持てますか」

「それは……わかりません。でも、悩んだり迷ったりしている暇《ひま》はないでしょう。愚図愚図《ぐずぐず》していたら、二人とも救えなくなる。思い切るしかないです」

明乃はおいちの眼差しを受け止め、小さく息を吸い込んだ。

「では、あなたがもう間に合わないと判断した方が、あなたの大事な人だったら、どうです」

「え……」

今度は、返答に窮《きゅう》した。

二人の患者が運び込まれてきた。どちらも急を要する。しかし、一人はまだ命を救える見込みがあった。もう一人は、既《すで》に手遅れだと思われる。

そのとき、どうするか。

愚図愚図している暇はない。思い切るしかない。助かる見込みのある患者を……。

でも、もう一人が、どんなに手を尽くしても助からない、そのもう一人が新吉だったらどうする。松庵だったら、おうただったら、仙五朗だったらどうする。

それでも、思い切れるだろうか。

唾《つば》を呑《の》み込む。指先が震《ふる》えた。

無理だ。駄目だ。できない。とうてい、できない。無駄だとわかりながら、必死に治療をする。助かる見込みのあるなしなど思案《しあん》から外れてしまう。亡骸《なきがら》になったとしても傍《かたわ》らを離れられない。

そして、そして……どうなる。助かるはずだった患者はどうなる。

「……あたし、きっと、誰も救えません」

膝の上で指を握り込み、おいちは辛《かろ》うじて答えた。

「先生、あたし……情に負けます」

勝てるほど強くない。

「美代さんは、どうですか」

明乃が美代に問うた。おいちの横で、美代の身体がひくりと動く。

「わたしは……わかりません。その場になってみないと、自分がどう動くのか、見当がつかないのです。でも、先生。これはちょっと、いえ、あまりに惨《むご》い問いではありませんか」

「そう思う?」

「思います。答えようとすると、心が削《けず》られるような気さえします」

美代が胸に手をやる。確かに、胸の奥底を鋭利な刃先《はさき》で削られた気がする。おいちも、胸の上から強く押さえてみた。

「医者になるからには、その惨い問いを己に向け続けなければなりませんよ」

明乃は塾生たちに視線を巡《めぐ》らせた。

「患者の命、どちらかを選ばねばならない。そういう場に臨《のぞ》んでしまうかもしれない。医者ならばその覚悟はいるでしょう。だからこそ、常に己に問うのですよ。わたしなら、どうするかとね。ずっと問い続けて生きるのです。蘭方《らんぽう》を学ぶのも、漢方を覚えるのも、医者としての技《わざ》を習得するのも、とても大切です。でも、それだけでは医者にはなれません」

いつの間にか、おいちも美代も三人の娘たちも明乃に向き合っていた。息さえ潜めて、その言葉に耳を澄ます。

「自分の頭でお考えなさい。考えて、悩んで、迷って答えを出して、その答えを壊《こわ》して、また考える。人の命を預かるために、頭と心を動かし続ける。そこが肝要《かんよう》ではないかしら」

明乃がふっと笑む。

「と、わたしは亡くなった夫、石渡乃武夫《のぶお》から教えられたのですよ」

石渡乃武夫。長崎一の蘭方医として知られた人物だった。

「ふふ、偉《えら》そうに説教したけれど、全《すべ》て乃武夫からの受け売りです。わたし自身、自分ならどうするか。その答えを摑《つか》めてないの。まだまだ未熟ですね。でも、未熟だからこそ、学ぶことは尽きません。遣《や》り甲斐《がい》がありますね、みなさん」

「はい」。おイシと和江の声が重なった。お通は目を伏せ、それでも微かに頷いたようだ。

「では、美代さん。三人はあなたと同じ、住み込みの塾生となります。部屋に案内してあげてくださいな。三人で一室を使います」

「はい。承知いたしました」

「文机《ふづくえ》は、香西屋《こうさいや》さんが人数分、用意してくださいました。これから医書を書き写してもらいます。その他、わからないことや一日の詳《くわ》しい割り振りは、美代さんに尋ねてください。美代さん、みなさんの面倒を暫《しばら》く頼みますよ」

「お任《まか》せください。さ、みなさん、参りましょう。お部屋に案内して、お掃除《そうじ》や食事の当番について教えますね。あ、洗濯は一人一人でやるのよ」

「あたし、料理は得意ですで。残り物でちゃちゃっと作れます」

「まあ、それは頼もしいわ。おイシさんの美味しい料理ってわけね。あら、この駄洒落《だじゃれ》、わかるかしら」

四人は部屋を出ていき、足音も遠ざかり消えた。出ていく間際《まぎわ》、お通が振り向いた。部屋内を一《いち》瞥《べつ》し、刹那《せつな》、目を閉じた。そして、背を向けた。

座敷内が静まり返る。

「さて、おろくさん。あなたから、おいちさんに話があるのでしょう」

「……はい」

おろくが身動《みじろ》ぎする。そっと、おいちを見やる。

この眼、似ている。今、気が付いた。とても似ている。

「えっ、まさか」

思わず、口元に手をやった。まさか、まさか。

おろくが、とても緩慢《かんまん》な仕草で首を前に倒した。頷いたのだ。

「はい。お察しの通りです。お通はわたしの娘です」

そう告げて、おろくは深くうなだれた。

明乃がため息を吐く。

おいちは口を僅かに開けて、『浦之屋』の内儀を凝視《ぎょうし》していた。


「お茶、お代わりなさいますか」

茶屋の娘が新しい湯吞を運んできてくれた。やはり、大きい。明らかに男物だ。

「あ、いただきます。それと、もう一つ……いえ、二つ、お饅頭をお願いします」

一瞬、娘の顔が引きつった。目がおいちから、饅頭の皿に移る。

空《から》っぽだった。

「餡子がすごく美味しくて、幾らでも食べられるんです。ほんとに美味しいわ」

「あ……はあ、そうですか。ありがとうございます。す、すぐお持ちしますね」

引きつった顔つきのまま、娘は背を向けた。

おいちは、熱いお茶をゆっくりとすする。口の中に残っていた餡子の甘さとお茶の渋みが、いい塩梅《あんばい》に混ざり合った。

ほんとうに美味しい。小さな茶店《ちゃみせ》の隅で一つ四文《もん》の饅頭を頰張《ほおば》り、お茶をいただく。

幸せだと思う。

しかし、そんな柔《やわ》な思いは一瞬で消し飛んでしまう。思案が現《うつつ》に引き戻されるのだ。今、このときも、巳助《みすけ》は牢《ろう》の中にいるはずだ。牢の中がどうなっているのか、おいちには思い及ばない。でも、美味しいお茶とも饅頭とも無縁で、温かな日差しも届かず風も通らない。暗くて、じめじめしていて、冷たい。そんな所ではないだろうか。死罪の裁《さば》きを受ければ、そんな所で近づいてくる死に怯《おび》えねばならない。

「駄目、そんなこと許さない」

許しちゃいけない。

思わず声に出し、こぶしを握る。

「え、あ、やはりいりませんか」

娘が饅頭の皿を手に、棒立ちになる。おいちは慌《あわ》てて、皿を受け取った。

「いります。とっても、いります。もう二つ、三つ欲しいほどです」

「いいえ、もう、これで売り切れなんです。すみません」

娘は一礼すると、そそくさと暖簾《のれん》の向こうに消えた。十四、五といった年頃だろうか。ごく自然に、さっき別れてきたばかりのお通に想いが繋《つな》がった。

同じぐらいの年端《としは》だろう。ただ、茶屋の娘には、お通の沈んだ淋しさはない。紅《あか》い頬にも、浅黒い肌《はだ》にも黒髪にも、若い艶《つや》が照り映《は》えて生き生きと見えた。

おろくさんに娘がいたなんて。しかも、浦之屋さんとの子じゃないなんて……。

お通はわたしの娘です。

おろくは言った。低いけれど、はっきりと聞き取れる声だった。

「娘さん……ですか」

おいちの方は、我ながら間の抜けた物言いだと身を縮めたくなる。

「えっと、あの、でも、浦之屋さんとの……その、あの、ですから……」

「はい。お通は卯太郎衛門の子ではありません。わたしが浦之屋に嫁《とつ》ぐ前に産《う》んだ子です」

「は？　あ、はい。そ、そうですか。それはどうも」

ますます間が抜けていく。

「おいち先生、おいち先生のおかげで、わたしは目が覚《さ》めました」

「はい？　目が覚めた？　何のことです」

「お話しいたします。聞いていただけますか」

おろくが顔を上げ、見詰めてきた。

あ、これは患者さんの眼だ。

とっさに感じた。どこかを病《や》んで、どこかに傷を負って、松庵の許にやってきた患者たちだ。縋《すが》るようで、訴えるようで、どこか悲し気な眼差しだ。

おいちは背筋《せすじ》を伸ばした。丹田《たんでん》に力を込める。

「はい、もちろんです。どうぞお聞かせくださいい」

おろくは瞬《まばた》きをし、束の間、黙《だま》り込んだ。それから、気息《きそく》を整える。おいちも、胸の上を軽く押さえていた。

「卯太郎衛門とわたしは、ずい分と歳の離れた夫婦です。ですからでしょう、わたしが後添《のちぞ》えだと思っている方は少なくありません」

肩を窄《すぼ》めそうになった。おいちも、少なくない者の一人だったのだ。

「でも、逆なのです」

そこで息を吐き、おろくは睫《まつ》毛《げ》を伏せた。それだけなのに翳《かげ》りができる。もっとも、おいちの知っている『浦之屋』の内儀《おかみ》は、いつも眸《ひとみ》の中に翳りを宿していた。

「逆というのは、つまり、おろくさんの方が二度目の……」

「はい」

頷き、おろくは睫毛を上げる。

「卯太郎衛門は、商《あきな》い一筋の男です。先代から『浦之屋』を譲られたとはいえ、あそこまでの構えにしたのは卯太郎衛門の力なのです。脇目《わきめ》も振らず商いに邁進《まいしん》し、気が付いたら、とっくに嫁を迎える歳を過ぎていたと、これは義母《はは》が申しておりました。わたしは、『浦之屋』と同じ油を商う店《たな》の娘でした。今の『浦之屋』から比べれば小体《こてい》な店です。仲を取り持つ人がいて、卯太郎衛門との祝言《しゅうげん》が決まったのです。でも……そのとき、わたしは既にお通を産んでおりました。店に出入りしていた味噌《みそ》売りの男が父親です。量《はか》り売りの味噌を買い、棒手振《ぼてふ》り商いをしていた男と理無《わりな》い仲になってしまって……。その男はお通が生まれる一月《ひとつき》前に急な病で命を落としたのです。その男が生きていれば、わたしは所帯《しょたい》を持ってお通を育てていたと思います」

しかし、男は亡くなった。我が子を見ることも、抱くこともできなかったのだ。

「卯太郎衛門との縁組がまとまったのは、それから半年近くが経《た》ってからでした。わたしたちは、わたしも父も母も、隠し事をする気はありませんでしたから、正直にわたしの来《こ》し方《かた》を告げました。卯太郎衛門はそれでもいいと言ってくれましたよ。内儀として店をしっかり支えてくれるなら文句はないと……。わたしは油を商う仕事がどんなものかわかっておりますから、そういうところが気に入ったようです」

「そうですか」

浦之屋さんて、大らかな方なんですね。

出掛かった言葉を呑み込む。違和を覚えた。何かが引っかかる。その何かが何なのか、はっきりしない。もどかしいけれど、今はともかく、おろくの話に耳を傾ける。

「ただ、お通を一緒に連れていくことは許されませんでした。義父《ちち》や義母が執拗《しつよう》に拒《こば》んだのです。血の繋がらない子を家内にいれれば、後々、面倒《めんどう》だと。ですから、わたしは卯太郎衛門との縁談を一度は断ろうとしました。お通はわたしの娘です。娘を残して、一人、嫁ぐわけにはまいりません。おいち先生、わたしは……母親なんです」

「はい」

おろくの目を見ながら、返事をする。

小さな我が子を胸に抱きかかえ、懸命に守ろうとする。そんな母親をおいちは、何人も見てきた。命と引き換えにしても守る。我が身を盾《たて》にしても守り通す。母親の想いは、ときに刀よりも槍《やり》よりも強い武器になる。

でも、おろくさんは結局、浦之屋さんに嫁いだわけで……。

おいちの戸惑《とまど》いを見抜いたのか、おろくがすっと横を向く。

「お通を置いていけと父母に強く言われました。そのころ、家の商いが思わしくなく、潰《つぶ》れるかどうかの瀬戸際《せとぎわ》だったのです。『浦之屋』からの助けがあれば持ち直せる。親はそう考えていたようで、いえ、実際に『浦之屋』から借金をすることで持ち直したのです。父も母も既に亡くなりましたが、今は弟夫婦が継いで何とかやっています。借金も返し終えました。ですから、やはり……ええ、やはり『浦之屋』のおかげなんです。わたしはお通の父親とのこと、お通を産んだことで、両親には何かと苦労を掛けました。店の苦しい内情も知っていました。父と母が自分たちで興《おこ》した店をどれほど大切に思っているかも……」

「それで、縁談を受け入れたんですね」

おろくはこくりと頭を前に倒した。糸の切れた人形のような動きだ。

「わたしは、お通を捨てました。父や母に託したんです」

「では、お通さんはずっと、お祖父《じい》さまやお祖母《ばあ》さまに育てられたんですね」

「……五歳までは。お通が五歳のときに、父と母が相次《あいつ》いで亡くなりました。弟夫婦が我が子として育ててくれてはいたのですが、やはり実の子とは違い……いえ、邪険に扱われたわけではありません。弟も弟の嫁もそれなりに大事にはしてくれたのです」

それなりに。その一言が胸に重く響いた。

子はそれなりの情愛を求めているわけではない。貧しくとも、ひもじくとも、自分に真っ直ぐに向けられた心があれば幸せでいられる。どれほど着飾っていても、贅沢《ぜいたく》な膳を与えられても紛《まが》い物の情しかないのなら、ずい分と生き辛《づら》くはあるだろう。

お通の生気《せいき》を抑《おさ》え込んだような白い顔が浮かんできて、おいちは唇を結んだ。

「お通のことが気になって……卯太郎衛門との間に子ができた後も気になって、そっと様子を見に行きました。何度も、何度も。お通はたいてい一人でいました。一人で遊んでいる。一人でご飯を食べている。一人で眠っている。見るたびに哀《あわ》れで……。でも、わたしにはどうしようもなくて、弟夫婦からも『あまり顔を見せるな。お通が余計に淋しくなるだけだ』と諭《さと》されて、でも、やはり顔を見ずにはいられなくて、でも、どんな事情があろうと一度はあの娘《こ》を捨てた親だと思うと、申し訳なくて……」

ああ、そうなのかと、おいちは納得した。

おろくを初めて見たときから感じていた澱《おり》のように面《おもて》に貼《は》り付いた翳り、漂《ただよ》う空《うつ》ろさ、暗い影にはそんな経緯《いきさつ》があったのか。

娘への想い、後ろめたさ、己への呵責《かしゃく》。お通を案じる気持ちと案じてもどうしようもない現《うつつ》に振り回されて、おろくは疲れ切っていたのだろう。疲れて、もうどうでもいいと捨て鉢な気持ちになっていたのかもしれない。

「そんなとき、お通に縁談が持ち上がったのです。下総《しもうさ》の農家にとのことでした。庄屋《しょうや》として一帯を治《おさ》める豪農で、油をとるための菜種《なたね》を広く手掛けている家だそうです。さすがに、まだ嫁入りは早いだろうとは思いましたが、弟が大層、乗り気になりまして。ええ、まあ、そういうお家と繋がりができれば、極上の油を手に入れ易《やす》くなりますから。商家の主《あるじ》として縁談を進めたいというのは、当たり前の思案なのです。そういう意味では願ってもない良縁だと、よくわかっています。弟には、これまでお通を育ててもらった恩がありますし、嫁いでいけば、お通も新しい家族ができるわけですから、江戸で淋しい思いをしながら生きるより、ずっといいかもしれないと、わたしも考えました」

淀《よど》みなくしゃべり、おろくは口中の唾を呑み込んだ。その物言いには、潔《いさぎよ》さがあった。全てをさらけ出し、真実を語ろうとする覚悟が伝わってくる。

おいちは、もう一度、さっきよりしっかりと丹田に力を込めた。相手が真剣なら、聞く者も本気でなければならない。

「不安はあります。辛くもあります。下総に行ってしまったら、もう二度と逢《あ》えないかもしれない。商家で生まれ育った娘が豪農とはいえ農家の暮らしに馴染《なじ》めるだろうか。江戸と下総では口に入る物も、空も、風景も何もかもが違うだろう。そこにどれほど戸惑うだろうか。何より若過ぎはしないかと。ほんとうに次から次に憂《うれ》いが湧《わ》いてもきました。でも、他家に嫁いで、子を産んで、亭主を支え、家を守っていくのが女の生き方。それより他はありません。それなら、裕福で、食べるに困らない暮らしができるなら、幸せかもしれない。わたしは、そう考えました。でも、お通が嫌《いや》だと言うのです。嫁に行くのも、江戸を離れるのも嫌だと。これまで、口答えなどしたことのない娘が首を縦《たて》に振らない。頑《がん》として縁談を拒むのです。業《ごう》を煮やした弟が、わたしにお通を説得するように言ってきました。実の母親の言葉なら聞き入れるだろうと思ったのでしょう。さっきも申し上げましたが、弟には恩があります。弟なりに、お通のためを考えての縁組でもありましょう。商人《あきんど》の計算が少しも働いていないとは言えません。でも、お通の幸せを願って、纏《まと》めようとしてくれていたのも事実です」

そこで、おろくが小さく息を吐き出す。声の調子が心持ち弱くなった。

引き取って育てた姪《めい》が、商い絡《がら》みの豪農に嫁ぐ。

おろくの弟にとっては、願ってもない縁談だ。そこでは、叔父《おじ》としての情より商家の主としての算段が勝《まさ》ったのではないか。

おろくは事実を見誤っている。あるいは、わざと見誤ろうとしている。

願ってもない縁談だ。これで、お通は幸せになれる。そりゃあ、幾つかの難はある。けれど、難のない縁なんてあるものじゃない。江戸から離れるのも、見知らぬ土地に行くのも大したことではない。いずれは、女はどこかに嫁いでいかねばならないのだ。そう、この話さえ纏まれば、お通は幸せになれるのだ。

そう思い込もうとしている。

思い込めば、楽になれる。お通が幸せであるなら、後ろめたさからも呵責からも逃《のが》れられる。いろいろあったが、母親としての役目を少しでも果たせたと、胸を撫で下ろせる。

そう考えたのではないだろうか。そして、おろくは、自分の誤魔化《ごまか》しに感付いている。感付いて、正面から向き合っている。

だから、赤の他人であるあたしに語れるんだ。ありのままの事実を語れる。

おいちは、『浦之屋』の内儀の、やや上気した頬に目をやった。

「でも、お通は嫌だと言い張るばかりでした。下総が嫌なのでも、農家が嫌なのでもない。嫁に行くのが嫌なのだと。嫁いで、子を産んで、亭主を支えて、家を守る。女にはそれしか生き方がないと決めつける周りが……そこには、私も含まれておりますが、周りが嫌なのだと言うのです。『母さま、わたしはずっと一人でした。これからも一人で生きていきたいのです。誰にも頼らず、誰にも差配《さはい》されず、生きていきたいのです』。そんなことを申すのです。熱に浮かされた者の戯言《ざれごと》、譫《うわ》言《ごと》と大差ないと弟は呆《あき》れも、嗤いもしたのですが、わたしは……わたしはここに」

おろくは胸を押さえ、僅かに口元を歪めた。

「刃《やいば》を突き通されたような気がしました。一人で生きていく。そんなこと、考えたこともなかったのです。考えたこともなかったけれど、お通の父親を亡くしてから、ずっと……ずっと、ほんとうはそれを望んでいたと気が付いたんです。誰かに嫁いで、女として決められた道を生きるのではなく、お通と二人で生きていけたらと望んでいたと……。でも、怖くて、生きていける自信も手立てもなくて……。お通に、これまでのわたしの生き方を拒まれた気もして、どうしていいか迷いも悩みもいたしました。そんなとき、おいち先生に出逢《であ》いました」

「え？　あ、あたしですか」

「はい。治療をされているところを見たのです」

「ああ、あの一件ですね」

『浦之屋』の一件、巳助がやったとみなされている事件だ。

しかし、おろくは首を横に振った。

「いいえ、もっと前です。松庵先生には前々からお世話になっておりまして、娘さんがお医者をしておられることも知っておりました。それまでは、お父さまの手助けをしている娘さんとしか思っていなかったのですが、お通のことがあって、女ながら医者の仕事をしているって、どんな方なのだろうと心が動いたのです。同じ町内ですし、お逢いしたことも何度かあったでしょうが……」

裏長屋に住む町医者の娘と大店の内儀だ。そうそう出逢うことはないだろう。大身《たいしん》の武士と町人ほどではないが、住むところも日々の暮らしも、まるで異なる。

「それで、ある日、菖蒲《しようぶ》長屋を覗いてみたのです。ほんとに、ちらりと覗くだけのつもりでした。そうしたら……」

「な、何か、ありましたか」

「はい、丁度《ちようど》、怪我をした男の方が二人も運び込まれてきたところに出くわしたのです。どういう怪我かはわかりませんが、お一人は顔面が血だらけで、もうお一人は痛みに叫《さけ》んでおられました。それはもう大変な騒ぎで」

覚えがある。酔《よ》って殴《なぐ》り合いの喧嘩《けんか》をしたあげく、一人は鼻の骨を折り、もう一人は肋骨《ろつこつ》と腕の骨に罅《ひび》でも入った様子だった。

「野良犬《のらいぬ》の喧嘩みてえな真似《まね》しやがって。馬鹿野郎《ばかやろう》どもが」

松庵が本気で憤《いきどお》っていたのも覚えている。その前にも患者が続いていたから、ものすごく忙しく、おいちも痛い痛いと訴える男を「自業自得《じごうじとく》です。しっかりしなさい」と怒鳴《どな》りつけ、駆《か》けずり回っていた記憶がある。

冷汗《ひやあせ》が出る。素《す》のままの自分を見られるのは別に構わないが、きっと、髪を振り乱し目を血走らせた、とんでもない面相《めんそう》をしていただろう。

そこはちょっと恥ずかしい。

「お綺麗《きれい》でした」

「はい？」

「戸口から少しの間、見ただけでしたが、おいち先生、とてもお綺麗でした」

「あら、そんな」

綺麗なわけがない。髪を振り乱して目を血走らせて、男を怒鳴りつけて……。

「不躾な言い方ですが、こうやって向き合っておりますと、とても可愛《かわい》らしい、丸髷《まるまげ》でなければ、まだ十五、六で通るような可愛い方にしか見えませんが」

「え、あら、可愛いなんて……」

照れてしまう。可愛いかどうかは別にして、実年齢より下に見られるのはしょっちゅうだ。おいちはくりくりした丸い目をしている。鼻もちょっと丸いし、顔の形もどちらかというと丸い方だろう。つまり、造作《ぞうさく》がなべて丸く、尖った所がないのだ。だから、切れ長の目とかすっと顎が窄まった面立《おもだ》ちにずっと憧《あこが》れていた。今だって、できるなら、美人画の主《ぬし》のようなすらりとした姿になりたい。

ただ、くりくりした目や丸い顔立ちは、人を若やいで見せるものらしい。

「おいち先生、いつまでも変わらないねえ。娘のころのまんまだよ」

と、菖蒲長屋のおかみさん連中には言われる。喜んでいいのか、大人の色香《いろか》に乏《とぼ》しいからかと嘆《なげ》いていいのか、正直、わからない。もっとも、患者が運び込まれてくると、容姿《ようし》などどうでもよくなる。よく動く手足と、容体を見極《みきわ》められる目、鼻、耳、励ましたり、叱咤《しった》したり、薬の説明をする口があれば十分だ。

「お綺麗でしたよ、嘘なんかじゃなく、ほんとにそう感じました。肌が汗で濡《ぬ》れて艶々《つやつや》していたし、真剣な目がきらきらしていて、何て美しい人だろうって。そして、そのとき、お通のことが閃《ひらめ》いたんです。ここに、こんな生き方があるのをあの娘に報《しら》せなきゃ、あの娘に教えなきゃと思ったんです。それから、失礼とは思いましたが、いろいろと先生のことを調べさせていただいて、こちらの塾に通われていることも知りました。そんな矢先、あの騒動があって、続いて卯太郎衛門が大怪我を負ってしまいました。どちらの折も、おいち先生がお助けくださいましたね」

「え？　いや、ち、違います」

毒に中《あた》った折に働いたのは、松庵や明乃だ。おいちは手伝ったに過ぎない。卯太郎衛門の傷だって、手当の大半は松庵の仕事だった。

わたしが助けました。

と、胸を張れるわけがない。そんな立場とは、程遠《ほどとお》い。精一杯やっても、程遠い。

「おいち先生が卯太郎衛門の手当てをしてくださった日、お通も『浦之屋』におりました。騒動以来、わたしの身を案じてときどき、そっと様子を見に来てくれるようになっていて。店の者には遠縁の娘だと言ってありましたから、裏口から自由に出入りできるのです」

あの日、『浦之屋』にいた？　自由に出入りできた？

それって、もしかしたら……。

「おいち先生」

おろくが指をつく。

「お通は、おいち先生を追いかけてみたいと言いました。もしかしたら、わたしもおいち先生のように、誰かの役に立ちながら一人で生きていけるかもしれないと。むろん、あの娘は何も知りません。他の塾生の方のように、医術と向き合ったことなど一度もないのです。でも、男とか女とかに関わりなく、自分の道を歩けるのだと、おいち先生に教わった気持ちにはなっております。どうか、ここで、この塾でご一緒に学ばせてやってくださいませ」

低頭したおろくの肩が震える。

おいちは縋るように明乃を見た。明乃が無言のまま、見返してくる。

「うわっ、ど、どうしたらいいの。あの……あの、えっと、その、わ、わたしはただの塾生で、そんなお願いされるような、たっ立場じゃありません。おろくさん、お願いですから、顔を上げてくださいな。お願いします」

「おいち先生、これが、お通にしてやれる、たった一つのことなんです。母親でありながら、あの娘を一人にしてしまった。辛い目に遭《あ》わせてしまった。償《つぐな》えるなんて思っていません。でも、せめてあの子の将来に明りをともしてやりたいんです。それが、おいち先生なんです。どうか、どうか、お願いいたします」

いや、いや、だから違うんですって。

心内《しんない》で思いっきりかぶりを振る。

お願いするとか、されるとか、そんな関わり方をするんじゃないんです。お通さんはもう塾生です。ならば、共に学んでいくのは当たり前なんです。

きちんと、そう説《と》きたいのに頭が回らない。

あの日、お通は『浦之屋』にいた。裏口から出入りしていた。それなら、もしかして……。

さっきから、そんな思案が蠢《うごめ》いて、思うように言葉が出てこない。

「それだけですか」

明乃の声がおろくとおいちの間を流れた。涼《すず》やかな風のようだ。おろくが顔を上げる。頰を涙と汗が伝《つた》っていた。

「おろくさん、あなたの本心はそれだけですか」

「……本心と言われますと」

「母親としてのお心だけで、お通さんの入塾を求めてこられたのでしょうか、と問うております」

「え？　あ、はい。それは、もちろん、お通のために……」

「嘘仰い」

明乃がぴしゃりと遮《さえぎ》る。いつになく強い口調《くちょう》だった。

「あなたは、おいちさんやお通さんを利用しているだけじゃなくて？　ご自分の本心は隠してね。

違いますか」
おろくが身を起こす。明乃を見据える。口元と目元が妙な具合に歪んでいた。
おいちは、目を見開き、胸を強く押さえた。

秘め事と囁《ささや》き

おいちは帯の上から軽く、お腹《なか》を撫《な》でた。

この水茶屋《みずぢゃや》に入ってから、まだ四半刻《しはんとき》（三十分）ほどしか経《た》っていないはずだ。なのに、つごう四つもの饅頭《まんじゅう》を……いや、四つはすぐに平《たい》らげて、二つ追加したのだから……。

まっ、と声を上げていた。

やだ、あたし、お饅頭を六つも食べちゃったんだ。信じられない。

誰が見ているわけでもないのに両手で顔を覆《おお》う。頬《ほお》の火照《ほて》りが手のひらに伝わってくる。

「おめでたですかね」

不意に声を掛けられた。

手を離し、顔を上げる。目の前に老女が一人、立っていた。目を細め、柔《やわ》らかな笑《え》みを浮かべて、おいちを見下ろしている。二人連れで茶をすすっていた人だ。もう一人の老女は、床几《しょうぎ》に座ったまま、やはり笑みを向けている。二人とも、皺《しわ》は多いけれどふっくらと優《やさ》しげな顔立ちをしていた。

「え？　あ、あの、それは……」

どうしてだか、腋《わき》や背中に汗《あせ》が滲《にじ》んできた。

「ほほ、失礼なお婆《ばあ》さんでごめんなさいよ。実は、私たち姉妹なんですけどね。二人とも取り上げ婆《ばばあ》だったんですよ。母親も同じ仕事をしていてね。二人して、跡取りになったってわけです。あ、でも、歳《とし》には勝てなくて、もう何年も前に辞《や》めてしまいましたがね」

目の前の老女は、ひらひらと手を振って、さらに笑みを広げた。

「そ、そうだったんですか」

「そうなの、そうなの。それでねえ、何となく、おめでたの人ってのがわかるんですよ。三十年近く赤ん坊を取り上げてきたし、身籠《みご》もった女の人を何百人も看《み》てきましたからね」

姉の後ろで、妹は黙ったまま笑んでいる。おいちは腰を上げた。

「わかる？　どうしてですか。内診をしなくても外見だけで、身籠もったかどうかってわかるものなんですか。お腹が大きくなっていれば見た目だけでわかるでしょうが、そこまででなくても、見分けってつくものなんですか」

老女は瞬《まばた》きし、半歩、後退《あとずさ》った。

いけない。また、やっちゃった。

ますます、頰が火照る。汗が滲む。

「す、すみません。あたし、あの、気になって……。身籠もったかどうか外見でわかるなんて、どうしてだろうって思っちゃって、つい、ごめんなさい」

「あらまあ、ずい分と知りたがり屋さんなんですねえ。驚いたわ」

老女がくすくすと軽《かろ》やかに笑う。おいちは身を縮《ちぢ》め、紅《あか》くなった顔を俯《うつむ》けた。

「この方、お医者さまなのですよ」

奥に腰かけていた女の人が、子どもの手を引いて近づいてきた。

「この先の菖蒲《しょうぶ》長屋にお住まいのお医者さまなんです。昨年の夏、この子がひきつけを起こしたとき、診《み》てくださいました。先生、あの節《せつ》はお世話になりました」

昨年の夏、ひきつけた子ども。

「ああ、常盤町《ときわちょう》の炭屋《すみや》の、えっと、森作《しんさく》ちゃん、うん、森作ちゃんだわ」

思い出した。高い熱が出てひきつけを起こした子どもだ。髪を振り乱した母親が抱きかかえて、夜半《やはん》に駆け込んできた。幸い、夜が明けてしまうころには、薬が効《き》いて熱は下がり、ひきつけも治《おさ》まったのだ。

「まあ、覚えていてくださいましたか。先生、なにやら物思いをされていたようなので、声を掛けるのを遠慮しておりました。そうですか、赤ちゃんがおできになったのですか。おめでとうございます」

「いえ、あの、まだ、はっきりとはしてなくて。お医者さまに掛かったわけでもなくて。いえ、あの、医者は身近にいるんですけど、まさか父や兄に診てもらうわけにはいかないので、えっと、ですから、つまるところ、まだ何一つわかっていないとしか言いようがないので、えっと、ええ、言いようがないから、そう言うしかないんです」

我ながら、何を口走っているのだろう。たまらなく恥ずかしくなる。しかし、どうにも信じられないのだ。美代《みよ》はああ言ったけれど、自分が身籠もったなんて、正直、本当とは思えない。月のものは確かに遅れている。かなり遅れている。でも、諸事情でただ遅れているだけかもしれない。わりにきちんと訪れる方ではあるが、今回だけは都合が悪くて決まった日時に来られなかったとかも、あるのではないか。

は？　誰の都合よ。諸事情って何よ。もう、おいち、あんた馬鹿《ばか》なの。

自分で自分に突っ込んでしまう。むろん、胸の内でだけだが。

「間違いないと思いますよ」

老女が笑顔のまま、告げた。

「ええ、間違いないです。さっき、見ただけでどうしてわかるのかって、お尋《たず》ねでしたよね」

「はい。とても不思議に思ったものですから」

不思議というより、興《きょう》を引かれた。触れもせず、しかも一見しただけで身籠もりがわかる。それが本当なら、医者として、なぜと問わずにはいられない。

「それがねえ、上手《うま》く言えないんだけど、わかっちゃうんですよ。幸せな赤ちゃんはとりわけ、わかるんでしょうかねえ」

「幸せな赤ちゃん？」

「あ、うーん。たぶん、生まれてきて幸せになれる赤ちゃんですかねえ。生まれてくることを心待ちにしてもらえて、お祝いしてもらえる。そういう赤ちゃんですよ」

「それって、つまり、母親が幸せってことですからね。そうでしょ、姉さん」

もう一人の老女が姉の横に並ぶ。

「そうそう。肌《はだ》の艶《つや》とかねえ、足取りとか食べっぷりとか……、うーん、それだけじゃなくて、あこの人はお腹に赤ちゃんがいて、幸せなんだなってわかっちゃうの。気配《けはい》が伝わってくるみたいな感じですかねえ。理屈じゃなくて、長年の勘《かん》みたいなものかもしれませんが。ごめんなさいねえ、お医者さまには何の参考にもならないですよね」

「いいえ、あたしも上手く言えませんが、納得《なっとく》できた気がします。ありがとうございました」

おいちは深く頭を下げた。

老女の言う勘の裏側には、長い年月に育《はぐく》んだ実歴があるのだろう。脈拍《みゃくはく》とか、顔色とか、症状とか、目に見え実際に計《はか》れる諸々《もろもろ》だけではなく、感じるものがあるのだ。それは容易《たやす》く言葉にできるわけでも、教《おそ》われるわけでもない。子を孕《はら》んだ女に、生まれようとする赤子《あかご》に寄り添ってきた何十年という日々があってこそ身に付いた業《わざ》ではないか。それを安易に聞き出そうとした自分を恥じねばならない。

そう納得できた。

老女はすっと真顔《まがお》になり、諭《さと》す口調《くちょう》で告げた。

「ともかく、お大事にね。暫《しばら》くは飛んだり跳《は》ねたり、走ったりは駄目《だめ》ですよ。それと冷えないようにね。せっかく授かった命ですから、大切に育ててくださいねえ」

飛んだり跳ねたりなんて、普段でも滅多《めった》にしない。走るのは……けっこう、やっているかもしれない。というか、しょっちゅう走り回っている。

会釈《えしゃく》して二人の老女は去っていった。

「先生、ほんとうにおめでとうございます。松庵《しょうあん》先生もさぞやお喜びでしょうね。初孫ですもの。でも、お身体《からだ》だけは大切になさってくださいね。ご無理をなさいませんように」

そんな気遣《きづか》いの言葉を残し、炭屋の親子も店を出ていった。

あたし、どうして気が付かなかったんだろう。

親子の後ろ姿にふっと思った。

日々の暮らしの中では、うっかり物忘れをするのも、ままある。しかし、患者の顔や名前だけは、わりによく覚えられる。治療に訪れたとき、どんな様子だったのか、どんな薬を処方《しょほう》したのか、その薬がどう効いたのか、効かなかったのか頭の中に収まっていた。診療録を繰《く》らなくても、すらりと出てくるほどだ。

なのに、あの親子に気が付かなかった。

おいちが思案に沈んでいたからだ。そこは間違いない。周《まわ》りを気にする余裕がなかった。けれど、男の子が、昨夏に運び込まれた常盤町の炭屋の森作だとわかった後も、母親の方ははっきりと思い出せない。一致しないのだ。

あまりに違っていたから？

そうだ、あまりに違っていた。髪を振り乱し、目を血走らせた女ときっちり髷《まげ》を結《ゆ》い、地味ながらこざっぱりした身形《みなり》のお内儀《ないぎ》が、どうにも重ならなかった。

あまりに違っていた。同一の人物のはずなのに、あまりに違っていたから……。

息を呑《の》み込む。それは塊《かたまり》になり、胸の中ほどで痞《つか》えた。

そのお琴《こと》って人、できる限り顔を見せないようにしていたって感じよね。

ちゃんと顔を見せたくなかった、あまり見られたくなかったわけかしら。

先刻、耳にした美代の一言一言がよみがえってくる。

お琴は消えた。江戸の雑踏《ざっとう》の中に溶《と》けたように、姿を晦《くら》ませてしまった。このまま消えてしまうことはあり得ないと、おいちは思っていた。今でも思っている。あの仙五朗《せんごろう》が追っているのだ、逃げ切れるわけがない。しかし、いまだに、お琴を捕《と》らえたとの報《しら》せはない。江戸から逃げ出したというならまだしも、大木戸《おおきど》の内にいるのなら、仙五朗は必ず見つけ出すだろう。しかも、一人の子連れなのだ。どこに紛《まぎ》れ込んでも、子どもが目印になるはずだ。

お琴が出てくれば、巳助《みすけ》の無実が明かされると、おいちは信じていた。誰が犯科人《ぼんかにん》なのか、見当が付かないけれど、巳助でないことだけは確かだ。絶対に巳助ではない。巳助は黒い靄《もや》、漂《ただよ》う闇《やみ》に呑み込まれただけなのだ。

ただ、巳助は潔白《けっぱく》だ。何もしていないと百万回叫《さけ》んでも、その証立《あかしだ》てができなければ、ただの叫びで終わってしまう。黒い靄なんてものを信じてくれるのは、仙五朗と身内だけだ。

だからこそ、一刻《いっこく》も早くお琴を見つけ出さねばならない。なのに、仙五朗をしてもまだ行方《ゆくえ》がわからないままなのだ。

どうして？　どうして、見つからないの。

一つには、お琴の人相《にんそう》がはっきりしないからだろう。巳助は女房《にょうぼう》を庇《かば》って、詳《くわ》しい顔立ちを語らないし、長屋のおかみさん連中はまともに見ていないと言う。でも、それだけだろうか。おかみさんたちの目はなかなかに鋭《するど》く、厳しい。物売りを含め、さまざまな者たちが出入りする長屋だからこそ、人を見極《みきわ》める力、剣呑《けんのん》な者、得体《えたい》のしれない者、見慣れない者に対する眼差《まなざ》しは鋭くも、厳しくもなるのだ。

仙五朗のことだ。そのあたりは十二分に承知して、動いたはずだ。まともに見ていないと言いつつ、それでも、おかみさんたちがちらちらと見やった、眇《すが》めに窺《うかが》ったお琴の面相《めんそう》を調べ上げているに違いない。

でも、見つけ出せない。

おいちは床几に座り込み、もう一度、息を呑み込んだ。今度は、何とか詰まらずに通った。

考えられるとしたら、三つだ。

一つは、もう江戸にはいない。しかし、これはこれで、仙五朗の網《あみ》にかかってくる。行き先は不明でも、旅姿の女と子ども二人が動けば、他の者ならいざ知らず〝剃刀《かみそり》の仙《せん》〟が見逃《みのが》すとは考えにくい。ならば、あと二つ。

二番目。お琴は、既《すで》にこの世そのものから消えている。

「人目に付かないところで始末された？　土に埋められるとか、海に沈められるとか……」

声に出して呟《つぶや》いてみる。背筋《せすじ》が冷たくなった。

でも、女とはいえ人一人を土に埋めるにしても、海に沈めるにしても相当の苦労がいる。死人に口なしだ。亡骸《なきがら》はもう何もしゃべれない。とすれば、わざわざ死体を隠す意味があるだろうか？ あるとは考えられない。

おいちは指を三本、真《ま》っ直《す》ぐに立ててみた。

三番目。お琴がまるで変わってしまっている。

森作の母親の変わりように、おいちは驚いた。きれいに丸髷《まるまげ》を結い上げ、身形を整え、落ち着いた商家のお内儀。それが本来の姿なのだろうが、乱れた髪や強張《こわば》った表情が強く目に焼き付いていたせいで、眩《くら》まされてしまったのだ。それと同じことがいえないだろうか。

陰気で、地味で、不愛想《ぶあいそう》だと思われていた女がまるで違う外見になっていたらどうだろう。〝剃刀の仙〟の目すら擦《す》り抜けるほどの変わりようであったら……。

「あの」

水茶屋の娘が遠慮がちに声を掛けてきた。おいちは、とっさに口を押さえた。

やだ、まさか、さっきの独《ひと》り言《ごと》を聞かれたんじゃ。

始末されたとか土に埋めるとか海に沈めるとか、かなり物騒《ぶっそう》な呟きだった。

「あ、あのね、あたしは怪《あや》しい者じゃありませんから。人を始末するとか、そんなこと考えているわけじゃないですから。し、心配しないでくださいな」

「はあ？　何のお話でしょうか。わたしは、これを」

娘が盆を差し出す。

「あら、おはぎだわ」

思わず、声が弾《はず》んだ。餡子《あんこ》と黄な粉《きなこ》にくるまれた餅《もち》が一つずつ皿に載《の》っている。その横には、薄《うっす》らと湯気《ゆげ》の上がる湯呑《ゆのみ》があった。

「はい。これ、売り物じゃなくて、餡子の余りで作ってみたんです。もしよろしかったら召《め》し上がってくださいな」

「ええっ、いいんですか」

「もちろんです。お茶もどうぞ」

「まあ、どうしましょ。あの、あたし、ここで人と待ち合わせをしていて、ですから、もう少し待たせていただきたいのですけど、でも、長居《ながい》をしてしまって……」

「店を閉めるまで居てくださって、けっこうですよ。おいち先生」

「えっ、あたしのことを？」

「知っていますとも。菖蒲長屋の松庵先生とおいち先生。この辺《あた》りでは知らない者はいないと思いますよ。うちのおとっつぁんもおっかさんもお祖母《ばあ》ちゃんも、お世話になっています。ですから、これは、ほんのお礼のつもりです」

一礼すると、娘はおいちの飲み干した湯呑を片付け暖簾《のれん》の向こうに引っ込んだ。

おいちは皿の上のおはぎを見詰《みつ》める。

餡子と黄な粉。見た目はまるで違う。でも、炊《た》いた餅米を小さく丸めた中身は一緒だ。どちらもおはぎ、どちらもお琴。

わからない。

そこまで思案《しあん》しても、お琴がどこにいるのかなんて、やっぱりわからない。

わからないことだらけだ。

「おろくさんのことだって、あたし、わからなかったなあ」

また独り言を口にして、おいちはおはぎを一つ、摘《つ》まみ上げた。

歪《ゆが》んだ顔のまま、おろくは明乃《あきの》を見据《みす》えている。睨《にら》むというほど猛々《たけだけ》しくはない。その分、歪みが目立つようだ。

明乃がふっと息を吐《は》いた。それから、静かに低頭《ていとう》する。

「おろくさん、ずい分とご無礼な口を利《き》いてしまいました。お許しを」

「あ、いえ、そんな」

おろくも慌《あわ》てた風に頭を下げる。目元、口元の歪みが拭《ぬぐ》い去られ、これまでのどこかぼんやりした、心内《しんない》を窺わせない表情になる。

「ただ、その、明乃先生の仰《おっしゃ》っていることがよくわからなくて……。先生は嘘《うそ》だと言い切られましたが、わたしは本心を本心のままに申し上げたつもりです。嘘偽《いつわ》りなど、どこにもございません」

「何も隠していないと？」

「はい。ここまで正直に全《すべ》てをお話ししたのは久しぶり……いえ、初めてかもしれません。胸の内を明かすことなんて、絶えてなかったものですから」

おろくはそっと胸元に手をやった。

「そうですか。では、きっとご自分でも気が付いてないのでしょうねえ」

明乃がもう一度、さっきより深く息を吐いた。

「誤解しないでくださいね。わたしはおろくさんを責めているのじゃありませんよ。ただね、この際だから、心の内の淀《よど》みを流せるだけ流したらどうかしらと、思ったのです」

「心の内の淀み？」

何ですかそれはと、おろくの声なき声が聞こえる気がした。おろくが束《つか》の間《ま》、おいちに目を向ける。戸惑《とまど》いが滲んでいた。おいちも、首を傾《かし》げるしかなかった。

「おろくさん、あなたね、浦之屋《うらのや》さんに意趣返《いしゅがえ》しをしたいのじゃありませんか」

おろくが目を見張り、口を丸く開ける。

「意趣返し？　あの、何のことでしょうか。わたしは、卯太郎衛門《うたろうえもん》を怨《うら》みも憎《にく》みもしておりませんよ。むしろ、頼りにしておりますし、商《あきな》い一筋の生き方を敬《うやま》ってもおります。それは……お通《つう》にはよそよそしい冷ややかではありますが、それは致し方のないことと割り切っております。他の子どもたちにはよい父親ですしねえ。あの、もしかして、先生はわたしが卯太郎衛門に冷たいとお感じなのでしょうか。大怪我《おおけが》をして苦しんでいるのに、懸命《けんめい》に世話をしていないと思っていらっしゃるのでしょうか。だったら、それこそ誤解です」

おろくは、明乃に身体を向け、流れるようにしゃべった。口を挟《はさ》む間もないほどだ。今までのおろくからは思い描けない饒舌《じょうぜつ》ぶりだった。

人はね、真実を語るときってのはどうしても口が重くなっちまうんでやすよ。

閃《ひらめ》くように、仙五朗の言葉を思い出す。どういう経緯《いきさつ》で聞いたのかは思い出せないが、あの老岡《おか》っ引《ぴき》が珍《めずら》しく、しみじみと語ってくれた、その口吻《こうふん》だけは覚えていた。

逆にねえ、騙《かた》りをしているとべらべら、あることないこと、よくしゃべるのが入ってもんなんで。嘘ってのは中身のねえ幻《まぼろし》みてえなもんでやすからね、どうしても、しゃべることで取り繕《つくろ》おうとしちまうんでしょうね。

「わたしは、卯太郎衛門の傍《そば》で看病したいんです。でも、あの人の横にはいつもいつも、徳松《とくまつ》か文吉《ぶんきち》がいて、あたしが入る隙《すき》がないんです。二人とも、わたしが嫁入りする前から『浦之屋』の奉公人《ほうこうにん》で、よく働いてくれて卯太郎衛門も頼りにしているのです。あたしが傍に行くと文吉なんか、ひどく冷たい目で『ここは大丈夫ですから』なんて言うんですよ。おまえの出る幕じゃないと言われているようで気後《きおく》れしてしまって。あの、それに、わたしの身体の調子もあまりよくなくて、気強くなれないんです。味噌汁《みそしる》の一件もありますが、実はお産が重くて生きるか死ぬかってところまでいったのです。そのせいなのか産後の肥立《ひだ》ちが悪くて、心身に力がこもらなくて、ずっと辛《つら》かったんです。正直、お通が来てくれるようになって、ほんとに助かったんですよ。何よりも気持ちの上で安心できて……」

「浦之屋さんは助けにならなかったのですね」

おろくの饒舌《じょうぜつ》を遮《さえぎ》るように、明乃が一言を挟んだ。おろくが口をつぐむ。

「おろくさんの辛いときに、助けてくれなかった。そうなのですね」

「え……いいえ、それは……。赤ん坊が男の子だったので、生まれたときはとても喜びましたよ。

『店の跡継ぎだ』って。『この子を立派な商人《あきんど》に育ててみせる』って……。男ですから産後の肥立ちなんてわからないだろうし、大きな取引があったとかで店が忙しいときでしたから、わたしの調子にまで気が回らなかったんでしょう。仕方のないことです」

「と、諦《あきら》めていたのですか」

「諦めるとか、そんな大げさなことじゃなくて……。でも、赤ん坊が男の子だったのは、ほんとに嬉《うれ》しかったんだと思いますよ。満足そうでしたから……」

答えになっていない。おろくは、明乃の問いかけに正面から答えようとはしていなかった。

「おろくさんの言う通り、浦之屋さんの頭の中には商いしかないのですね」

明乃が礫《つぶて》を放ったかのように、おろくは身体を縮めた。小さく呻《うめ》きさえした。しかし、明乃は構わず続ける。おろくを見詰めながら、ゆっくりと言葉を紡《つむ》ぐ。

「浦之屋さんにお嫁入りが決まったとき、言われたのでしょう。内儀《おかみ》として店を守ってくれるなら、それでいい。つまり来《こ》し方《かた》は問わないと」

「……はい。さっき、申しあげた通りです」

「それ、とても前向きな、寛容な台詞《せりふ》のように聞こえます。でも、実際は違いますよね。浦之屋さんが求めているのは、おろくさん自身ではなく店を支えてくれる内儀です。おろくさんが命懸けで産んだ赤ん坊だって、浦之屋さんは跡取りとしか見ていない。『浦之屋』という店にとってどう役に立つか、浦之屋さんはその物差しでしか人を計らない。おろくさんは、そこに気付いていた。そして……ここからは、わたしの推量に過ぎませんが、とても虚《むな》しく感じていたのではありませんか」

おろくが横を向く。頬が強く張っているのが見て取れた。

おいちは、胸の上を手のひらでそっと叩《たた》いた。

先刻、おろくの話を聞きながら覚えた違和の感じ。その正体を明乃が明かしてくれた。そうなのだ。卯太郎衛門は大らかなようでいて、おろくにも子どもにも、おそらく商い以外の人にも物事にも心を向けていないのだ。冷えている。おろくは、その冷たさを感じ取ってしまった。感じ取れる力があったのだ。

「……わたしは、卯太郎衛門と夫婦《めおと》でいるのが辛かったのです」

さっきの勢いとはうらはらな、掠《かす》れた声でおろくが呟いた。

「飢《う》えるわけじゃない、虐《しいた》げられているわけじゃない。だから、我慢しなくては、辛いなんて嘆《なげ》いちゃ駄目だって、それは我儘《わがまま》なんだって……ずっと自分に言い聞かせてきました。でも、辛かった。卯太郎衛門にとって、わたしも子どもたちも店の品と同じなんです。どう使えるかしか……どう役に立つかしか……それだけしか考えていなくて……」

「だから、お通さんには一人で生きていく道を用意したかったんですね」

明乃に向かって、おろくはゆっくりと首を前に倒した。

「お通だけじゃありません。わたしの子どもたちには、自分の好きなように生きてもらいたいと……。わたしのように、身動きが取れなくなる前に生きる道を見つけてくれたらと……」

そこで、おろくが笑った。ぞっとするような、凄艶《せいえん》な笑みだった。

「ふふ、わたしね、ときどき考えることがあるんです。お通はともかく、もし、『浦之屋』の子どもたちがみんな、それぞれの道を見つけて出ていったら、店を継ぐ子が一人もいなくなったら、あの人、どんな顔をするでしょうかねえ。自分が何を犠牲にしても守ってきた店が、わたしたちには何の意味もないってわかったら、どれだけ驚くかしら。はは、そのときの顔を見てみたいですよ。

明乃先生の仰る通り意趣返しになりますかね」

「それが、あなたの本心ですか、おろくさん」

明乃が三度目のため息を吐《つ》いた。

本心なのだろう。おろくが胸の底の底に隠していた本音《ほんね》だ。それを今、吐露《とろ》した。

おいちは、膝《ひざ》を三寸《すん》（約九センチメートル）ほど進めた。

「どうして、身動きできないなんて決めるんですか。おろくさんだって、これからどうにでもなるじゃないですか」

「わたし？　おいち先生、わたしが幾《いく》つだとお思いですか。今さら、何にも変えられませんよ」

「変える気がなければ変えられません。その気があるなら何とでもなります。おろくさんが辛いのは浦之屋さんのせいじゃない。辛がるだけで何も変えようとしなかった、おろくさんのせいです」

あたし、何を偉《えら》そうに言ってるの。おろくさんの辛さがどんなものか知りもしないで、何を偉そうに口走っているの。でも、でも、やっぱり言わなくちゃ。

おいちは束の間、奥歯を嚙《か》み締《し》めた。

「お通さんは、自分で自分の道を選びました。母親のためじゃなく、自分のために生きる道を選んだんです。そこのところをちゃんと、わかってあげてください。意趣返しとか母親の償《つぐな》いの気持ちとか、そんなの関《かか》わりないです。それは、おろくさんが背負うことですからね。お通さんに押し付けないでください」

おろくは一言も言い返さなかった。強張った表情のまま俯いているだけだった。


黄な粉の風味が口の中に広がる。

美味《おい》しい。

おろくさん、おはぎが美味しい、幸せだなんて感じたことあるのかな。

考えてしまう。あんな思いを、あんな情動を抱《かか》えていたら、美味しいとか美しいとか楽しいとか、そんな上向きの気持ちになれるだろうか。

半分食べたおはぎを目の前に掲《かか》げる。

おろくさんは、浦之屋さんを怨んでいた？　いや、怨むまではいかなくとも憎しみに近い情を持っていたんじゃないだろうか。その気持ちが高じたら、どうだろう。

この人が消えてくれたら、わたしは楽になる。

この人さえいなければ、わたしは好きに生きられる。

この人が消えてくれたら、この人さえいなければ……。

おいちはかぶりを振った。

考え過ぎだ。おろくが卯太郎衛門を殺そうとしたなんて、それは、考え過ぎだ。

おはぎをもう一口、食べる。

よし、落ち着こう。思案があらぬ方向に飛んでいかないよう、ともかく落ち着こう。

心《しん》の臓《ぞう》辺りを押さえるつもりが、帯の上を撫でていた。

気のせいだとわかっているけれど、仄《ほの》かな温《ぬく》もりが伝わってくるようだ。

ほんとに、ほんとにここに赤ちゃんがいるんだろうか。

信じられない。信じられないけれど、ほんとうかもしれない。現《うつつ》のことかもしれない。

動悸《どうき》がする。そして、やたらお腹が空《す》く。

おいちが、餡子のおはぎに手を伸ばしたとき、水茶屋の戸が開いた。風がひゅるりと吹き込んでくる。

「おいちさん、待った？　遅くなって申し訳ない」

美代が拝《おが》むように手を合わせた。その後ろに、お通の華奢《きゃしゃ》な姿があった。

「ううん、無理を言ったのは、あたしだから」

立ち上がり、おいちは不安げに身を竦《すく》ませているお通に話しかける。

「お通さん、わざわざ呼び出して、ごめんなさいね。実は少し、訊《き》きたいことがあるの」

お通は上目遣《うわめづか》いにおいちを見て、微《かす》かに頭を下げた。

「あの日、あなたが何を見たか教えてくれる」

お通の大きな目が瞬《またた》いた。あの日？　と、唇《くちびる》が動く。

風がまた吹き込んできて、三人の女たちの裾《すそ》を揺らした。

お通が瞬《まばた》きする。それから、黒目を左右に動かした。おいちの問いかけの意味が解《げ》せなかったらしい。それはそうだ。いきなり「あの日、何を見たか」と問われれば大半の者は戸惑うだろう。おいちは思っている以上に自分が焦《あせ》っていることに、気が付いた。

「あ、出し抜けにごめんなさい。ともかく、座って」

「そうね、ひとまず座りましょう。ね、お通さん、わたしたちもお茶をいただきましょうか」

美代が花茣蓙《はなござ》を敷いた床几《しょうぎ》に腰を下ろす。その横に、お通も浅く腰かけた。石渡塾《いしわたじゆく》を辞する間際《まぎわ》、廊下《ろうか》にいた美代に頼《たの》んだのだ。

この水茶屋にお通さんを連れてきてはくれまいか。何刻《なんとき》でも待つから、と。

美代は理由を問い質《ただ》すこともなく承知してくれた。

「お饅頭もいただきましょうよ。少し、お腹が空いたものね」

「あ、美代さん、あの、お饅頭はもう売り切れたらしくて……」

「あら、そうなんだ。残念。よく売れたのね。きっと美味しいんだわ」

「美味しいのは確かで……あ、いえ、まあ、その」

「おいちさん、黄な粉。口の端《はし》についているけど」

「え？　うわっ、やだっ」

慌てて口元を叩く。力を入れ過ぎたのか、ビシャッと音が鳴った。

「あ、痛っ。やだ、自分で自分を打《ぶ》っちゃった」

「もう、どうしてそう慌て者なのよ。患者を診《み》ているときとは大違いね」

肩を竦《すく》めた美代の後ろで、お通が吹き出した。

「あははは、おかしい。おいち先輩、おもしろくて。あははははは」

よく響《ひび》く、きれいな笑い声だ。美代もおいち本人も同調するように澄んだ笑声《しょうせい》をあげた。

ひとしきり笑い合った後、お通は心持ち、身を縮めた。

「申し訳ありません。身の程知らずに先輩のことを笑うなんて、お許しください」

深く低頭する。

ああ、この人はこうやって、ずっと謝《あやま》って生きてきたんだろうなあ。

ふと思う。ごめんなさい。申し訳ありません。お許しください。そんな詫《わ》び言葉と連れだって生きてきた。素直に謝るのも、正直に詫びるのも、褒《ほ》められこそすれ謗《そし》られることじゃない。実際、素直に正直に他人《ひと》に頭を下げられる者はそう多くはないのだ。けれど、お通の場合、美点だとばかり言い切れない気がする。自分を自分で認められないまま、いつでも謝る側に身を置いてしまう。

そんな脆《もろ》さを感じるのだ。

「お通さん、止《や》めなさい」

美代がお通の背を叩いた。

「訊きますけどね、あなたは今、おいちさんを馬鹿にしたり、からかうつもりで笑ったの？」

お通は顔を上げ、かなりの勢いでかぶりを振った。

「ま、まさか、滅相《めっそう》もありません。そんな気持ちは欠片《かけら》もありませんでした」

「でしょ？　それで、あなたが笑ったことでおいちさんが傷ついたり、不快な思いをしていると感じてる?」

お通が遠慮がちに、おいちに目を向ける。おいちは、まだ口元に笑みを残したまま、相手の眼差しを受け止める。

「いいえ、そんな風には……」

「見えないでしょう。一緒に笑っていたんですものね」

「はい」

「だったら、謝ることなんて何一つないじゃない。みんなで声を合わせて笑った。それだけのことなんだから。それにね、お通さん」

美代は前屈《まえかが》みになり、お通の耳元で囁《ささや》いた。

「おいちさんて、とってもおもしろいの。笑う度《たび》に謝っていたら大変よ。一日が終わったころには、首が疲れちゃって動かなくなってるわ」

「美代さん、聞こえているんだけど。幾らなんでも言い過ぎじゃない。無礼者《ぶれいもの》」

「あ、聞こえちゃった。ごめんなさい。でも、ほんとうのことですもの。そうなのよ、お通さん。おいちさんは、とってもおもしろいの。一緒にいると、いつも笑っていられるぐらいおもしろくて、楽しい人なの。そしてね、患者と真正面《ましょうめん》から向き合っている医者でもあるのよ」

お通が美代を見詰めて、首肯《しゅこう》した。

「はい。知っています。母さまから聞きました。運び込まれた患者が暴《あば》れるのを叱《しか》りつけ、怒鳴《どな》りつけて、てきぱきと治療していらしたと」

「怒鳴りつけてなんかいません。しっかりしなさいと……えっと、あ、励《はげ》ましていたの。患者が落ち着いてくれないと、きちんと治療ができないからね」

「それ、どんな患者だったの？　病《やまい》？　怪我《けが》？」

「怪我よ。殴《なぐ》り合いの喧嘩《けんか》をした男二人。一人は鼻の骨が折れて、一人は肋骨《ろっこつ》と腕の骨に罅《ひび》が入っていたみたい。誰のせいでもない、自分たちで怪我をしたくせに、痛い、痛いって大騒ぎするものだから、つい怒鳴り……いいえ、励ましながら治療したの」

「治療ってどんな風に？」

「まずは傷の様子を確かめなくちゃいけないわね。鼻だと血が固まって、息ができなくなる恐れがあるから、それを取り除かないと。喉《のど》の場合も同じ。ともかく息の道が通るようにするのが、なにより大切になります。刻との勝負みたいなところがあるから、手際《てぎわ》よくやらないと患者の命を危《あや》うくすることにもなりかねないの」

「なるほど、息の道を保《たも》つのは、どんなやり方が最も……。あ、でも、今は治療のやり方を講義してもらうときじゃなかったわ。ね、お通さん、こうなのよ。おいちさんはわたしたちと違って、日々、現《うつつ》の患者と接しているの。お乳《ちち》を吸っている赤ん坊からお年寄りまで、どんな病にもどんな怪我にも向き合っているのね。書物ではわからないことをたくさん知っているの。だから、しっかり食らいついていきなさい。学ぶことは多いわよ」

「はい。何があっても食らいついていきます」

お通の双眸《そうぼう》が煌《きら》めく。すると、ずっと面《おもて》に貼《は》り付いていた暗みのようなものが剝《は》がれ落ち、生き生きとした表情が表れた。これが、この少女の本来持っている性質《たち》ではないだろうか。

「いや、そんな。あたしも塾生なので学ぶのは一緒ですからね。食らいついたりしないで。怖《こわ》くて、お通さんの隣に座れなくなるもの」

おいちの冗談《じょうだん》に、お通の顔つきがさらに明るく、緩《ゆる》んでくる。

これなら。大丈夫かもしれない。身を縮めて用心している者より、柔らかくほぐれた心を持つ者の方が、言葉はずっと染《し》みやすく滲み出やすい。と、これは仙五朗からの受け売りだ。

「あのね、お通さん。ここに来てもらったのは、塾とは関わりないの。ちょっと、『浦之屋』について尋ねたいことがあってね」

「え？　でも、わたし、あのお店については、ほとんど何も知りません。商いは、上手く回っていると聞いた覚えはありますが」

「商い云々《うんぬん》じゃないの。あのね、浦之屋さんが怪我をした日なんだけど、あの日、お通さん、『浦之屋』の内にいたのよね」

僅《わず》かの躊躇《ためら》いもなく、お通は答えた。

「はい、おりました。おいち先生が浦之屋さんの手当てをするところも見ました」

「先生は止めて。お互い、〝さん〟付けよ。何度も言うけど、石渡塾の塾生同士なんだから。それでね、おろくさんの話だと、いつも裏口から出入りしていたってことだけど、あの日もそうだった？　裏手から入ってきたの？」

「はい、そうです。奉公人の人たちは、わたしのことを母さまの遠縁《とおえん》の娘だと思っているので、別に気に留《と》める人はいません。母さまは、ずっと身体の調子が思わしくなくて……」

「ええ、お通さんが傍にいてくれると心強いって、おろくさんは仰ってましたよ。でも、浦之屋さんがあんな目に遭《あ》って、驚いたでしょ」

「驚きました。わたしが蔵《くら》の横を通ったときは、いつも通りで、別段、変わったところなんて何にもなかったのに。その後、あんなことが起こるなんて考えもしませんでした」

「騒ぎがあったのは、お通さんがおろくさんのところに来てから、どれくらい経ってからか、覚えている？」

お通はおいちから目を逸《そ》らし、ほんの少し目を伏せた。

「……半刻《はんとき》（一時間）かそこらだったと思います。ええ、そんなに刻は経っていませんでした。手《て》代《だい》さんか番頭《ばんとう》さんか、わかりませんが『旦那《だんな》さまが、旦那さまが』って慌ただしい声がして、母さまが部屋を飛び出していきました」

「蔵は庭蔵《にわぐら》でしたよね」

「はい。雑物《ざつぶつ》を仕舞《しま》い込んでおく蔵だそうです。店の蔵に比べると一回り小さいです」

「裏口から庭蔵の横手を通って母屋《おもや》に行くのよね。いつも、同じ道筋を通ります？」

「通ります」

お通が、はっきりと答えた。迷いのない口調だ。

「あの日、いつもと違う何かに気が付かなかった？」

「いつもと違う……」

お通が考え込む。ややあって、頭を左右に振った。

「とりたてて、何も気が付きませんでしたけど」

「ほんとに？　変わったところはなかった？　どんな些細《ささい》なことでもいいの。庭蔵に拘《こだわ》らなくても、庭の様子とか、人の気配とか、どんなことでも」

おいちは口をつぐんだ。娘がお茶を運んできたからだ。おいちが食べたものより小振《こぶ》りなおはぎが添えられている。そして、梅干と白菜の漬物がどんと載《の》った皿も。

「お茶請《ちゃう》けにお召し上がりください。梅は紀州物《きしゅうもの》です。美味しいと思いますよ」

「まっ、す、すみません」

あたしがお饅頭を全部、平らげてしまったからですねとは、さすがに口に出せない。あれだけ食べたのに、饅頭でもおはぎでもまだ五、六個は食べられる気がするとは、さらに言えない。娘が奥に引っ込むのを見届け、おいちは、自分の皿に残っていたおはぎを摘まみ上げた。

我慢できない。いただいいちゃおう。

「そうだ、梅だ」

お通が弾《はじ》けるような言い方をした。おいちは、おはぎを手に漬物の皿を見やった。紀州物というだけあって、立派な梅干だ。色も形も申し分ない。

「梅です。おいち先……おいちさん」

「うん、梅だね。上手《じょうず》に漬《つ》けてあるみたい。きっと、美味しいよ」

「違うんです。梅の木です。庭蔵の裏に梅の木が生《は》えていて、あの日、花が咲いてたんです」

この時期、梅が咲いているのは珍しくない。どちらかといえば遅い方だろう。

「ひょろりとした木で、あんまり蕾《つぼみ》も付いていなくて、日が十分に当たらないのがかわいそうだななんて思ってました。それが、あの日は一斉《いっせい》に花が開いたみたいで、とてもきれいでした。白い梅だから、ちっとも派手じゃないけれど、いい香りがしていました」

白い梅、白い花。ちょっと待って、どこかで……あたし、どこかでそれを見ていない？　いや花じゃなくて、小さな白い花弁《かべん》だったかも。でも、どこで？

どこだったか思い出せない。記憶は薄皮一枚の向こうに隠れて、姿を現そうとしない。ちらちらと見え隠れしているのに、全部を捉《とら》えきれない。

「ああ、そうだ。それに、草が散らばっていました」

「草？　生えているやつじゃなくて、草の葉っぱが散らばっていたの？」

「はい。枯草《かれくさ》があちこちに少しずつ落ちていて、枯葉も交《ま》ざっていました」

「いつもそうじゃないの？　庭だから草や枯葉が落ちていても不思議じゃないでしょ」

問いを重ねる度に、鼓動《こどう》が強くなる。乳房《ちぶさ》を押し上げるような勢いだ。息苦しい。

お通さんは、今、とても大切なことをしゃべっている。大事なものを伝えてくれている。

しかし、大切なことが、大事なものが何なのか摑《つか》み取れない。

もどかしい。歯痒《はがゆ》い。息が苦しい。

「そうなのですが……はい、確かに不思議でもなんでもないのですが、いつもはわりに綺麗《きれい》に掃除《そうじ》がしてあるので、ちょっと目についてしまいました」

お通が俯く。それだけで、また面が暗くなる。

どんな些細なことでも話してくれと頼んだのは、おいちだ。それに従い、お通は懸命に思い返そうと記憶をまさぐり、気付いたことを言葉にしてくれた。

あの日、あの事件が起こる少し前に、あの場所にお通がいた。庭蔵の傍を通り過ぎた。それはたまたまではあるけれど、神慮《しんりよ》のようなたまたまではないか。

閃《ひらめ》いたその想《おも》いに沿って、お通に話をせがんだのだ。

なのに、つい、追い込むような、にじり寄るような急《せ》いた口調になっていた。

恥ずかしい。申し訳ない。でも、ここまで、喉の辺りまで出かかっているのだ。ずっと、引っ掛かっていた何かが外《はず》れかけているのだ。なのに、出てこない。外れない。

もどかしい。歯痒い。息が苦しい。

「はい、熱いお茶をどうぞ」

美代がおいちの目の前に、湯呑《ゆのみ》を差し出す。

「渋《しぶ》みが利いて、わたしは好きな風味だわ。おいちさんもゆっくり味わって。それから、深く息を吸って、吐くの。わかった?」

「美代さん」

「落ち着くの。まずは、そこが肝要《かんよう》よ。焦って、いい目にあった例《ためし》がないもの。〝急がば回れ〟とか〝果報《かほう》は寝て待て〟とか言うでしょ。〝石の上にも三年〟てのもあるわね。あ、これは、ちょっと違うか」

「もう、美代さんたら」

湯呑を受け取り、一口、すする。確かに、今までのものよりやや濃く、渋みが勝《まさ》っている。

「……根っこが付いていました」

おいちが湯呑を置くのを待っていたかのように、お通が呟いた。

「え、根っこ？」

「草の根です。根が付いたままの草が幾つかあって、千切《ちぎ》れたというより引き抜いたみたいな様子でした。それで、犬か猫が庭を掘ったのかなと思ったんです。ちらっと思っただけで、すぐに忘れてしまいましたが」

枯れた草が千切れていようと、根が付いていようと、ほとんどの場合、ほとんどの者にとってはどうでもいいことだ。おいちだって、花でもついていれば目を向け「可愛《かわい》い」とも「綺麗」とも口にするかもしれないが、枯草などには見向きもしないだろう。

しかし、今は、ほとんどの場合、ほとんどの者の枠《わく》に収まらないときだ。お通の一言一言が重い。

「犬や猫が庭によく入り込んできたりする？」

おいちの問いに、お通は眉《まゆ》を寄せた。

「わかりません。わたし、ずっと『浦之屋』にいるわけではないので。でも、わたしは犬も猫も見たことはないです。迷い込んできたという話も知りません」

「そうか……。犬でも猫でもないなら……」

人、だろうか。誰かが草を抜いて庭に捨てた。そういうことか？

「でも、おいちさん。さっき、庭に草があっても葉っぱが落ちていても不思議じゃないって言ったでしょ。わたしもそう思うんだけど。誰かが気紛《きまぐ》れに、草を抜いてそのままにしたって、それだけのことじゃないの。何かが起こったわけじゃないでしょ」

その通りだ。枯草から火が燃えだしたわけでも、落ち葉から水が噴き出たわけでもない。何も起こらなかった。いや、半刻後に浦之屋卯太郎衛門が大怪我を負った。けれど、それは庭の草や葉っぱとは関わりない。

おいちは目を閉じる。

落ち着いて、落ち着いて。丁寧《ていねい》に、順序だてて思案するのよ、おいち。落ち着いて。

お通さんが裏口から入って、庭蔵の傍を通った。梅が咲いていた。草や葉っぱが散らばっていた。それから半刻ほどして、あの騒ぎが起こった。

半刻。その間に何があった？　何が……。

目を開ける。

巳助さんだ。巳助さんが、女中さんに姿を見られている。

その女中が庭掃除をしていたときに、庭蔵の辺りをうろついている巳助を見たと、はっきり言いやした。ええ、浦之屋さんが怪我をするちょいと前になりやす。

仙五朗の声が、今、耳元で囁かれたように、くっきりとよみがえってきた。同時に、思い出した。思い出せた。

白い梅。

ほんの刹那《せつな》、過《よぎ》った白い小片。あれは雪片《せっぺん》ではなく、梅の花弁だったのだ。

悲鳴を上げそうになる。

そうか、そうか、そうだったのか。でも、なぜ？　わからない。まだ、わからないことが多々ある。

でも、わかった、繋《つな》がったものもある。霧《きり》が僅かに晴れて人の影が一つ、浮かび上がってくる。まだ朧《おぼろ》げだ。でも、これは、これは。

おいちはこぶしを握った。

巳助のことを思えば、刻が惜《お》しい。こうしている間も、律儀《りちぎ》で優しくて、江戸の片隅《かたすみ》でひっそりと生きてきた、ただそれだけの男に死が迫《せま》っている。理不尽《りふじん》に殺されようとしている。

親分さんに伝えなくちゃ。

「おいちさん、どうしたの？　この梅干、信じられないくらい美味しいわよ。一つ、いかが」

「美代さん、それどころじゃないの。あたし、親分さんに逢《あ》わなきゃいけないの」

「え？　親分さんて、あの岡っ引の？」

「そう、仙五朗親分さん。あたし、相生町《あいおいちょう》まで行ってくる」

「待って、駄目、駄目よ、おいちさん」

美代がおいちの腕を摑む。目尻《めじり》を吊《つ》り上げ、首を横に振る。怒りの形相《ぎょうそう》に近い。

「放して、美代さん。あたし、行かなくちゃ。あ、お茶代ね。忘れてた。ちゃんと払うから」

「お茶代なんて、いいの。そんなことじゃなくて、おいちさん、あなたね、自分の身体が今どういう具合なのかわかってるの」

美代は指を放し、大きなため息を吐いた。

「身体の具合って、別にどこも悪くないけど……あっ」

両手で口元を覆う。美代がもう一度、息を吐き出した。

「ほんとに困った人だわ。今、走り出すつもりだったでしょ」

「え？　ま、まさか、そんなことするわけがなくて」

「ここから相生町まで走っていこうとしたわよね」

「う……いや、あの、はい」

「おいちさん！　自分がどれだけ無茶なことをしようとしたか、わかってるの。万が一にも転《ころ》んだりしたらどうするの。走るなんてとんでもないわよ」

「でも、美代さん、あたし、親分さんに伝えなきゃいけないことがあるの。急いでるの。ぐずぐずしていたら、巳助さんが死罪になってしまう」

「おいちさんの気持ちはわかる。でも、相生町まで行っても親分さんに逢えるとは限らないんでしょ。お家《うち》にずっといるような方じゃないわよね」

「う、うん。そう。いない見込みの方がずっと高いかも」

よく似たやりとりをこの前もした。

ああ、逢いたいときに、逢わなければならないときに、すぐに報せられる、やりとりができる。

そんな秘術を使えたらいいのに。

「わたしが行くわ」

美代が言った。

「親分さんのお家がどこか、だいたいの場所を教えて。わたしが一走りしてくるから。親分さんて、独り暮らしじゃないのよね」

「内儀《おかみ》さんが髪結《かみゆ》い床《どこ》をしているの。言付《ことづ》けは必ず、伝えてくれるはず」

「わかった。なら、安心だわね。おいちさんが逢いたがっているって、そう伝えればいいのよね。任《まか》せて。こう見えても、飛脚《ひきゃく》並みに足は速いの。髪結い床なら、わかり易《やす》いわ。道順を教えてちょうだい」

「でも、美代さん、それじゃ申し訳なくて」

「もう、うるさい。ごちゃごちゃ言わずに早くして。あ、ほら、この梅干、いただきなさいよ。美味しくて、口の中がさっぱりするわ。お茶も飲んで、落ち着いたらちゃんと教えて」

おいちは美代を見詰め、頷いた。美代の気遣いと優しさに甘えようと思った。

「わかった。お願いします」

「そうこなくっちゃ。ほら、梅干、召し上がれ」

紀州物の見事な梅干を皿から摘まみ、おいちは口に放り込んだ。梅干は好物だ。夏の初めには、おいちも大きめの壺《つぼ》二つに、たっぷりと漬ける。松庵は未熟な実を燻梅《ふすべうめ》にしたり、磨《す》り下《お》ろし、絞《しぼ》った汁《しる》を弱火で煮詰めた梅肉越幾斯《エキス》を作っていた。下痢《げり》や咳《せき》、熱による渇《かわ》き、胃の腑《ふ》の病に効用があるのだ。漢方では、梅は優《すぐ》れた生薬《しょうやく》の一つになる。食してよし、薬にしてよしの、おいちには馴染《なじ》みの実だった。

「ううっ」

呻いていた。梅を吐き出す。香りが鼻を突き上げてきたのだ。青臭い。吐き気が込み上げてきて、おいちは口元を覆ったまま膝をついた。立っていられない。汗が噴き出る。

「あ？　え、おいちさん？　おいちさん、どうしたの」

「……気持ちが悪い。吐きそうで……梅が臭《くさ》くて……」

「ええっ、まさか、梅で悪阻《つわり》？　そんなこと、あるの。おいちさん、しっかりして」

おいちさん。おいち先生。お通さん、菖蒲長屋わかるわよね。わかります。松庵先生を呼んできて。はい。まあ、お客さま、どうされました。食べ過ぎが祟《たた》りましたか。おいちさん、吐きそうなの。我慢しなくていいから。ああ、この桶《おけ》を使ってください。お客さま、大丈夫ですか。まあ、おいち。いったいどうしたんだい。しっかりおしよ、おいち。

人の声が、言葉が、わんわん響き、やがて意味のわからない物音になった。吐き出したはずなのに、梅干しの臭《にお》いが纏《まと》わりついてくる。

ああ、駄目だ。気が遠くなる。でも、伯母《おば》さんの声が聞こえたような……。

闇《やみ》の一隅《いちぐう》が微かに明るい。そこに、男が座っていた。

目を凝《こ》らす。

巳助さん。

巳助だ。こけた頬《ほお》、伸び放題の髭《ひげ》や月代《さかやき》、乱れた鬢《びん》の毛、崩《くず》れそうな髷の形。すっかり窶《やつ》れて、面変《おもが》わりしているが、巳助に間違いない。おいちはゆっくりと近づいていった。駆《か》け寄りたいけれど、身体が思うように動かない。足枷《あしかせ》をはめられているように重い。足を引きずり、少しずつ前に進むしかできなかった。それでも何とか、すぐ傍まで辿《たど》り着けた。巳助は正座をし、俯いている。身動《みじろ》ぎもしない。

「巳助さん、その恰好《かっこう》、いったいどうしたの」

語尾が震《ふる》えるのを止められない。巳助は死装束《しにしょうぞく》を身に着けていた。真っ白な、一点の汚《よご》れもない装《よそお》いだ。その白さが、窶れをいっそう際立《きわだ》たせていた。

「ねえ、答えて。どうして、そんなもの着ているのよ。駄目よ、そんな装束、早く脱《ぬ》いで」

白い袖《そで》を引っ張る。無理にでも脱がさなければ。こんなもの着ていては駄目だ。

「おいち先生」

巳助が口を開いた。静かな、気味《きみ》悪いほど穏《おだ》やかな声だった。背筋に悪寒《おかん》が走った。指に力が入らなくて、袖がするりと抜けていく。

巳助はおいちに身体を向け、低頭した。

「おいち先生、これまで、ほんとうにお世話になりました」

「え？　な、何を言ってるの、巳助さん、駄目だよ、駄目」

「これで、いいんです。これしか、道はなかったんで」

巳助が立ち上がる。おいちは動けない。身体はますます重くなっていく。

再び、深々と礼をすると、巳助は背を向け、遠ざかろうとする。どこかに去っていこうとする。

白い装束の後ろ姿が、あの黒い靄《もや》に呑み込まれていく。呑み込まれてしまったら、二度と逢えなくなる。叫びたいのに、巳助の名を呼んで止めたいのに、声が出ない。

ああ、どうしよう、どうしたらいいの。このままじゃ、巳助さんが、巳助さんが。

「あんた、何をしてんのさ」

突然、怒声《どせい》が響いた。聞き覚えのある、懐《なつ》かしい声だ。

「この間抜けの、大馬鹿野郎。ちっと気を入れな」

おいちは目を見張《みは》った。巳助の前に、おしまが仁王立《におうだ》ちになっている。病になる前の姿だ。

「こちとら死にたくないのに、逝《い》かなきゃしょうがなかったんだ。これも定めと諦めるしかなかったんだよ。それなのに生きられる者が諦めて、どうすんだよ。馬鹿っ」

バシッと音がした。人の手が人の肉を打つ音だ。巳助がよろめいた。

見事な平手打《ひらてう》ちだった。

おしまと目が合う。眼差しが絡《から》む。

「おいち先生、どうか、どうかお願いします」

おしまが手を合わせる。薄れて消えていく。「おしま、おしま」。巳助が女房の名を叫んだ。

目が覚《さ》めた。眩《まぶ》しい。

「おいち、気が付いたか」

松庵の顔が目の前にあった。その横にはおうたが、さらに横には新吉《しんきち》の顔が並んでいる。

「あ、みなさん、お揃《そろ》いで」

「馬鹿、何を間抜けた挨拶《あいさつ》をしてるんだい。あ、いいよ、起き上がらなくていいって」

おうたが身振りで、制してきた。新吉が吐息《といき》を漏《も》らす。

「よかったあ。気が付いて、ほんとによかった。このまま目を覚まさなかったらどうしようかと、怖くてたまらなかったんだ」

おうたは鼻から息を吐き出した。

「ふん。そんなわけないだろう。たかが食べ過ぎじゃないか。まったく、饅頭を食べ過ぎて気分が悪くなるなんて、恥ずかしいのも極《きわ》まれりだよ。あ、おまえが食べた饅頭代、立て替えておいたからね。まあ、よくもあれだけ食べたこと。驚くよ」

「伯母さん、どうして、ここに……」

「どうしたもこうしたも、あるもんか。塾が終わったら、母屋に寄るように言っといたじゃないか。祝言《しゅうげん》のことで決めたいことがあるからって。それを、さっさと帰っちまってさ。おまえ、すっかり忘れてただろう」

すっかり忘れていた。あまりにたくさんの出来事があり考え事があって、伯母の言い付けは、頭から抜け落ちていた。

おうたが不満げに言葉を続ける。

「だから、追いかけてきたんだよ。そしたら、水茶屋の中から、美代さんの声が聞こえてきて、覗いてみたら、おまえが食べ過ぎでひっくり返ってたのさ」

「……いえ、食べ過ぎではないのではないかと……」

おうたの背後で、美代が遠慮がちに呟いたけれど、おいち以外、誰の耳にも届かなかった。

「だいたい、おまえは昔から食い意地が張り過ぎなんだよ。饅頭なんて、三つまでがいいとこさ。あ、起きなくていいってば」

おいちは身を起こし、叫んだ。

「親分さん」

仙五朗が上《あ》がり框《かまち》に腰を下ろしている。

「親分さんは、おまえを待ってたんだ」

松庵が娘から目を逸らす。眉間《みけん》に皺が刻《きざ》まれていた。

「あたしを？　親分さん、まさか……」

仙五朗は真っ直ぐに、おいちを見据えてきた。

「塩梅《あんばい》の悪《わり》いところに、あいすみません。実は、報せたくないことを報せなくちゃいけなくなりやしてね。黙《だま》っているわけにもいかねえもんで」

夜具《やぐ》の端を握り締める。指が震えた。

「親分さん、もしかして……」

「へえ、巳助の仕置きが決まりやした。死罪だそうで」

「いつ……いつです」

「明後日《あさって》の夜でやす」

明後日の夜。束の間、閉じた眼裏《まなうら》で死装束の背中が揺れた。

月夜と朝露《あさつゆ》

おいちは語り終えた。

さほど長い間ではないのに、口の中が乾《かわ》いてひりつく。

水が飲みたい。

そう願ったとき、目の前に湯呑《ゆのみ》が差し出された。八分目《はちぶんめ》程、水が入っている。

「飲みな。喉《のど》が渇《かわ》いてんだろう」

「新吉《しんきち》さん……ありがとう」

いつもなら、ここで「もう、新吉さんたら、あたしの胸の内を見通せるのね」「そりゃあ夫婦《めおと》だからよ。女房《にょうぼう》の欲しがっているものぐらいわかるさ」「やだ、すごい。だったら、あたしも亭主の欲しがっているものがわかるかしら」「さぁ、どうかな」「もう、意地悪《いじわる》」などと言い交《か》わして、おうたから叱責《しっせき》されるのが落ちだ。しかし今は、小声で短い礼を告げるのが精一杯だった。

ただ、水は染《し》みた。水瓶《みずがめ》の中の微温《ぬる》い水が、染みると感じるほどに美味《おい》しい。

「実はね、おいちさん」

ややあって、仙五朗《せんごろう》が口を開いた。他の者は誰も咳払《せきばら》い一つしない。

「あっしもね、引っ掛かっていたことが幾《いく》つかありやしてね。今、まだ、手下《てか》を使って調べちゃあいるんでやすよ」

「はい」

「まずは、巳助《みすけ》がどうやって浦之屋《うらのや》さんを蔵《くら》に誘い出したか。そこがわからねえ。巳助は浦之屋さんに直《じか》に頼《たの》んだって言ってやしたが、出入りの焙烙《ほうろく》売りに頼まれて一家の主《あるじ》が庭蔵《にわぐら》まで出向くのも解《げ》せねえし、浦之屋さんを呼び出して何を話すつもりだったのか、そこんとこもあやふやなんで。本人は借金を申し込むつもりだったとか言ってやしたがね」

「巳助さんが、借金を?」

「へえ、女房や子どもができたんで暮らしの費《つい》えが多くなり、銭《ぜに》を借りたかったんだそうで。ところが、あっさり断られてかっとなり、浦之屋さんを殺そうとした」

「いや、それはどう考えてもおかしかないか」

松庵《しょうあん》が口を挟《はさ》んできた。眉間《みけん》の皺《しわ》がより一層、深くなっている。

「かっとなって首を絞《し》めたとか、匕首《あいくち》で刺したとかならわかるが、荷物を崩《くず》して殺そうとするなんて……。親分、その荷物ってのは棚《たな》に積まれていたんだっけな」

「棚というより、中二階《ちゅう》のような場所でやす。短い階段がついていて、上り下りできるようになってやす」

「じゃあ巳助は中二階まで駆《か》け上がり、浦之屋さん目掛けて荷物を落としたってことになるぞ。その間、浦之屋さんはじっと立っていたわけか」

「ちょいと考え難《にく》いでやすね。あっしとしては、そこにも引っ掛かっちまってね」

「かなり考え難いな。しかし、お奉行所《ぶぎょうしょ》はあっさり死罪を言い渡したわけだ」

「へえ、うちの旦那《だんな》も納得《なっとく》できねえと食い下がっちゃあみたものの、本人が自分の罪を認めてるわけでやすからね。覆《くつがえ》しようがありやせんや。江戸じゃあ、毎日《めえにち》のように事件が起こりやす。犯科人《はんかにん》が白状した事件にいつまでもかかずらっている暇《ひま》はないと、そういうことだと、旦那は苦《にげ》え顔をしてやした」

そこで、仙五朗は背筋《せすじ》を伸ばした。おいちを真《ま》っ直《す》ぐに見てくる。

「味噌汁《みそしる》の件にしても、お琴《こと》の件にしても、引っ掛かるこたぁたんとありやす。けど、死罪と決まっちまった、お裁《さば》きがおりちまったとなると、もうどうにもならねえ。ここまでかと、正直、諦《あきら》めかけておりやした。手下にも引き上げるように指図《さしず》しようかなんて弱気になっちまいましてね。けど、今、おいちさんの話を聞いて、奮《ふる》い立ちやしたよ。諦めるには、まだ早い。今日、明日中に真相を突き止めれば、ひっくり返せやす」

「親分さん」

おいちは両手をついて、深く頭を下げた。

「お願いします。巳助さんを助けてください。巳助さんは何もしていません。なのに犯科人として死罪になるなんて……。どうか、どうか止めてください」

「もちろんでやす。罪のねえ者をみすみす殺しちまったら、何のためのお裁きかわからなくなりやす。何としても止めねえと。おいちさんの話で、明りが見えやした。ただ、巳助を救うためには、確かな証《あかし》がいりやす」

仙五朗の表情《かお》が引き締まる。

おいちにも自分の語ったことは飽《あ》くまで推察の域を出ないと、わかっていた。真の犯科人と思《おぼ》しき者の姿は朧《おぼろ》に、いや、朧よりやや確かにだが見えてはいる。しかし、それだけでは、おいちに見えているだけでは、現《うつつ》には通用しない。ただの絵空事《えそらごと》として片付けられてしまう。それに、おいち自身、判じきれなくもある。その人物がほんとうに罪を犯したと、十割の自信を持って言い切れないのだ。

仙五朗の言う通りだ。証がいる。

巳助を救い出すための証を手に入れねばならない。明日の夜、までに。

間に合うだろうか。

手のひらに汗が滲《にじ》んでくる。

「あっしは、これから『浦之屋』を洗い直してみやす」

仙五朗が腰を上げた。それから「おい」と声を掛けると、腰高障子《こしだかしょうじ》が開いて、小柄《こがら》ながら引き締まった体軀《たいく》の男が滑《すべ》るように入ってきた。仙五朗の手下の一人だ。外に控《ひか》えていたらしい。その男の耳元に仙五朗が短く何事かを囁《ささや》く。頷《うなず》き、男はやはり滑《なめ》らかな動きで外へと出ていった。一言も口を利《き》かなかった。

「親分、おれも一緒に行くぜ。浦之屋さんの往診の時刻だからな」

松庵も立ち上がる。

「お琴って女はどうするんです」

不意に、おうたが話に割り込んできた。睨《にら》むような眼つきで、義弟《おとうと》を見やる。できるなら、仙五朗や松庵にくっついて『浦之屋』に乗り込みたい。そんな顔つきだ。

「お琴についちゃあ、今のところ打つ手なしでさあ。どこに消えちまったのか」

「けど、二人の子連れだろ。そう容易《たやす》く消えたりできますかねえ」

「へえ、あっしもそう考えてやした。少なくとも本所深川界隈《ほんじょふかがわかいわい》でうろついていたら、必ず眼に留《と》まるはずだ、見逃《みのが》すはずがねえと高を括《くく》ってたんで。情けねえが、今度ばかりは些《いささ》か自惚《うぬぼ》れが過ぎたと思い知らされやしたよ」

「不思議な人ですよねえ」

今度は美代《みよ》が、控えめにだが口を挟む。

「おいちさんとも話をしたのですが、お琴さんて人、相手によって全《まった》く別人みたいに思えますよね。巳助さんにとっては優《やさ》しくて人柄のいい女房、長屋のおかみさんたちには、ろくに目も合わさないような陰気な女。同じ人とは、考えられないです」

おいちは美代と顔を見合わせ、頷いた。

「ほんとに、そう。人柄だけじゃなくて、姿そのものがらっと変わってる感じがするわ」

「まあ、女なんてのは化粧《けしょう》一つで、見た目はずい分と違ってくるからね」

おうたが鬢《びん》の毛を軽く撫《な》でる。

「そういやあ、義姉《ねえ》さんが化粧を落とした顔っての、見たことないなあ。さぞや……」

「松庵さん、さぞや、何なんです。あたしはね、化粧映《ば》えする顔ですけどね、素顔のままだって十分、佳人《かじん》で通りますよ」

「佳人だなんて、本人が言っちゃあ拙《まず》いでしょう。いや、本人しか言わないか。うん？　おいち、どうした？　どうして、おまえが睨んでくるんだ」

松庵が真顔《まがお》になって、顎《あご》を引いた。

「巳助が大変なときにつまらない冗談《じょうだん》を言うなってことか。しかしな、おれたちが落ち込んでいたって、どうしようもないだろう。巳助は助かる。そう信じて、いつも通りにだな」

「化粧よ」

父を遮《さえぎ》り、仙五朗に向かって身を乗り出す。

「親分さん、化粧です」

「へ？」

珍《めずら》しく、仙五朗の面《おもて》に戸惑《とまど》いが浮かんだ。寸《すん》の間《ま》で消えはしたが。

「伯母《おば》さんの言う通りです。化粧すれば人の顔は、かなり違ってきます。あたしだって祝言《しゅうげん》の折、ものすごい濃《こ》い化粧《けしょう》をさせられて、まるで別人みたいになりましたから」

「濃い化粧とか言うんじゃないよ。花嫁化粧を施《ほどこ》しただけだろ」

「それに、おいち、綺麗《きれい》だったぜ。人形みたいでよ。ま、おれは化粧してないおいちが可愛《かわい》いなあとか思ってんだけどな」

「ちょいと、新吉さん。いいかげんにおしよ。いつまででれでれしてりゃ気が済むんだい。聞いてて、こっちが恥ずかしくなるじゃないか。ああ、背中がむずむずする」

「いや、内儀《おかみ》さん、おれは思ったことを正直にしゃべってるだけなんで」

おうたと新吉のやりとりを、誰も気に掛けなかった。仙五朗など耳に届いてもいない様子だ。腕を組み、僅《わず》かに俯《うつむ》き、「化粧か」と呟《つぶや》いた。

「はい、化粧です。美しく装《よそお》うためだけじゃなくて、やり方によっては窶《やつ》れても、老《ふ》けても見せられるんじゃないでしょうか。むろん、華やかにも明るくもなりますよね」

仙五朗が顔を上げる。真っ直ぐにおいちを見据《みす》える。

「つまり、お琴は長屋のおかみさん連中の前にでるときは、陰気に、くすんで見えるように、巳助といるときは明るく柔《やわ》らかに見えるように化粧を変えていたってこってすか」

「化粧だけじゃないと思います。仕草《しぐさ》とか眼つきとか話し方なんかも変えていたんじゃないでしょうか。背中を丸めて重たげに歩き、ぼそぼそしゃべるのと、軽《かろ》やかに動き、声を弾《はず》ませているのとでは、全く違ってくるじゃないですか。父さん、常盤町《ときわちょう》の森作《しんさく》ちゃんって男の子のこと覚えている？」

不意に問われ、松庵の黒目がうろつく。しかし、すぐに答えは返ってきた。

「覚えている。昨年の夏の終わりごろだったな。熱を出してひきつけを起こした子だろう」

さすがに、患者に関《かか》わる記憶は確かだ。

「確か炭屋《すみや》の子だったな。しかし、ここで、ひきつけた子どもがどう関わってくるんだ」

「子どもじゃなくてお母さんの方なの。あたしね、水茶屋《みずぢゃや》で森作ちゃん母子《おやこ》にあったの。たまたまよ。向こうから挨拶《あいさつ》してくれたのだけど、あたし、名乗られるまで誰なのかわからなかった。森作ちゃんはずい分と大きくなっていたけど、すぐに思い出せた。けど、お母さんは、名乗られた後も正直、え？　この人が？　って感じだったのね。去年の夏とまるで違っていたからよ。髪を振り乱して切羽《せっぱ》詰まった顔つきの母親と、きちんと身ごしらえをして笑っている女の人とが、ぴたりと重ならなかったの」

今、こうして話していても重ならない気がする。

人という生き物は深い。そのときの心の有りようで、自分の意図で、そのときの境遇《きょうぐう》で姿を変える。深くおもしろいのだ。しかし、お琴に関わる限り、深みとかおもしろさより、悪意を感じてしまう。巳助を陥れる《おとしい》ための邪心《じゃしん》を。

「ああ、そういうことは、よくあるな。患者なんかでも、病《や》み疲れていたときしか知らないと、元気になって町中で呼び止められても面喰《めんく》らうってことがな。うむ、なるほど。お琴って女が化粧や仕草で別人のようになるってのも、あながち、なくはないか。どうだい、親分。おいちの言ってること、当たらずと雖《いえど》も遠からずってとこか」

仙五朗は組んでいた腕を解《ほど》き、首肯《しゅこう》した。

「へえ、腑《ふ》に落ちやすよ。もしかしたら、お琴が煙みてえに消えちまった絡繰《からく》りも、そこらあたりにあるかもしれやせん」

「というと？」

「あっしは、お琴の行方《ゆくえ》が知れぬままってのが、どうにも納得できなくてね。人目に付かねえ場所で殺《や》られて、海に沈められたか、土に埋められたかって考えもしやした。けど、そうじゃなかったら……。つまり、お琴って女が本当に消えてしまっていたら、どこをどう捜《さが》しても見つかりっこありやせん。巳助の知っているお琴、長屋の連中が知っているお琴は、この世から消えて、別の女が現れたってわけでやすよ」

「でも、それって素人《しろうと》にできることかしら」

美代が再び、口を挟んだ。やはり遠慮がちな小声だった。

「化粧や仕草で、明らかな別人に変われる。よほど、慣れた者でないとそこまでの変化《へんげ》は難しいでしょう。玄人《くろうと》ならいざ知らず……」

「美代さん、無理だと思う?」

「思うわ。わたしにしても、おいちさんにしても、そんな器用な真似《まね》はできないでしょ」

言われてみればその通りだ。化粧や仕草で自分を使い分ける。そんな芸当、逆立《さかだ》ちしてもできっこない。できるとしたら……。

「化粧の玄人」

おいちと美代が、ほぼ同時に同じ言葉を口にした。

「化《ば》けることを生業《なりわい》にしている者。としたら、役者とかかい」

おうたが前のめりになり過ぎて、身体《からだ》の釣《つ》り合いを崩す。慌《あわ》てて片手をつき、何とか転《ころ》がるのを凌《しの》いだ。いつもならここで、松庵から「義姉さん、達磨《だるま》転がしの真似事ですか。いや、なかなかに上手《うま》いじゃありませんか」ぐらいの突っ込みはあるはずだが、当の松庵は押し黙ったまま、宙《ちゅう》を睨んでいた。おうたの方は、何事もなかったかのように座り直し、空咳《からせき》を一つする。

「で、そのお琴って女には子どもが五、六人もいたんじゃなかったかい」

「二人よ、伯母さん。勝手に数を増やさないで」

「ああ二人ね。何人でもいいけどさ、その子どもってのも役者で、親子の芝居をしてたってことになるのかい。大人ならまだしも、子どもにそんなことできるもんかねえ。いや、子どもの役者なんてのもいるよ。けど、それは、飽くまで芝居《しばい》小屋の中、舞台の上で、だろう。普段の暮らしの中でずっと親子芝居をし続けるのは、ちょっと無理があるんじゃないかい」

「ああ、なるほど」

思わず手を打ち鳴らしていた。

「お琴さんが、おかみさんたちと深く付き合わなかったってのは、それも理由の一つかもしれない。お琴さん一人なら上手く演じられても、子どもってそうはいかないでしょ。つい、ぽろっと本来の姿を見せちゃったりするよね。それを恐れて、あまり外に出さなかったとも考えられる気がしませんか」

おいちは仙五朗を見上げ、唇《くちびる》を結んだ。

名うての岡《おか》っ引《ぴき》は、眉間にも口元にもくっきりと皺《きざ》を刻み込んで押し黙《だま》っている。張り詰めた気《け》配《はい》が伝わってきて、おいちは我知らず居住《いず》まいを正していた。

「親分さん、急に黙っちゃって、どうしたんです？　何か思い当たる節《ふし》でも出てきましたか」

気配など全く気に掛けないおうたが、右手をはたはたと振った。

仙五朗の唇が解《ほど》ける。

「一つ、思い出しやした。長屋のおかみさんから聞いた話でね」

おうたが、うんうんと何度も点頭《てんとう》する。ただ、仙五朗の眼差《まなざ》しは、おいちに向けられて微動《びどう》だにしない。

「その日は前日に降った雪が融《と》けて、路地はかなりぬかるんでたんだそうです。おかみさんが路地に七輪《しちりん》を出して芋《いも》を焼いていたら、お琴のところの子が遠くからじっと見てきたんだそうでね。このおかみさん、気のいい女だったんでやしょう。『一つ、食べるかい』と声を掛けてやったら、その子は嬉《うれ》しそうに笑って頷いて……ひょいと、跳《と》び越えたんだとか」

「跳び越えたとは？」

「ぬかるみでやすよ。両足を揃《そろ》えて跳んだと思ったら、おかみさんの近くの乾いた軒下《のきした》に、綺麗に降り立ったんだそうで。で、おかみさんに笑い掛けた顔が可愛くて、焼き芋を二つもやってしまったと、そういう話でやしたね」

「母親は不愛想《ぶあいそ》でも子は愛嬌《あいきょう》があるってわけですね。でも、それがどうしたっていうんです」

おうたが心持ち、唇を突き出した。

「ええ、あっしもそのときは、内儀さんと同じことを思いやしたよ。身軽で可愛い子、それだけのことだとね。で、綺麗に忘れておりやした。けど、今、おいちさんたちの話を聞いていて、ふっと、よみがえってきやした」

「あっ」と、美代が叫《さけ》んだ。一斉《いっせい》に集まる眼差しを払うように、顔を振る。仙五朗は美代を見詰め、その目で先を促《うなが》した。

「あの、わたし、この前、明乃《あきの》先生と生薬屋《きぐすりや》巡《めぐ》りをしたんです。江戸で手に入る生薬《しょうやく》を調べて、長崎から持ち帰ったものと仕分けしておきたかったので」

「はいはい、先生とお出かけになってましたね。で、それが何か?」

おうたが、さらに唇を突き出す。暗《あん》に急《せ》かしているようだ。

「その帰りに、あの、浅草奥山《あさくさおくやま》まで足を延ばしてみました。日《ひ》の本随一《もとずいいち》と謳《うた》われる盛り場に行ってみたくて。わたしが先生をお誘いしたんです。でも、人の多さとあまりの賑《にぎ》やかさに仰天《ぎょうてん》してしまって、早々に退散いたしました。ええ、それだけのことなんです。でも、たくさんの見世物《みせもの》小屋や水茶屋、矢場《やば》があって、ほんとうにたくさんあって驚きました。その中に、『大坂下り親子軽業《かるわざ》』って幟《のぼり》があったのを思い出したんです。看板には、蜻蛉《とんぼ》を切っている二人の子どもと傘《かさ》を手に綱《つな》を渡っている女の人が描かれていました」

言い終えて、美代は周りに視線を巡らせた。

「軽業師、か。なるほどね。それなら身が軽いのは当たり前だよねえ。化粧もこってりするだろうよ。素《す》の顔が窺《うかが》えないほど濃い化粧をさ。そうでないと、舞台じゃ映えないからね」

誰もが口をつぐみ、物音も途絶え、寸の間、菖蒲《しょうぶ》長屋の一間《ひとま》は静まり返る。

「新吉」

仙五朗が呼んだ。低く、腹底に響《ひび》くような声だった。

「手下でもねえのに頼み事をするのは気が引けるが、ちょいと手助けしてもらえねえか」

「へい、喜んで。何をすればよろしいんで」

新吉が答える。臆《おく》する風も力《りき》んだ様子もなかった。

「回向院《えこういん》の裏手に、『花湯《はなゆ》』って湯屋《ゆや》がある。知ってるか」

「知ってます。何度か浸《つ》かりに行ったことがありますんで」

「そうか。そこに志之一《しのいち》って息子がいる。かなりの放蕩野郎《ほうとうやろう》だが、今は、おとなしく親父《おやじ》の仕事を手伝って釜焚《かまた》きをやっているはずだ。その男に逢《あ》って、母子軽業師、いや姉弟《きょうだい》でもなんでもいい。ともかく、大人の女と子どもって組み合わせの軽業興行《こうぎょう》を調べるように伝えてくれ。奥山、両国橋《りょうごくばし》、その他、盛り場で心当たりがある小屋を虱潰《しらみつぶ》しに当たれ、とな。明日の昼までにだ」

「わかりました。『花湯』の息子、志之一ですね」

「ああ、昔、悪仲間と揉《も》め事《ごと》を起こしたとき、丸く収めてやった経緯《いきさつ》があってな。恩を感じているのか、何かと役に立ってくれるのさ。なにしろ放蕩三昧《ざんまい》のおかげで盛り場についちゃあ、めっぽう詳《くわ》しいし鼻が利く。お琴の件をざっと伝えれば、万事心得て動けるはずだ。悪《わり》ぃがひとっ走り、頼まあ」

「承知しました」

おいちに目配《めくば》せすると、新吉は素早く出ていった。それこそ、身軽な動きだ。

「じゃあ、松庵先生、参りやしょうか」

「そうだな、それぞれの為《な》すべきことを為す、か。もうすぐ、十斗《じっと》が往診から帰ってくるはずだ。

おいち、それまでここを頼む。急な患者が来ないとも限らんからな」

腰を浮かしていた。心の内が言葉になる。

「父さん、あたし、付いていきたい。この一件が落着して、巳助さんを救い出せる。その手応《てごた》えを摑《つか》みたい。

付いていきたい」

「しかし、十斗が帰ってくるまであと半刻《はんとき》（一時間）かかるか、四半刻《しはんとき》（三十分）かかるか、はっきりしないからな。おまえがいないと患者が困ることになる」

「それは……」

確かにそうだ。半刻の間に、四半刻の間に、急病や怪我《けが》を負《お》った患者が運び込まれる見込みはある。ここを留守《るす》にするわけにはいかない。

「わたしが居《お》ります」

美代が自分の胸に手を置いて、おいちと松庵を交互に見やった。

「松庵先生やおいちさんほど、上手く治療はできないかもしれませんが、田澄《たずみ》先生がお帰りになるまでなら、何とか代役が務まるはずです。わたしが居りますから、おいちさん、『浦之屋』に行ってちょうだい」

「美代さん、ありがとう」

思わず、美代の手を握《にぎ》る。

「いいの。患者さんと直《じか》に接するなんて、またとない機会だもの。無駄にする手はないわ。それとね、おいちさん」

美代が耳元で囁く。

「『浦之屋』での顚末《てんまつ》、後でしっかり教えてよ」

「あ、うん。わかった」

「それと」。美代がさらに声を潜《ひそ》める。

「無理しちゃ駄目《だめ》よ。今、自分がどんな身体なのか忘れてないでしょうね」

忘れていた。というか、自分の身の内に新しい命が宿っている、その事実がどうにも不思議で、幻《まぼろし》のように感じてしまうのだ。

ちゃんと確かめて、誰より先に新吉に告げなければならない。それは、こんな波立った気持ちのときではなく、もっと落ち着いた、もっと静かな心の折に伝えたい。二人っきりの所で、新吉を見詰めながら伝えたい。

「では、美代さん、お願いします。おいち、行くぞ」

松庵が薬籠《やくろう》を手に立ち上がる。

「あの、あたしも付いていってもいいでしょうか」

それまで隅《すみ》に座り、一言も口を利かなかったお通《つう》が、縋《すが》るような視線を向けてきた。

「もちろんよ。だって、『浦之屋』はお通さんのお家《うち》みたいなものでしょう」

いや、そんなわけがない。おいちは、自分の失言にすぐに気が付いた。『浦之屋』は、お通にとって〝家〟とは違う。まるで、違うはずだ。少なくとも自分をさらけ出し、心安らげる場所ではないだろう。お通なりに遠慮し、気を配《くば》り、娘であることを隠して通っている。

むしろ、実母の傍《かたわ》らにいながら、心身共に疲れる場なのかもしれない。そこに思い至らず、安易《あんい》に答えてしまった。

「お通さん、ごめんなさい。あの、でも、お通さんにその気があれば、『浦之屋』への出入りを咎《とが》める人はいないのじゃなくて」

少し慌てて言い直す。

「いえ、あの……浦之屋さんの治療のとき、近くにいさせてもらいたいのです。お邪魔《じゃま》にならないように気を付けますので、ぜひに」

お通が頰《ほお》を染め、僅かに頭を下げた。

おいちは美代と顔を見合わせた。

松庵の治療を間近《まぢか》で見てみたい。お通は、そう望んでいるのだ。

親との縁に恵まれない幸薄《さち》い娘ではなく、己《おのれ》の意志を通して生きる若い女の望みだった。

「わかったわ。父さん、いいわね」

松庵は既《すで》に土間《どま》に下りている。仙五朗と顔を寄せ合って内緒話をしていた。目を眇《すが》め、お通を見やると、

「ああ、構わんぞ」

と、短く答えた。お通の面《おもて》が、心持ち明るむ。

「よし、行くぞ」

松庵の口調《くちょう》がいつもよりやや硬《かた》い。

おいちの鼓動《こどう》も、いつもより少しばかり速まっている。

「ちょっと、お待ちよ。あたしも付き合うからさ。よっこらしょっと」

おうたが腰を上げた。

「は？　何を言ってんです。義姉さんは、もう八名川町《やながわちょう》に帰った方がいいですよ。付いてこられても困りますからな」

「そうよ。伯母さんまで来たら、『浦之屋《の》』のみなさんが面喰らっちゃうじゃない」

「まあ、それじゃなにかい。あたしだけ除け者《もの》にしようってのかい。とんでもなくおもしろそうな成り行きなのに、除け者？　指をくわえて退散しろって？　冗談じゃないよ」

「指でもこぶしでも、鯖《さば》の頭でもくわえて退散してください。駄目です。ごねても、すねても、喚《わめ》いても連れていきません」

「だって、松庵さん。それじゃ、あまりに殺生《せっしょう》じゃないか」

「駄目なものは駄目です」

いつになく、松庵がきっぱりと言い切る。おうたは豊頬《ほうきょう》をさらに膨《ふく》らませ、横を向いた。

仙五朗が障子を開ける。

冷えた風に乗って小さな花弁が一枚、入り込んできた。摘《つ》まみあげる。

梅だ。

梅の白い花弁。おいちは花弁を強く握り締めた。

「てわけで、犯科人のお裁きが下されやした。浦之屋さんのことを思えば、これで一件落着とはとても言えやせんが、区切りはつきやしたかね」

仙五朗がふっと短く息を吐《は》いた。心持ち目を狭《せば》め、そこにいる一人一人を見据える。

『浦之屋』の奥まった座敷。卯太郎衛門《うたろうえもん》の寝所《しんじょ》だった。

臥《ふ》している卯太郎衛門の傍らには、おろくが座り、少し離れて徳松《とくまつ》と文吉《ぶんきち》が控えていた。座敷の隅では、お通が畏《かしこ》まっている。

「あの焙烙売りがねえ。信じられない気もしますが……」

おろくがかぶりを振った。

「おとなしそうで、商《あきな》いも真面目《まじめ》にやっていたようなのに。いったい、どんな理由があってこんな大それたことをしたのでしょう」

「人なんて見た目じゃわかりませんよ」

徳松が語尾を震《ふる》わせた。

「おとなしそうな振りをしながら、旦那さまをこんな目に遭《あ》わせたんですよ。許せませんよ。死罪どころか磔《はりつけ》獄門《ごくもん》にでもなりゃあいいんだ」

卯太郎衛門が身動《みじろ》ぎした。治療の手を止め、松庵が呼び掛ける。

「浦之屋さん、卯太郎衛門さん、聞こえますか。わたしの声が聞こえてますね。聞こえてたら返事をしてください。浦之屋さん」

再び手を動かしながら、絶え間なく話し掛け続ける。卯太郎衛門が薄《うっす》らと目を開き、僅かに首を前に倒した。

「おお、聞こえていますか。わたしが誰かわかりますか」

「……しょうあん……せんせい……」

「大当たり。浦之屋さん、すごいですね。だいぶ、しっかりしてきた。うんうん、この調子なら大丈夫だ。間もなく起き上がれるようになりますよ」

「ほんとうですか、先生」

番頭の徳松が身を乗り出してくる。寝床《ねどこ》の近くにいたおろくを押しのけるような、いや、実際に押しのけたほどの勢いだ。おろくが小さく「あっ」と叫んだけれど、徳松は全く意に介しなかった。主人しか目に入っていない。そんな様子だ。

「旦那さまは、よくなられますか。元通りになりますか。いつぐらいには、お元気になられます。わたしたちと話せるぐらいに回復するのは、いつで」

「番頭《ばんとう》さん」

見かねたのか文吉が身を乗り出し、徳松の袖《そで》を引っ張る。

「そんなに矢継《やつ》ぎ早《ばや》に尋《たず》ねたら、松庵先生も答えようがないじゃないですか。落ち着いてくださいよ。あまり騒ぐと旦那さまに障《さわ》るかもしれませんし」

「し、しかし、松庵先生はこの前、骨が折れている風もないから、数日で起き上がれるようになると仰《おつしや》ったじゃないか。なのに、いまだに、この有り様《さま》で……。むしろ、徐々に弱っておられるようで、わ、わたしは……」

文吉が松庵に顔を向けた。眉《まゆ》を寄せ、悲しげとも見える表情を浮かべている。

「先生、番頭さんの仰るところもわかります。素人目《しろうとめ》にも、旦那さまが回復しているようには見えないのですが。この前までは、もうちょっとはっきりとしゃべっておられたように思います。このところ、何を話し掛けても、途切れ途切れのあまり意味の通らない返事をなさるばかりで」

「いいかげんになさい」

横合いから投げつけられた叱咤《しった》に、番頭と手代《てだい》の動きが止まった。二人とも同じ方向に顔を向け、目を見開いている。

「松庵先生は懸命《けんめい》にお手当てしてくださっているのですよ。その最中《さなか》に、つまらぬ口を挟んで、どうするのです。邪魔にしかならないでしょう」

おろくが険《けわ》しい眼つきと口調で、男たちを叱《しか》る。徳松は目を剝《む》き、文吉は唇を一文字《いちもんじ》に結んだ。

二人とも驚いている。まさかここで、いや、どこであっても、おろくから怒鳴《どな》りつけられるとは思ってもいなかった、そんな顔つきだ。

「騒ぐことしかできないなら、出ていきなさい。旦那さまのお身体にも障ります」

徳松の喉元が上下した。唾を呑み込んだのだ。

「い、いや、内儀さん。わたしは、ただ、旦那さまのことが心配で、い、居ても立ってもおられぬものですから、つい……」

「徳松」

「は、はい」

「おまえが心配しているのは、旦那さまのお命かい。それとも、店の行く末かい」

徳松がさらに、目を見張《みは》った。

「『浦之屋』は旦那さまの商才があってこそ、ここまでの身代《しんだい》になれた。旦那さまの身に万が一のことがあれば、店はどうなるのかと、そう心配しているわけかい」

徳松は顎を引き、おろくを見据える。眼つきは元に戻り、どこか眠たげでさえあった。

「内儀さん、わたしは、十五のときから『浦之屋』一筋に働いてまいりました。この店の行く末が気にならないわけがありません。わたしが歳《とし》を取り、命が尽きても『浦之屋』は栄えていてほしいと本気で思っております。旦那さまが店の屋台骨《やたいぼね》を支《ささ》えておられるのも承知しております。ええ、内儀さんの言う通り、旦那さまに万が一のことがあったら、『浦之屋』は支えを失うことになります。そう考えると恐ろしゅうございますよ。けれど……けれど、内儀さん、わたしは旦那さまに生きていてほしいのです。たとえ、もう、店の支えになれなくとも生きていてほしいのです。わたしにとって、三十年近くお仕《つか》えした大切な方です。生きて、生きていて……」

徳松が俯く。膝《ひざ》の上で握り締められたこぶしに、涙が滴《したた》り落ちた。

「わたしも、同じ思いでおります」

躊躇《ためら》いがちに、文吉が言った。ほとんど呟きだった。

「番頭さんほどではありませんが、わたしも長く働かせていただいております。『浦之屋』で商人として生きる術《すべ》を学びました。旦那さまへの御恩を忘れたことはありません。ですから、旦那さまも商いも、全身全霊で支えていきたいと思っておるのです」

おろくがゆっくりと首肯した。それから、卯太郎衛門の耳元に屈《かが》み込み、

「おまえさん、今の二人の言ったことを聞きましたか。うちは奉公人に恵まれているようですよ。よかったですねえ」

女房の言葉を解《かい》せたのかどうか、卯太郎衛門は首を横に振った。唇が震える。

「ああ、がんばらなくていいですぞ。浦之屋さん、今はがんばるときじゃない。無理しなくていいんです。ゆっくり元気になりましょう。日数《ひかず》を掛けて、ゆっくりとですよ。おいち、新しい晒《さらし》を出してくれ。それから、お通さん」

「え？　あ、はい」

お通が躊躇いがちに、膝を進めた。

「薬を湯に溶《と》いてくれないか。人肌《ひとはだ》ほどに冷《さ》まして、ゆっくりと混ぜながら溶かしてもらいたい。必ず一度、沸《わ》かしたものを使うこと。水を混ぜたりしないように。頼めるな」

「は、はい」

お通が強張《こわば》った顔で頷いた。

「よし。おいち、お通さんに薬を渡してくれ」

「はい。お通さん、この薬です」

白い薬包《やくほう》を取り出し、中身をお通に見せる。おろくも徳松も文吉も、首を伸ばすようにして覗《のぞ》き込んできた。

「あ、息をかけないでくださいな。粉《こな》なので飛んでしまいます」

おいちの一言に、三人は揃って身を縮《ちぢ》めた。お通だけが真剣な眼差しで、白い粉を凝視《ぎょうし》している。

「すみません。気になってつい……。でも、他の薬とそう違わないように見えましたが」

文吉が言い訳をしてくる。徳松も、そうだという風に点頭した。

「素人目には何の変哲もない粉薬と映るでしょうね。でも、黒や緑といった目立つ色合いと薬効は何の関わりもありませんよ」

ぴしりと言う。文吉はもう一度身を縮め頭《こうべ》を垂《た》れたが、徳松は鼻を鳴らしただけだった。まったく、どこまでも生意気《なまいき》な女だ。

口には出さない思いが聞こえるようだ。商家の番頭にしては、わかり易《やす》い。いちいち気にしてないられないが。

「お通さん、お願いします。これは、ほとんど色も匂《にお》いもない薬なの。ゆっくりと丁寧《ていねい》に混ぜ合わせることが大切。まずは器《うつわ》に半分ほど湯を入れて二、三十回は混ぜて。それから残り半分を入れて、同じくらいの数をさらに混ぜる。きれいに溶けてしまったことを確かめてね。底に沈んでないかまで、見定めてくださいな」

お通に向き直り、伝える。

「はい。承知いたしました」

お通の頬が仄《ほの》かに赤らむ。僅かでも治療に携《たずさ》われることに高揚《こうよう》しているようだ。薬包を胸に押し当てるようにして、部屋を出ていった。足取りに躊躇いはなかった。

「あの薬は血の滞《とどこお》りを治《なお》し、身体に活力を与える効能がある。効《き》き目が強い分、患者の負担にもなるのだが、浦之屋さんの場合、心《しん》の臓《ぞう》はしっかりしているから処方《しょほう》してみましょう」

松庵が告げると、おろくは畳《たたみ》に指をつき、低頭《ていとう》した。

「先生、お願いいたします」

「この薬を服用すれば、目に見えてとは言わないが、徐々に回復する望みは多いにあります。朝、昼、夜、一日三回、きっちりと飲ませてください。日が昇ってすぐのとき、中天《ちゅうてん》に差し掛かったとき、そして、沈んですぐ。この三回です。お通さんにもう一度、要領は伝えておきますから、薬作りは任《まか》せて構わないと思いますよ。ただし、少なくとも十日は飲ませ続けてください。飲ませる頃合いと回数は違《たが》えないように。決して、違えないように頼みます」

おろくの顔が上がり、探《さぐ》るような眼差しが松庵に向けられる。松庵が空咳をした。

「いや、さっき患者の負担になると言ったが、この薬、途中で止《や》めたり、飲ませる間隔《かんかく》を大幅にずらしたりすると、かえって厄介《やっかい》なことになりかねないので」

「……といいますと」

「まるで効かなくなるのですよ。それどころか、容体《ようだい》を悪くすることもある」

松庵が手のひらで自分の胸を軽く叩《たた》いた。

「最悪、心の臓が止まる見込みさえ無きにしも非《あら》ず、です」

「まあ」と、おろくが息を詰める。面に怯《おび》えが走った。

「あ、いや、心配には及びませんぞ。薬は一包ずつ、きちんと量《はか》っている。さっき、おいちが息を掛けるなと怒鳴ったのも、そこです。中身を飛ばされでもしたら量り直さねばなりませんからな」

「父さん、あたし、怒鳴ってなどいません。量り直せるならいいけど、あたしたちがいないときに、鼻息で薬を飛ばしでもしたら大変でしょ。くしゃみでもされて、中身の大半が散ってしまったら目も当てられませんからね。取り扱いは用心の上にも用心してほしいと、そうお伝えしただけです。ま、お通さんはちゃんとわかっているみたいだから、よかったわ」

我ながらはしたないと思いつつ、皮肉を混ぜて言い返す。皮肉の先はむろん『浦之屋』の番頭に向けていた。松庵が空咳を繰り返す。

「えっと、ですから、一度に一包、日に三度。このやり方を守ってくれさえすれば何の危《あや》うさもありません。薬効は確かです」

「お薬をきちんと飲んでいれば、回復するのですね」

「間違いないと言い切ることはできません」

松庵が背筋を伸ばす。おろくは身動ぎもしない。

「浦之屋さんの傷そのものは血も止まっているし、治りかけていると思えます。しかし、頭の中のことまでは残念ながらわからない。僅かながら出血しているのかもしれません。ああ、しかしね、内儀さん」

何か言い掛けたおろくを遮るように、松庵が早口になる。

「人の身体とは生きるようにできているのですよ。どんなときでも生きようとするものです。血が出れば固まって止まり、悪いものが身体の中に入れば外に出そうと吐いたり下《くだ》したりする。血の塊《かたまり》も徐々に消えていくことも結構あるのです。ただ……正直に言うと、浦之屋さんが怪我を負う前と同じにまで回復できると、わたしは断言できません」

おろくが目を伏せる。肩が微《かす》かに震えていた。

「でも、この薬が効けば、今よりは、ずっとよくなるはずです。日数はかかるかもしれませんが、起き上がって、しゃべって、物を食べて……」

おろくは答えない。何かを思案《しあん》するように、自分の指先を見ている。

「お薬については、お通さんがいるから大丈夫ですよ」

おいちはさりげなく言葉を添えた。

「薬の取り扱いは念のためにわたしから、さらに詳しく伝えておきますね。薬はこの袋に三日分、入っています。もちろん、明日も往診しますが」

袋は、麻布《あさぬの》でおいちが拵《こしら》えた。中で薬包が擦《こす》れ合って、かさこそと乾いた音をたてる。

「はい……、ありがとうございます」

おろくが袋を受け取ったとき、卯太郎衛門が低く唸《うな》った。唇をもぞもぞと動かす。何を言っているかは聞き取れない。

「おお、浦之屋さん、どうしました。何か言いたいことがありますか」

松庵が身を屈め、卯太郎衛門に耳を近づけた。

「うん？　何ですか……うーん、え？　違う？　何が……」

松庵は身を起こし、首を捻《ひね》った。ずっと無言だった仙五朗が前に出てくる。

「先生、どうしやした」

「いや、浦之屋さんが何かを違うと訴えているようなのだが……」

「へ？　何かって何です」

「それが、はっきりとは聞き取れなくて。無理はさせたくないので、あまり急かすのは止めておこうか。薬が効けば、明日にはもう少し、はっきりしゃべれるようになるかもしれん」

「さいですか。浦之屋さんに伺《うかが》いたいことが幾つかありやすが、今日は遠慮しといた方がいいですかね」

「ああ。この調子だとまだ、受け答えは無理だろう」

「言葉にならなくとも、頭を振ってくれるだけでもいいんですがねえ」

「何をお尋ねになりたいのです。わたしどもでは、お答えできませんか」

おろくが仙五朗を正面から見やる。睨んでいるわけではないが、目付きは鋭《するど》かった。怪我人を問い質《ただ》すつもりかと咎めているのだ。むろん、名うての岡っ引が商家の内儀の目付きに怯《ひる》むわけもなかった。

「へえ、じゃあ、お言葉に甘えてお聞きしやしょう」

仙五朗はさらに膝を進める。

「お津江《つえ》を乳母《うば》として雇《やと》い入れたのは、どういう経緯があったんでやすか」

おろくが瞬《まばた》きし、顎を引いた。

「それは前にもお話ししました通りです。わたしが産後の肥立《ひだ》ちが悪くて、乳母を探していたんです。そうしたら、お津江が訪ねてきて雇ってくれないかと。聞けば、子どもを病《やまい》で亡くしたばかりで、それを理由に婚家からも追い出されたというじゃありませんか。あまりに気の毒で、すぐに雇うと決めましたよ。むろん人柄もよかったし、身許《みもと》もちゃんとしてましたからね。子どもたちの面《めん》倒《どう》もよく見てくれて……。まさか、あんなことをしでかすなんて、正直、いまだに信じられません。当日も、わたしに『ここで働けて、救われた心地《ここち》がします。婚家で苦労しただけに今の幸せが身に染みるんですよ。内儀さんたちのおかげです。ありがたいと思っております』と言ったんですよ。みんなが苦しんでいるときも、懸命に手当てをしてくれて、子どもたちの面倒をきちんと見てくれて……あれが芝居だったなんて、ええ、やはり信じられませんねえ」

「たちと、言ったんでやすね」

「はい？」

「ここで働けるのは、内儀さんたちのおかげだとお津江は言ったんでやすね。内儀さんのおかげ、じゃなくてね」

「あ……はい。そうです」

「だとしたら、内儀さんの他に恩を感じる者がいたってこってすかね。それとも、店のご主人である浦之屋さんのことですかね。あるいは他の奉公人《ほうこうにん》とか」

おろくが首を傾《かし》げる。明らかに戸惑っていた。

「そんなこと、どうでもいいじゃないですか」

徳松が苛立《いらだ》った声を上げた。

「お津江が味噌汁に毒を混ぜたのは確かなんでしょう。本人がそう書き遺《のこ》した、つまり罪を認めたわけですから。どうして今さら、とっくに済んだ事件を蒸し返したりするんです。わたしとしては勘弁《かんべん》してもらいたいですな。あの日の痛みや、苦しみを思い出すと、今でも吐きそうになるぐらいです」

嘘《うそ》ではない証に、徳松の顔色が悪い。確かに徳松は中《あた》りが酷《ひど》く、脂汗《あぶらあせ》を浮かべていた。

「その書き置きってのが、どうも怪《あや》しいんで」

仙五朗が懐《ふところ》から四つ折りの紙を取り出し、膝の前に広げた。

「これは、お津江の遺書……」

おろくが身を硬くした。手に取り、目を走らせる。

「内儀さん、声に出して読んでみちゃあくれやせんか」

仙五朗の頼みを、おろくは暫《しばら》くの躊躇いの後、受け入れた。

「味噌汁の一件、どうかお許しください。何もかもわたしが悪うございました。死んでお詫《わ》びいたします。みなみなさま、まことに申し訳ございません」

心持ち震える声で読み、遺書を二つに畳《たた》む。

「確かな白状の文《ふみ》かと思いますが。はっきりと罪を認めておりますものねえ」

「もうちっと、じっくり眺《なが》めてみてくだせえ。おかしいと感じやせんか。番頭さんも手代さんも、ぜひにお願いしやすよ」

徳松と文吉は顔を見合わせ、二人揃って眉を寄せ、おろくの背後から手元を覗き込む。おろくが再び、紙を開く。徳松が唸った。

「うーん、おかしいところって……わからんなあ。おまえはどうだ、文吉」

「はい。わたしもこれといって気が付きませんが。手跡《しゅせき》もお津江さんのもののようですし」

「……手跡はお津江のものですよ。間違いないでしょう。でも」

束《つか》の間《ま》、おろくの視線は宙を彷徨《さまよ》ったが、すぐに仙五朗の面に戻ってきた。

「何だか少し古く思えますね。墨《すみ》の掠《かす》れ方や紙の傷《いた》み方が……」

「そうなんで。あっしもそこに引っ掛かりやしてね。お津江はこれを書いてすぐに自害したはずです。それにしては、ちっと古いというか、折り目や皺が目立ちやしやせんか」

「古い紙を使ったんじゃないんですか。それだけのことでしょう」

徳松がそっけない口調で言い返した。

「遺書ですぜ。普通は真新しい物を使うんじゃねえですかい」

「普通じゃなかったんでしょうよ。店の者を根こそぎ毒で殺そうかって女ですよ。普通であるはずがないでしょう。まっとうな者にはわからない思案をしてるんですよ」

「なるほどね。番頭さんの言い分にも一理ありやすね。けど、あっしはどうにも納得できなくて、まあ、言うなら岡っ引の勘《かん》でやつでしょうが、納得しちゃいけねえって思えてしかたなかったんでやす。それで、手下を一人、お津江の嫁《とつ》いだ金物屋にやっていろいろ調べさせやした。するとね、ちょっと気に掛かることをくわえて戻ってきたんで」

卯太郎衛門の晒を換《か》えながら、おいちは仙五朗の話に耳をそばだてていた。卯太郎衛門はいつの間にか寝息を立てている。その息にも脈にも乱れはない。

「お津江が婚家を出る数日前に、お津江の亭主とその二親《ふたおや》、お津江にとっちゃあ姑《しゅうとめ》と舅《しゅうと》が食中りを起こしたんだそうでやす」

「食中り」

おろくが息を吸いこんだ。徳松はぽかりと口を開ける。

「へえ。しかも、朝の膳《ぜん》に出した味噌汁が中ったんだとか。あ、いや、お津江が毒を盛ったとかじゃありやせんよ。汁の具にしたナントカって貝が悪かったようでやす。棒手振《ぼてふ》りからそれを貰ったのも料理したのも、お津江だったんでやすよ。近所にも何軒か食中りした家があって、同じ貝を食ってやした。だからお津江に非があるとは言えねえし、中りそのものも、さほど酷くはなかったんでやす。ところが、舅も姑も『赤ん坊だけでは飽き足らず、わたしたちまで殺そうとしたのか』と、お津江を詰《なじ》りやしてね」

「まあ」。おろくとおいちが、同時に叫んだ。

「何て惨《むご》いことを」

「ほんとだわ。ほとんど言い掛かりじゃないですか」

子を失った痛手で深く傷つき、潰《つぶ》れかけていただろうお津江の心をさらに抉《えぐ》る。それは非道としか呼べない仕打ちではないか。

『浦之屋』までの道中で、仙五朗から諸々《もろもろ》のことを伝えられた。しかし、この話は初耳だ。怒りに新たな油が注《そそ》がれたような気がする。

ほんとに、どうしてこうも、人を人として扱えない、扱わない輩《やから》が横行するのか。

「あ、いや、あっしが言ったわけじゃなく……。まあ、その近所でも評判の、きつい二親だったみてえでしたが」

「きつい、優しいって話じゃありませんよね。人の心があるなら、できない所業ですよ」

おろくがおいちの心内《しんない》そのものを言葉にしてくれた。

おろくさん、変わったな。

おいちの胸の内に別の想《おも》いが広がっていく。気力に乏《とぼ》しく、全《すべ》てを諦めて流されるままに生きる。そんな、おろくの様子が明らかに変わった。自分の思案で、自分の言葉で、自分の心意気で生きようとしているみたいだ。卯太郎衛門の看病も、他人《ひと》任せではなくなっている。

お通さんのおかげなのかな。

ふと考える。一度は別れざるを得なかった娘が戻り、己で選んだ道を歩み始めた。それが、母親の支えとも励《はげ》ましともなったのだろうか。いつか、じっくりと聞いてみたい。

「じゃあなんだな。お津江さんは食中りのことで責められ、辛《つら》い思いをしたってわけだな」

横合いから、松庵が助け舟を出す。仙五朗が首肯《しゅこう》した。

「そうなんで。でね、あまりの辛さに庭の井戸に飛び込もうとしたんでやすよ。たまたま亭主が見つけて、飛び込む寸前で抱き止めたんだそうです。これは、手下が亭主から直に聞いた話なんで、間違《まちげ》えねえでしょう。この亭主ってのが優しいのか気弱なのか、女房がそこまで思い詰めているのに仰天して、さりとて、盾《たて》になって守ることもできず、縁切りするしかないと決めたんだとか。お津江も、納得しての夫婦別れだと言ってやした。ああ、わかりやす。わかりやす。男の、反吐《へど》が出るほど身勝手な言い分でさ」

仙五朗が片手を横に振った。

「けど、ここんとこはちっと我慢してくだせえ。肝心《かんじん》なのは、お津江が自害しようとしていたってことなんでやすよ。しかも、味噌汁での食中りを苦にしてね」

「え……それは」

おろくが手の中の文に目を落とす。先刻よりずっと小さな声で再び読み上げる。

「味噌汁の一件、どうかお許しください。何もかもわたしが悪うございました。死んで……。親分さん、これはまさか……」

「へえ。昔、お津江が書いた遺書なんじゃねえでしょうかね。一度、死にはぐれ、離縁され、お津江は生き直そうと決めた。その決意のお守りみてえな気持ちで、自分の遺書を持っていたとは考えられやせんかね」

暫く、誰もが黙《もく》していた。卯太郎衛門の寝息が聞き取れるほどの静寂《せいじゃく》が、座敷を覆《おお》う。

「それじゃあ、お津江がわたしたちを殺そうとしたというのは……」

おろくの気息《きそく》が僅かに乱れた。指先が震えている。

「お津江を犯科人としたのは、この遺書があったからでやす。しかし、それが実は違っていた。お津江は味噌汁に毒を混ぜ、『浦之屋』の者を皆殺しにしようとした。罪が露見《ろけん》するのを恐れ、自《みずか》ら命を絶った。そう信じ込ませるための小道具だったらどうなりやすかね。つまり、『浦之屋』の一件とこの遺書は何の関わりもなかったとしたら。いや、関わりはありやすね。まったく逆の意味でやすが」

「逆の意味と申されますと？」

「『浦之屋』での味噌汁の一件を企《くわだ》てた後、遺書を書いたのではなく、この遺書があったから味噌汁に毒を混ぜた。他のやり方、毒を煮物に混ぜるとか、飯《めし》に振り掛けるとかでは使えやせんからね。味噌汁でなければ駄目だったんでやすよ」

「でも、でも、それなら、毒を盛った者は他にいるってことになりますよ。その者がお津江に罪を擦《なす》り付けたと親分さんはお考えなのですか」

おろくの震えが強くなる。唇から「信じられない」と小さな呟きが漏《も》れた。

「まさか、そんな」

徳松が引きつった声を上げる。

「とてもほんとうのこととは思えませんよ。親分さん、考え過ぎじゃないですか」

「そうですかねえ。まあ、確かな証があるわけじゃねえんですが。うん？」

控えめな足音がして、男の影が障子に映った。

「親分」と仙五朗を呼んだのは、新吉の声だった。

仙五朗が障子を開けると、控えていた新吉が何かを耳打ちした。

「そうか。わかった。恩にきるぜ」

仙五朗が振り向き、松庵と目を合わせる。

「お琴の行方がわかったのか、親分」

「いや、さすがにそこまで上手くはいきやせんよ。ただ、遊び人の名にかけて捜《さが》し出してみせると、志之一のやつが息巻いてるんだそうで。明日中に何かくわえてきてくれりゃ御《おん》の字《じ》なんでやすがねえ」

「女軽業師の小屋なんて、めったやたらにあるもんじゃない。目星《めぼし》は付くんじゃないのか」

「だといいですが。しかし、なにより、浦之屋さんから話を聞きてえと思いやすよ」

「ああ、浦之屋さんが何かを知っているのは確かだろうからな」

「へえ。何のために庭蔵なんかにいたのか、そこも含めて、明らかになってねえことがたんとありやすからねえ。浦之屋さん、何か言いたそうな様子でもありやしたし」

「うむ。だが、まあ、何度も言うが無理はいかん。薬効を信じて、もう少し待ってみてくれ」

「なんですかねえ」

と、徳松が大きな吐息《といき》を漏らした。

「お二人の話を伺っていると、まだ犯科人が捕《つか》まっていないようにも聞こえますが。あの焙烙売りは明後日には、処罰されるわけでしょう。旦那さまのお怪我については、いろいろ心配もございますが、事件そのものは終わったと考えてよろしいんですよね」

競ったつもりはないだろうが、松庵も長い息を吐き出した。

「表向きはそうなんだが、お津江の件にしても、浦之屋さんの件にしても、今一つ、納得できなくてな。そうだろ、親分」

「へい。仰る通りで。お津江が犯科人でないなら巳助も濡《ぬ》れ衣《ぎぬ》を着せられたかもしれやせん。万が一そうなら、罪のねえ男が首を刎《は》ねられることになる。お津江は救えやせんでしたが、巳助はまだ生きてやすからねえ」

仙五朗まで、ため息を吐《つ》く。

その音が乾いた冬風に似ていると、おいちは思った。

翌日は、晴れ上がった美しい日になった。

春の気配が一段と濃くなる。

空も地も長い凍《い》てつきから這《は》い出し、大きく身震いする。その柔らかな震えを感じるような一日だった。

日は中天に差し掛かろうとしていた。

さっき、お通に薬包を渡した。間もなく薬湯《やくとう》を持ってきてくれるだろう。

薬は袋に入れたまま、枕もとの文箱《ふばこ》に仕舞《しま》っている。

卯太郎衛門の命の掛かった、大切な薬だ。疎《おろそ》かには扱えない。

「おまえさん」

おろくは、そっと亭主を呼ぶ。このところ、こうやって呼びかけることが増えた。呼びかけながら手の甲《こう》を撫で、額《ひたい》の汗を拭《ふ》きとる。

石渡塾《いしわたじゆく》で明乃とおいちに心内を打ち明けたとき、本音《ほんね》を吐露《とろ》したとき、おいちから言われた一言が耳の底にこびりついている。

「おろくさんが辛いのは浦之屋さんのせいじゃない。辛がるだけで何も変えようとしなかった、おろくさんのせいですよ」

何も言い返せなくて俯いてしまったけれど、自分の中で何かが崩れる気がした。崩れた後、心内が清々《せいせい》と広がる気がした。その心で己を眺め、思い至った。

わたしは卯太郎衛門を憎《にく》みも、忌《い》みもしていない。ただ引け目は感じていた。お通の父親である男を忘れられない引け目だ。

卯太郎衛門がおろくの心をわかっていながら知らぬ振りをしていてくれたのか、ほんとうに何も気付いていなかったのか、わからない。

でも、おろくと生きてくれたのは事実だ。そう察したとき、おろくは徳松や文吉に代わり、看病の担《にな》い手になった。

ずっと一緒に生きてくれた。その礼を伝えたい。

強く思ったのだ。

「お薬はどうです。昨日も今朝《けさ》も、ちゃんと飲めましたものねえ。松庵先生がね、しっかり呑み下せるのはいい兆《きざ》しだって仰ったんですよ。食べ物や飲み物を、自力で身の内に入れられるうちは、人って死なないんですって」

卯太郎衛門が薄く目を開いた。

「……おろく……」

「はい。ここにおりますよ。おまえさん、わたしがわかりますか」

「……ち、ちがう……ちがう」

「え？　違う？　何がです」

卯太郎衛門が求めるように指を動かす。おろくは、その痩《や》せて肌艶《はだつや》を失った手をしっかりと握った。「おろく」と、驚くほどはっきり名前を呼ばれた。

「おろく……ありがとうよ……」

胸の底からじんわりと温かな想いがせり上がってくる。卯太郎衛門の耳元に囁く。

「お礼を言うのは、わたしなんですよ。おまえさん」

この人を死なせたりしない。必ず守ってみせる。

お通が薬湯を盆に載《の》せ、座敷に入ってくる。後ろに徳松と文吉がいた。二人とも卯太郎衛門の容体が気になって仕方ないようで、商いの合間を縫《ぬ》って、度々《たびたび》、寝所に顔を出す。

「内儀《おかみ》さん、旦那さまはどんな具合ですか」

徳松はいつも同じ台詞《せりふ》で問うてくる。主人の具合のことしか考えられないようだ。忠誠の想いからだとわかってはいるが、想いのあまり商いが疎かになるようでは困る。『浦之屋』の土台が揺らぐではないか。そのあたりは、手代の文吉が上手く補っているのだろうか。自分が『浦之屋』という店の何も知らなかったことに、おろくは改めて気付かされた。

徳松に頷いてみせる。

「ええ、今、名前を呼んでくれてね。松庵先生の言う通り、徐々にだけど元気になっている気がしますよ。さっ、おまえさん、お薬を飲みましょうね。もっと元気になれますよ」

文吉が身軽に動き、卯太郎衛門を背後から抱き起こすと、お通は小さな急須《きゅうす》に入れた薬を口に運んだ。濁《にご》りのない水物を卯太郎衛門がゆっくりと喉に通していく。全てを呑み干し、目を閉じる。お通が寸口《すんこう》に指を置き、「脈は落ち着いているわ」と笑《え》んだ。

「そうかい。なら安心だね。もうちょっと起きていてほしいけど、疲れるんだろうね」

「脈が乱れていなければ、まずは安心できると松庵先生が仰っていたでしょ。だから、大丈夫。こうして薬を飲み続けていれば、きっとよくなるから」

お通は励ましを残して、出ていった。これから石渡塾に帰るのだ。親の欲目ではなく、このところお通は美しくなった。進む道を摑んだ者の、凛《りん》とした美しさを漂《ただよ》わせている。

「旦那さま、ほんとに、一日でも早くよくなってくださいよ。それまで店は懸命にお守りしておきますからね。しっかりなさってくださいよ、旦那さま」

徳松が洟《はな》をすすり上げた。半泣きの横顔を見ていると、言葉が口をついた。胸に抱いていた思案が外へと零《こぼ》れ出る。

「ねえ、徳松。お願いがあるのだけれど」

「はい？　お願い？　何でしょうか」

「『浦之屋』の商いを教えてくれないかい」

「は？」

「わたしの実家も油を扱っている。だから多少は商いをわかってはいるつもりです。けどね、『浦之屋』には『浦之屋』の商いがあるだろう。それを習いたいんだよ。おまえや文吉のようにはいかなくても、少しでも旦那さまの役に立ちたいと思ってね」

卯太郎衛門が以前のように、『浦之屋』の柱として働くことはもう無理なのだろう。このまま寝たり起きたりの暮らしになるのかもしれない。

それでもいい。

生きてさえいてくれたら。死なずにいてくれたら、それでいい。お通の父親のように、儚《はかな》く消えてしまわなければ十分だ。

今度は、わたしが『浦之屋』を支える。

内儀さんが商いを習う？　さて、そんなことができますかなあ。

鼻の先で嗤《わら》われるかもと覚悟はしていたが、徳松は真顔のまま頷いた。

「わかりました。及ばずながら、お手伝いさせてもらいます」

「まっ、ほんとに」

自分で乞《こ》うたことでありながら、驚いてしまう。こうもあっさり受け入れられるとは思っていなかった。むしろ、何を戯言《ざれごと》をと一蹴《いっしゅう》されるかもと身構《みがま》えていたのだ。

「おぼっちゃんは、まだ赤子《あかご》です。一人前の商人《あきんど》として、旦那さまの跡が継げるようになるまで内儀さんが踏ん張ってくださるなら何よりです。商い全般のことはわたしが、金銭の出し入れについては文吉が担っておりますので、できる限りのことをお教えいたします」

「徳松、ありがとう。文吉も世話になります」

「そんな、世話だなどと」

細面《ほそおもて》の手代は慌てた風にかぶりを振った。

「店のためなら、どんなことでもやります。でも、内儀さん、番頭さん。旦那さまは少しずつでも回復していらっしゃるのでしょう。多少日数がいっても元通りに元気になられるのではありませんかね。あまり、先のことまで憂《うれ》えなくてもいいと思いますが」

おろくは徳松と寸の間、目を合わせた。

元通りにはならない。その覚悟を持たねばならないときに来ている。

「旦那さまは回復なさいますよ。さっきも、わたしに何か伝えたい風だったもの。徐々に言うこともしっかりしてくるようだし。でもね、旦那さまばかりを頼りにしていては、商いが滞ってしまう。わたしたちが手を携えて、『浦之屋』を守っていきたいんだよ。徳松、文吉、どうかどうか、よろしくお願いします」

平伏《ひれふ》すように頭を下げる。

「内儀さん、お止めください。お礼を言うのはこちらですよ。実は、今の今まで、内儀さんは『浦之屋』にさほど心を寄せていないと思うておりました。それが心許《こころもと》なくて、歯痒《はがゆ》くて、腹も立って……。けれど、全てわたしの思い違いでした。お許しください。内儀さんのお考えを知った上は、力の限りお助けしていきますよ。まずは、文吉」

「はい」

「内儀さんに、帳簿を見ていただこう。仕入れや金銭の出入りは商いの基《もとい》だからな。今夜からでも、おまえが詳しく説《と》き分けてさしあげなさい」

「畏まりました」

「まあ、何だかどきどきしてきたよ。手習いに通う娘みたいな心持ちだねえ」

「内儀さん、幾つです。娘は些か言い過ぎじゃありませんかな」

徳松が珍しく冗談を言う。おろくは冗談そのものより、得意げな番頭の顔がおかしくて、吹き出してしまった。卯太郎衛門が倒れてから初めて、声を出して笑った気がした。


文吉は、さっそく数年前の帳簿を纏《まと》めて持ってきてくれた。

「とりあえず、古い物から目を通しておいてください。その方が商いの流れが掴みやすいでしょうから」

そう告げてすぐ、文吉は眉を顰《ひそ》めた。

「内儀さん、大丈夫ですか。このところ看病でほとんど寝ておられないでしょう。疲れがたまっていますよね。少し、お休みになったらどうです。あ、これを」

文吉が小振《こぶ》りの湯呑を差し出す。

「あら、お茶を淹《い》れてくれたのかい」

「お茶ではなく砂糖湯ですよ。甘い物は疲れをとるというので作ってきました」

「まあ、よく気が利くこと。ありがたくいただきますよ」

あんなによそよそしく感じていた番頭も手代も、腹を割って話せば頼もしく優しい相手となる。

人の世には陥穽《かんせい》も深い亀裂《きれつ》もたんとあるけれど、そっと差し伸べられる手や美しい風景もまた、存外多いものなのだ。

砂糖湯は甘く、でも、微かな苦《にが》みがあった。生姜《しょうが》でも入っているのだろうか。

「おお、飲み干しましたね。美味しかったでしょう」

「ええ、とても……でも、ちょっと苦みがあったかね……」

瞼《まぶた》が重い。頭の中に白い霧《きり》が満ちてくる。

「苦みがあるから甘みが引き立つんです。ところで、内儀さん。この帳簿なのですが」

文吉の声が、とても遠く感じる。どうして……。

「内儀さん、内儀さん、どうかしました」

おろくの手から、空《から》になった湯呑が滑り落ちた。

「内儀さん、内儀さん」

呼んで、軽く身体を揺すってみる。

うつ伏せに横になったまま、おろくは返事をしなかった。よく眠っている。

「内儀さん、寝ちゃったんですか。風邪《かぜ》を引きますよ」

衣桁《いこう》に掛かっていた卯太郎衛門の羽織《はおり》をおろくに被《かぶ》せる。

「やっぱり疲れてたんですね。少しお休みになるといいですよ」

そう言いながら、廊下を窺う。誰もいない。

障子を閉め、文吉は素早く動いた。

もたもたしている暇はない。

枕もとの文箱を開ける。袋から薬包を取り出し、懐に仕舞う。

これは、竈《かまど》にでも焼《く》べてしまおう。炎《ほのお》が跡形もなく消し去ってくれるはずだ。

かわりによく似た薬包を袋に入れておく。胃の腑《ふ》の薬だ。包みには、松庵の調合薬を示す松の印も入れた。抜かりはない。ちょっと見には区別はつかないだろう。水にもよく溶ける。昨日、生薬屋を回ってやっと見つけた。これなら、騙《だま》せる。

湯呑を拾い上げ、台所に走る。

竈には鍋《なべ》が置かれ、湯気《ゆげ》が出ていた。ここにも誰もいない。今が好機だ。

文吉は薬を摑み出し、焚口《たきぐち》に投げ入れようとした。

「手代さん、そこまでにしときやしょうよ」

心の臓が縮み上がった。

立ち上がったとたん、薬包が足元に散らばった。

「薬を入れ替えて効《き》き目をなくしちまえば、浦之屋さんは助からねえ。あの日、おまえに呼び出されて庭蔵に行ったと明かせなくなっちまう。明かされちゃあ大事《おおごと》だものな。主人を殺そうと味噌汁に毒を盛ったことも、荷物を落として大怪我を負わせたこともばれちまう」

岡っ引、〝剃刀《かみそり》の仙《せん》〟こと相生町《あいおいちょう》の仙五朗は、静かな口調だった。

「文吉、おまえ、何てことを。自分が何をしたのかわかってるのか」

仙五朗の後ろから徳松が顔を真《ま》っ赤《か》にして怒鳴った。文吉はとっさに左右に目を配る。いつの間に現れたのか、屈強《くっきょう》な身体つきの男たちが出入り口を固めていた。

なるほど、まんまと罠《わな》に引っ掛かったってことか。逃げられる見込みは万に一つもないな。

「文吉、こんな大それたことをどうして、どうして、おまえは」

ああ、うるさい。怒鳴るか、喚くか、主人にひたすら仕えるか、それくらいしか能のない、愚《おろ》か者だ。そんなやつに、朝から晩までこき使われて、もう、うんざりだ。旦那さまだってそうだ。たいした商才もないくせに、こつこつと真面目に励めば報《むく》われるのが商いだ、と。へっ、嗤える。報われるものか。どんなに励んでも、報われないやつは報われない。みじめに生きて、みじめに死んでいくだけさ。

文吉は薬包を拾い集め、袋に戻した。

「これ、返しますよ。大切な薬ですからね」

袋を徳松に向かって放る。取り損《そこ》なっておたおたする姿が滑稽《こっけい》だ。

「ぶ、文吉。おまえどうして、こんなことを……どうして……」

薬袋を握り締め、徳松は声を震わせた。

「帳簿を調べたらわかりますよ。店の金を相当、使い込んでしまいましてね」

「な……使い込み……」

徳松が言葉を失う。文吉は、

「そうです。手慰《てなぐさ》みにはまっちまって二進《にっち》も三進《さっち》もいかなくなったんですよ。胴元《どうもと》に借金を拵えってわけです。幸い、わたしが、ほとんど帳簿を預かっているみたいなものだし、番頭さんは一々検《あらた》めたりしないし、目立たないように手を付けるのは、さほど難しくはありませんでしたがね。けどまあ、さすがに旦那さまは怪しいと思ったようです。帳簿の改竄《かいざん》に薄々気が付いたようで……。はは、いずればれるとは思ってましたので、それなりの手は打っておきましたがねえ」

「それが、浦之屋さんを殺すことだったわけか。まずは味噌汁に毒を盛り、それが上手くいかないとなると、大怪我を負わせて、その罪を巳助に擦り付ける」

「そうですよ。わたしの父親はとっくに亡くなりましたが、一時、生薬売りをしていたことがありましてね、わたしも薬にはわりに詳しいんです。ええ、荷を担《かつ》いで町中を売り歩く商売人に過ぎませんでしたがね。味噌汁に混ぜたものも父親の遺した毒薬です。ええ、毒も扱ってましたよ。鼠《ねずみ》捕《と》り用とか、でね」

おれは、どうしてべらべらしゃべってるんだ。何もかもぶちまけているんだ。

口を開けて、棒立ちになっている徳松の顔がおかしい。大声で笑い出しそうだ。

「お津江とはどこで知り合った。乳母として潜《もぐ》り込ませたのは、おまえだろう」

「そうです。お津江と知り合ったから、この企てができあがった。親分さんの御明察《ごめいさつ》のままですよ。もっとも、あの女は何も知りませんし、何もやってません。気はいいが頭の巡りはさほどよくはない。操《あやつ》るには手ごろな女でした。出会いは橋の上、でしたかね。暗い顔して川を見てるから、つい、声を掛けたんです。飛び込むんじゃないかと心配になったものですから。ふふ、わたしにだって人並に情心《なさけごころ》はあったわけです」

その情心は、涙ながらにお津江の語る身の上話を聞いているうちに、砕《くだ》け散った。そして、お津江の持っていた遺書を手にしたときは、心内でほくそ笑んでいた。

これは使える。

後は、思い切って事を前に進めるだけでよかった。

卯太郎衛門が使い込みの事実に気が付いてしまう前に、けりをつけるのだ。

おろくが乳母を探していたことも、お津江に乳《ちち》が出ることもたまたまの一致だ。神意としか言いようがない。

神仏が守ってくれている。

そんな風にさえ感じ、気持ちが昂《たかぶ》った。

自分が関わっていることを固く口止めして、お津江を『浦之屋』に入れ、後は念のために出入りの焙烙屋にお琴を近づけ、好きに操れるように用意をしておくだけだった。お琴は、賭場《とば》近くの見世物小屋で知り合った。旅回りの芸人で、軽業《かるわざ》を生業《なりわい》としていたが、ときに身体も売る。そういう女だ。

文吉は何度か客になり、切見世《きりみせ》の女とほぼ同額の金を払ったことがある。父親の違う子が二人いて、その子たちも軽業師として舞台に上がっているのだとか。自堕落《じだらく》な暮らしをしているわりに、黒眸《くろめ》の綺麗な、どこか無垢《むく》を感じさせる女だった。いかにも鈍《どん》で純な焙烙売りに近づけてみると、容易く虜《とりこ》になってくれた。そして、『浦之屋』の主に怨《うら》みがあると仄めかしたお琴の言葉を真《ま》に受け、「人を怨むな」「意趣返《いしゅがえ》しなど考えるな」と、懸命に諭《さと》したそうだ。やはり、鈍で純過ぎる、つまり馬鹿《ばか》な男だった。

もっとも、味噌汁の毒で卯太郎衛門が亡くなるか、寝たきりになってくれれば、焙烙売りは無用になる。そうなれば、お琴には焙烙売りを捨てて、もとの軽業師に戻れと言い付けてあった。もと一座は桜が咲く前に上方《かみがた》に向けて旅立ち、数年は江戸には戻ってこないと決まっていたのだ。

お琴は金を積まれれば何でもやる女だ。しかも、呑み込みが早く、自分の役目をきちんと解せた。かなりの金子《きんす》を渡したが、その分だけの働きはしてくれたわけだ。

ただ、今にして思えば、おれは神仏に守られてなどいなかった。

文吉は顎を上げ、目の前の岡っ引と視線を絡《から》ませる。瞬きしない眼が恐ろしかった。

神仏ではなく、魔のものに唆《そそのか》されていた……のかもしれない。

「おまえは食中《あた》りに見せかけて、浦之屋さんを殺すことにしくじった。だから、巳助を犯科人《はんかにん》に仕立て上げて、もう一度、主《しゅ》殺しを企てたわけだな」

そうだ。

食中りに見せかけて、卯太郎衛門を殺すことにしくじった。卯太郎衛門だけ毒を濃い目にするつもりが、上手くいかなかったのだ。治療に駆け付けた医者が毒を疑っていることに気が付いた。それで、手筈《てはず》通り、お津江に死んでもらった。毒を飲ませ、あの遺書を使って全ての罪を押し付けたのだ。

今度は上手くいったと思っていた。

焙烙売りは、お琴が怨みから卯太郎衛門を狙《ねら》ったと信じ込み、身代わりとなって捕まってくれた。明日には打ち首になる。

めでたし、めでたし、だ。そう、何もかもが上手くいって……。

文吉は強く唇を噛んだ。

あの女医者さえ来なかったら。

どうしてあそこで、大怪我をした旦那さまを部屋に運んで間もなく、医者が飛び込んできたんだ。呼びもしないのに。

病《やまい》を装《よそお》ってまで、引き止めようとしたが無駄だった。

地団太《じだんだ》を踏みたくなる。信じられないと叫びたくなる。

あのとき、医者さえ現れなければ、血止めの手当てなどしなければ、企ては首尾よく成ったはずなのに。

「どうやって、浦之屋さんを庭蔵に誘い出した」

仙五朗の声音《こわね》は低く、冷え冷えとしていた。

「内密に相談したいことがあると言いましたよ。人目に付かない蔵で話したいと。旦那さまは、あっさり応じてくださいました。わたしの使い込みを疑っておられましたから、何か白状するとでも思ったんでしょうかねえ」

「その刻《とき》に合わせて、巳助を庭でうろつかせたんだな」

「そうですよ。お琴から『浦之屋』に忍び込むつもりだと伝えさせたんです。焙烙売りは慌《あわ》ててやってきて、庭蔵の辺《あた》りを捜していましたね。そのとき、たっぷり足跡を残してくれたので、助かりましたよ。で、親分さん、お尋ねしてもいいですかね」

仙五朗の返事を待たず続ける。

「どうして、わたしを疑ったんです」

「襤褸《ぼろ》を出した覚えはねえかい」

「ありません」

おれは常に控え目に振舞《ふるま》ってきた。真面目で地味《じみ》な奉公人の面《つら》をかぶり続けていた。誰かに、本《ほん》性《しょう》を見抜かれたはずがない。

「草だよ」

「草？」

「あの日、庭蔵の周りをうろついている巳助を誰かが見なくちゃならねえ。そして、それを証《あか》さなきゃいけねえ。自分でやるのは、ちと剣呑《けんのん》だ。それで、おまえは女中を使った。庭に草を撒《ま》いて、掃除《そうじ》するように言い付けたんだ。おまえの目論見《もくろみ》通り、女中は掃除をしに庭に出て、巳助を見た。何もかも、おまえの思い通りに進んだんだ。しかしな、その前に庭を通ったお通さんが、草が根こと引き抜かれて散らばっているのを見て、ちょっと引っ掛かったんだよ。で、そのことをおいちさんに話した。おいちさんは、誰かが女中を庭に誘い出すために、わざと草を散らしたんじゃないかと考えた。その話を聞いて、おれはすぐに手下《てか》をやって、女中に確かめた。どうして、あの時分に庭にいたんだってな。そうしたら、ちゃんと答えてくれたぜ。手代さんに庭掃除をするように言われた。朝方、ちゃんと掃いたはずなのに不思議だったけれど、自分の役目なので綺麗に掃除をし直したと」

また、あの女医者か。どこまでも邪魔をしてくれる。

「それに梅の花弁《かべん》がな、教えてくれた」

「え、今度は花弁ですか。何のことです」

「『浦之屋』からの帰り際、おまえと話をした後、おいちさんの目の前を白い花弁が舞ったんだとよ。それは、庭蔵の裏に生《は》えている梅の花だったんだよ。おまえが浦之屋さんを殺そうと中二階に上がったとき、梅が満開だったんじゃないのか。明り取りの窓から、丁度《ちょうど》、花弁が入り込んできた。梅はおまえが犯科人だと告げてくれてたんだ」

この爺《じじい》は何を言っている。梅の花が告げる？　何のことだ。

「意味がわからないだろう。けどよ、おまえの負けはあのときに、もう決まっていたのさ」

文吉は息を吐き出した。

意味がわからない。わかるものか。世迷《よま》い言《ごと》としか思えない。しかし、もうどうでもいいか。全て、終わってしまったんだからな。

おれは罠にかけられた。

あの薬を始末してしまえば旦那さまの命を奪えると思い込まされた。焦《あせ》り、追い詰められ、とんだドジを踏んでしまった。首を落とされる役は、おれに回ってきてしまった。

「しかし、まあ、おもしろかった」

呟きが漏れる。

おもしろかった。人を殺す企てがこんなにおもしろいとは知らなかった。隙《すき》のないよう計画を進め、人を駒《こま》のように動かし、企てを作り上げていく。あんなに昂ったことは、今まで一度もなかった。生まれて初めてだ。

おもしろい。おもしろい。おもしろかった。

不意に笑いが突き上げてきた。身体が浮くほどの激しさだ。

おもしろい。おもしろい。おもしろかった。それでいいじゃないか。

徳松が身を縮め、恐ろし気《げ》に見ている。

それもおもしろい。

笑いが止まらない。

文吉は天井《てんじょう》を仰《あお》ぎ、哄笑《こうしょう》の声を響かせ続けた。


「それで、間に合ったんですね。巳助さんは死罪を免《まぬか》れたんですね」

おいちは仙五朗に向かい、身を乗り出した。

『浦之屋』での経緯を聞き終えたところだ。松庵も新吉も、おうたもいる。おうたは、朝から菖蒲長屋に腰を落ち着けて、松庵がどれほど邪魔者扱いしても帰ろうとはしなかった。むろん、仙五朗から事の顚末を聞き出すためだ。

「へえ、うちの旦那が上手くやってくれるでしょう。真の犯科人が捕まったんだから、巳助はご放免になるんじゃねえですかい。ただ、騙されていたとはいえ、やってもいない罪を認めて、お奉行所に嘘を言っちまったんだ。二、三日は牢《ろう》に入れられたままかもしれやせん」

それでも生きて帰ってくる。よかった。本当によかった。

「しかし、あの手代さんがねえ。いまだに信じられん心持ちもするなあ」

松庵が首を横に振った。

「へえ。調べたところ、相当の金子を使い込んでやした。上手いこと帳簿を改竄してね。なかなか頭の切れるやつです。真面目に働いていたらどれほどと思っちまいますね」

「それにしても、上首尾《じょうしゅび》だったじゃないか。ほとんど証なんかないのに、上手いこと追い詰めてさ。松庵さんも一芝居うったんだって」

おうたが口を挟む。『浦之屋』に同行できなかったことをまだ悔《くや》しがっていた。

「芝居なんかしてませんよ。ほんとうにあの薬は薬効がある分、取り扱いの難しいものなんですよ。貴重《きちょう》でもある。燃やされたりしなくてよかった」

「まったくで、ほっとしやした」

「おろくさんは眠り薬を飲まされたらしいが、大丈夫だったかな」

「半刻《はんとき》ばかりで目が覚めて、頭が疼《うず》くと言ってやしたよ。けど、文吉のことを告げたら、驚きのあまり、暫《しばら》く動けなくなってやした。おかげで頭風《ずふう》が吹き飛んだようですがね。文吉が眠り薬を盛るとこまで見抜けなかった。それは、あっしの手落ちなんで、謝っておきやしたが耳に届いていない様子でやしたよ」

仙五朗は苦笑し、自分のこめかみに手をやった。

「そりゃあびっくりするだろうな。信用していただけに、余計にな」

「へえ。けど、浦之屋さんがしきりに『違う』と訴えていたわけがわかったと、言ってやしたよ。浦之屋さん、真の犯科人は巳助じゃないと告げたかったんでやすね。まあ、その様子が文吉を焦らしたのは確かでやす。それに、おろくさんが帳簿を学びたいと言い出したのにも、ね。隅から隅まで帳簿を見られたら、改竄が見つからないとも限らない。文吉にすれば業火《ごうか》に炙《あぶ》られる心地がしたんじゃないですかね」

「悪行《あくぎょう》の報いか。結局、我が身を滅《ほろ》ぼしてしまった。やりきれんな。しかし、こんな事件を起こしちまったからには『浦之屋』も前途多難だろうな。いや、おろくさんと番頭さんがいれば何とかなるか」

「あっしには、なるような気がしやすが」

「お琴って女はどうなったんです。捕まえたんですか」

おうたが仙五朗ににじり寄った。

「いや、面目《めんぼく》ねえことになりやしたよ。さっき、志之一が報《しら》せてきやしてね、心当たりの小屋があったが、数日前に畳んで上方に移っていったそうでやすよ。お琴は逃げおおせたわけでやす。もっとも逃げ切れるかどうかは、わかりやせんがね。お奉行所も動いてやすし、どこかで捕まる見込みもありまさあ」

「捕まえなきゃ駄目でしょうよ。悪事の片棒を担いだのは確かなんだからさ。うん？　おいち、あんた、そんなところで何をしてるのさ」

台所の隅にいたおいちは、一升徳利《いっしょうどっくり》を抱きかかえた。

「あっ、ごめんなさい。今、ものすごくお酢が飲みたくなってしまって」

「お酢？　その中身はお酢なんでやすか」

「そうなんです。ちょっと失礼して」

湯呑に注いだ酢を、一気に飲み干す。胸の中がすっきりする。

巳助さんが帰ってくるなら、酢飯でも作ろうかしら。ああ、でも、それまでに全部、飲んでしまいそう。

「おいち、おまえ、どうしたってんだ。今朝は握り飯を五つも食うし。身体は大丈夫なのか。まさか胃の腑の病とかじゃねえだろうな」

新吉が傍《そば》に寄ってくる。

「握り飯を五つも食べられるような胃の腑の病があるもんかい。ちょっと、おいち、おまえ。もしかしたら」

おうたの双眸《そうぼう》がぎらりと光った。ほんとうに光ったのだ。

「ああ、駄目。伯母さんは黙ってて。新吉さん、あの、あのね」

「うん。どうした。やっぱりどこかが悪いのか」

「じゃなくて、あたし、赤ちゃんができたの」

新吉が瞬きする。

「え？　待てよ。今、何て言った。なにができたって」

「……赤ちゃん」

新吉が立ち上がる。松庵もおうたも立ち上がる。三人は、おいちを見下ろし、暫く無言だった。

ややあって、新吉が床《ゆか》にしゃがみ込む。

「ほんとに、ほんとに、ほんとなのか」

「うん。今日、産婆さんのところに行ってきたの。間違いないって」

「そうか」と新吉は言った。それからゆっくりと息を吸い、さらにゆっくりと吐き出した。

「おいち。おれ、何て言ったらいいか。ありがとうよ。おれは」

新吉の腕に抱き締められる。温かい。

「駄目だよ。そんな無茶しちゃいけないよ。今が一番、大切なときなんだよ」

おうたが叫ぶ。新吉が慌てて腕を放した。

「そうか。赤ん坊がなあ。しかし、これからが正念場《しょうねんば》だぞ、おいち」

松庵が頭を撫でてくれた。幼いころ、そうしたように。

そうだ、これからだ。これから、この子と生きていく。医者の道も歩いていく。

楽じゃない。わかっている。

でも、あたしが選んだ生き方だ。

あたしは負けない。

新吉がさっきよりは優しく、柔らかく、遠慮がちに腕を回してくる。

おいちは目を閉じた。

白い梅の花弁が散る。その向こうに、おしまが立っていた。

深々と一礼する。そして花弁に紛《まぎ》れ、消えていった。

おいちは目を開け、自分が生きていく現《うつつ》の風景を見詰《みつ》めた。そして、微かな梅の香りを嗅《か》いだ。


〈了〉

初出

本書は、月刊文庫『文蔵』二〇二一年五月号〜二〇二二年十月号の連載「おいち不思議がたり　夢路篇」を改題し、加筆・修正したものです。

〈著者略歴〉
あさの あつこ
1954年、岡山県生まれ。青山学院大学文学部卒業。小学校の臨時教師を経て、作家デビュー。『バッテリー』で野間児童文芸賞、『バッテリーⅡ』で日本児童文学者協会賞、『バッテリーⅠ～Ⅵ』で小学館児童出版文化賞、『たまゆら』で島清恋愛文学賞を受賞。著書は、現代ものに、「ガールズ・ブルー」「The MANZAI」「NO.6」のシリーズ、『神無島のウラ』、時代ものに、「おいち不思議がたり」「弥勒」「闇医者おゑん秘録帖」「燦」「天地人」「針と剣」「小舞藩」のシリーズ、『えにし屋春秋』などがある。

渦の中へ
おいち不思議がたり

2023年5月25日　第1版第1刷発行

著　者　あさの　あつこ
発行者　永田貴之
発行所　株式会社ＰＨＰ研究所
東京本部　〒135-8137　江東区豊洲5-6-52
文化事業部　☎03-3520-9620（編集）
普及部　☎03-3520-9630（販売）
京都本部　〒601-8411　京都市南区西九条北ノ内町11
PHP INTERFACE　https://www.php.co.jp/
組　版　朝日メディアインターナショナル株式会社
印刷所
製本所　図書印刷株式会社

ISBN978-4-569-85474-8

PHP文芸文庫

おいち不思議がたり

あさのあつこ 著

舞台は江戸。この世に思いを残して死んだ人の姿が見える「不思議な能力」を持つ少女おいちの、悩みと成長を描いたエンターテイメント。

PHP文芸文庫

桜舞う

おいち不思議がたり

あさのあつこ 著

お願い、助けて——亡くなったはずの友が必死に訴える。胸騒ぎを感じたおいちは……。大人気の青春「時代」ミステリーシリーズ第二弾！

PHP文芸文庫

闇に咲く
おいち不思議がたり

あさのあつこ 著

夜鷹《よたか》が三人、腹を裂かれて殺された。血の臭いをさせ、おいちを訪ねてきた男は下手人《げしゅにん》なのか、それとも……。人気の時代ミステリー第三弾！

PHP文芸文庫

火花散る
おいち不思議がたり

あさのあつこ　著

菖《しょう》蒲《ぶ》長屋で赤子を産み落とした女が殺された。おいちは女の正体を突き止め、赤子を守り切れるのか。人気の青春「時代」ミステリー第四弾。

PHP文芸文庫

星に祈る

おいち不思議がたり

あさのあつこ 著

深川で行方知れずになる人が相次いだ。胸騒ぎを覚えたおいちが、いなくなった人の共通点を探していくと……。人気のシリーズ第五弾！

PHP文芸文庫

きたきた捕物帖

宮部みゆき　著

著者が生涯書き続けたいと願う新シリーズ第一巻の文庫化。北一と喜多次という「きたきた」コンビが力をあわせ事件を解決する捕物帖。

PHP文芸文庫

京都くれなゐ荘奇譚（一）～（三）

白川紺子 著

女子高生・澪は旅先の京都で邪霊に襲われる。泊まった宿くれなゐ荘近くでも異変が…。「後宮の烏」シリーズの著者による呪術ミステリー。

PHP文芸文庫

鯖《さば》猫《ねこ》長屋ふしぎ草紙（一）〜（十）

田牧大和 著

事件を解決するのは、鯖猫!? わけありな人たちがいっぱいの「鯖猫長屋」で、不可思議な出来事が……。大江戸謎解き人情ばなし。